诗
想
者

H I P O E M

生 活 ， 还 有 诗

# 巴别塔上

*Babie Ta Shang*

黑　马　著

GUANGXI NORMAL UNIVERSITY PRESS
广西师范大学出版社

· 桂林 ·

策 划 人/ 刘　春
责任编辑/ 郭　静
助理编辑/ 吴福顺
责任技编/ 王增元
装帧设计/ 桂　裴

**图书在版编目（CIP）数据**

巴别塔上 / 黑马著. —桂林：广西师范大学出版
社，2021.12

　ISBN 978-7-5598-4351-7

　Ⅰ．①巴… Ⅱ.①黑… Ⅲ．①随笔－作品集－中国－
当代 Ⅳ．①I267.1

中国版本图书馆 CIP 数据核字（2021）第 207662 号

广西师范大学出版社出版发行

（广西桂林市五里店路9号　邮政编码：541004）

网址：http://www.bbtpress.com

出版人：黄轩庄

全国新华书店经销

广西广大印务有限责任公司印刷

（桂林市临桂区秧塘工业园西城大道北侧广西师范大学出版社
集团有限公司创意产业园内　邮政编码：541199）

开本：890 mm × 1 240 mm　　1/32

印张：11.25　　字数：250 千

2021 年 12 月第 1 版　　　2021 年 12 月第 1 次印刷

定价：79.00 元

如发现印装质量问题，影响阅读，请与出版社发行部门联系调换。

# 目 录

## 巴别塔上

# 书人书事

巴别塔上

# 译诗的形美之难

　　都说诗歌是文学王冠上最亮的珍珠，璀璨、华美，阳春白雪，自不待言。而说到翻译，诗歌当属最难侍弄者，也是因为它的这种珍珠品质，所谓"皎皎者易污"。百年来的诗歌翻译，从早期的古典诗歌开始就百花齐放，也争议不断，随着时间的过滤，我们已经发现了前人追求真理的苦心，甚至觉得很是可歌可泣，但更多的是无奈和叹息。最终得出的结论似乎无比虚无："还是读原文好。"但是巴别塔的困境依然阻碍着人类的交流，因此歌德也无奈地说："无论翻译有多少不足之处，它仍然不失为世界上各项事务中最重要、最有价值的一项工作。"于是诗歌翻译就真的如同一场又一场西西弗斯式的苦行。但置身于苦行中的人们，又似乎其乐无穷地探索着，心无旁骛。

　　早期的翻译家们只在乎诗歌翻译的意美而忽略了原诗的

形式，为了创造自己所理解的原文的意美，采取了各种中国格律诗和宋词的笔法。如郭沫若先生用绝句翻译雪莱《致云雀》，原来的：

Higher still and higher

From the earth thou springest

就变成了：

高飞复高飞

汝自地飞上

只看中文自然音、形、意三美齐全，但用现在的眼光要求就感到不太如人意了。还有最典型的莎士比亚十四行诗（即商籁体），多少大儒巨擘进行过前赴后继的努力，最终仍旧莫衷一是。那种五步抑扬格自然起伏的英文诗，在英文里按照十个音节一行排列，但刻意用十个单音汉字去对应，其努力的效果却显得牵强附会。家喻户晓的"Shall I compare thee to a summer's day?"翻译成"能否把你比作夏日璀璨？"或"我可以将你比作夏日吗？"音节都凑足了，但似乎都没有诗意。有著名的诗人呕心沥血，发明了"发音单位"代替发音音节的翻译方法，将这一句翻译为"能不能让我来把你比拟作夏日？"这样似乎读起来自然流畅了一些，但仍然是有些无奈，读者只能各取所需。至于哪个更接近莎士比亚的诗意则无从谈起，大家谈的，还是莎翁的思想和浪漫情怀，而不是诗美。

到了现代诗歌翻译，尤其是现代派诗歌，因为多是自由体，似乎没了格律和韵脚的羁绊，果然翻译起来更加"自由"，翻译者自由想象与发挥的空间更大，以至于不少读者把现代诗理解为分行的散文，难以真正理解原诗作者的匠心。大多数诗歌评论或解读也都是关注作品的内涵和意义，脱离原文无法探讨其音美与形美，其意美也就难免离题万里甚至歧义丛生。而在英语专业内部研究诗歌，都是研究原文，又难以在更广泛的读者群里获得认知和共鸣，从而造成原文读者与译文读者完全在"鸡同鸭讲"的割裂局面。当我们用中文讨论《荒原》时，我们到底在讨论什么？这其实成了问题。

那天看到一篇文章讲王小波的文学启迪与师承，竟然是外国诗歌！他在《我的师承》里坦诚相告，他读了《青铜骑士》的两种译文，查良铮的译文征服了他："我爱你，彼得兴建的大城／我爱你严肃整齐的面容"，认为这是雍容华贵的英雄体，而另一位译者的译文是"我爱你彼得的营造／我爱你庄严的外貌"，小波认为这是二人转的调子，高下立判。他认为中国优秀的诗人翻译家"发现了现代汉语的韵律。没有这种韵律，就不会有文学"。当然这里小波谈的还是译文的感觉。这一切也只有查良铮的译文完美地与原文对应才更有意义。小波或许不知道《莫斯科郊外的晚上》这样耳熟能详的漂亮歌词其实是对原文彻底改写而成的，原来的俄文韵律完全不是这样的。

从这个意义上说，赵萝蕤先生在 20 多岁时翻译的艾略特《荒原》应该说在格式与韵律对应上基本完全失败了，多少年来我们从中受到的启迪多局限在原诗的思想性和氛围的再现上。只有读到原文的音律美方能真正理解艾略特对古典主义的继承。原文里每行结尾处动词的使用是这样的：breeding、mixing、stirring、covering、feeding，让人读出荒原的躁动欲望，伴随状态的动词其宾语是下一行的开始，这些在译文里几乎没有得到表现：


April is the cruellest month, breeding

Lilacs out of the dead land, mixing

Memory and desire, stirring

Dull roots with spring rain.

Winter kept us warm, covering

Earth in forgetful snow, feeding

A little life with dried tubers.


四月是最残忍的一个月，

荒地上长着丁香，

把回忆和欲望掺和在一起，

又让春雨催促那些迟钝的根芽。

冬天使我们温暖，

大地给助人遗忘的雪覆盖着，

又叫枯干的球根提供少许生命。

（赵萝蕤　译）

同样叶芝的《当你老了》，也是韵律感很强的古典美的现代表达：

When you are old and grey and full of sleep,

And nodding by the fire, take down this book,

And slowly read, and dream of the soft look

Your eyes had once, and of their shadows deep;

当你老了，头白了，睡意昏沉，

炉火旁打盹，请取下这部诗歌，

慢慢读，回想你过去眼神的柔和，

回想它们昔日浓重的阴影；

（袁可嘉　译）

很多人的译文都忽略了它的音乐美，没有注意它转行的连续性，浪费了自己的才情，翻译成了分行的散文。那不是自由诗的真正面目，自由体诗歌是有更复杂的形式美的。

也是在这个意义上，我还是比较推崇老诗人郑敏，她是接触了英文诗歌的原文学习技巧并自觉地运用到现代汉语诗歌的写作上的，尤其是诗歌的转行与接续，完全是英美现代诗歌的方式，但在汉语里能做到浑然天成，确实难能可贵。比如她的《我不停地更换驿马》：

> 现在我的身体已化成
> 黑马驰回它所来自的
> 深山　旷野　沙漠

第一和第二行就不是简单的"分行"，而是有机的两个意群的转行与接续。而看似松散无韵的格式其实有着郑敏所倡导的诗歌的"内在结构"，并且是以内在的韵律起伏跌宕着，低回婉转，自由奔放中依然节奏鲜明。

我相信郑敏的诗歌写作与她的现代诗翻译是有着高度的相互影响的，这种影响甚至表现在节奏和韵律上，这首诗应该是一个范例。

## "书信里赤裸的灵魂"

### ——话说劳伦斯书简

纵观劳伦斯短短 20 多年坎坷而勤奋的文学创作生涯，竟然出版了 11 部长篇小说、60 多篇中短篇小说、7 部话剧剧本、12 本诗集、十几本散文随笔集，还有几本翻译作品，这已经算得上十分高产。但是等到剑桥出版社在 21 世纪初推出了多达 8 卷的《劳伦斯书信集》时，人们不得不对劳伦斯再次刮目相看，发现从体量（字数）上说，这 8 卷书信集（5400 封长短不一的信件和明信片等）快与他的全部长篇小说或全部中短篇小说加散文随笔持平了。劳伦斯在那个以书信为基本联络交流手段的时代几乎是天天都在写信，甚至有时一天写几封信，在繁忙的创作和颠沛流离的天涯浪迹中，就是这样保持着与亲朋好友和文学出版界人士的沟通，为此大家都会情不自禁说劳伦斯是一个"了不起的书信作家"。

劳伦斯逝世的第三年，他的好友奥尔德斯·赫胥黎就迅速搜集整理出版了一大厚本《劳伦斯书信集》并为此写了很长的序言。1979年之前，这部书信集几乎是最权威的一部劳伦斯书信集了，其篇幅已经大约是两本长篇小说的长度了。后来还有美国专家莫尔选编的《劳伦斯书信选》和几本单薄的劳伦斯与某一个人的专门通信集。

之后又经过一个漫长的阶段，很多收到过劳伦斯书信的人都纷纷为此做出自己的贡献，比如21世纪初我在诺丁汉大学学习时，我的导师沃森就时不时高兴地宣布他又从什么人手里买到了一封劳伦斯给谁谁的信件，感觉如获至宝，就像古董商淘到了千年的真品一样。他甚至告诉我发现了几封劳伦斯用德文写的信，他都翻译成了英文准备出版。这些都是英国劳伦斯研究界真正的专业行为，他们不放弃可能搜集到的任何一封信，甚至劳伦斯写下的只有寥寥数语的明信片都要不远万里地求索到手。

就是在众多劳伦斯作品爱好者和专业研究人员的努力下，以剑桥大学伯顿教授为总主编的这套劳伦斯书信集第一卷于1979年出版，之后历经23年，终于在2002年出齐了8卷。所有书信都按照时间顺序编了号、编了关键字索引并做了详尽的注解，从1901年劳伦斯16岁时写给工厂的第一封求职信开始到1930年逝世前几天在病榻上写的最后一封信，时间跨度近30年。

伯顿主编在序言中强调说，劳伦斯的收信人中除了他的旧雨新知，还有很多文化名人如作家福斯特、哲学家罗素、文学家加尼特，出版家若干，还有不少社会名流，劳伦斯走入了他们的生活，与他们有深度的交往，因此在书信中有过对社会问题的深度讨论和争论，这些书信客观上透露了那20多年英国社会文化的多个侧面，具有很高的史料价值。

但我个人更倾向于认为，这样一套洋洋大观的书信集无疑是写在劳伦斯作品边上的丰实的"注解"，是他生命的线索和艺术注解，对研究他的每一个创作阶段甚至每一篇作品都具有十分重要的意义。以前我曾提出这样的假说，即劳伦斯的作品分为虚构与非虚构两个部分，双峰并置，我们经常可以将他同时期的虚构作品与非虚构作品进行对比研究，从中发现他小说里的人物思想与他散文作品中流露出来的思想倾向之间的关联性，从而可以看到某些主要小说人物的价值观与劳伦斯本人价值观的同一性，进而在两个领域看到劳伦斯思想的表达方式：小说里是艺术性的，通过小说人物的塑造进行表达；非虚构作品里则是直抒胸臆的散文式表达。而现在，毫无疑问，他丰富的书信集更直观地呈现出他的日常表达，成为他虚构和非虚构作品的坚实脚注，这是贯穿他大半生和整个创作生涯的一条清晰的线索，是生命的自传和艺术的自传，其价值之高无论怎样估计也不过分。

对于劳伦斯研究来说，虚构、非虚构和书信集就构成了劳伦斯世界的三座高峰（当然还有他的绘画作品，但其体量尚不足以构成第四座山峰，不妨暂时将他的绘画与书信放在一起一并看作是劳伦斯文学创作的重要注解，劳伦斯的书信中多次谈到他的绘画理念和技巧),将这三部分有机地结合起来就使得劳伦斯作品的发生学研究更有立体感,更加活色生香,这棵劳伦斯文学之树就更是长青的生命之树。沃森教授曾评论说,劳伦斯的讣告多年来一直在改写中,难有定稿,这与其作品和新时代层出不穷的新话题深度契合有关,也与不断挖掘出来的新的"出土文物"有关,其书信的不断发现、研究的过程即是人们对劳伦斯不断更新认识的过程。相信随着对劳伦斯书信的持续研究,会有更多新的发现和命题涌现,这正是保持劳伦斯文学生命之树长青的又一养分之源。

因此,从劳伦斯作品发生学的角度说,大量的谈作品构思和出版的信件无疑是最有参考价值的。作为一个职业作家,劳伦斯的日常生活无非就是构思、写作、与出版社或代理人谈论稿件的发表与出版过程、出版后的推广和遭到非议后奋起为自己辩护,这个过程中的各种遭遇都在书信中不断被提及,各种人情世故都在通信中有所触及,自然会有充满情感色彩的褒贬讽刺甚至诅咒。从早期的小说到最后的大作《查泰莱夫人的情人》的写作与出版过程中的信件令一个"工作中的劳伦斯"的形象栩栩如生地呈现在世人面前,信件的语言都是家常话,时不时愤怒情绪爆发还会有诅咒,高度的口语化表达恰恰让我们看到了一个活生生的日常的劳伦斯的言谈举止,嬉笑怒骂皆在信中。在没有录音和录像的条件下,还有什么能比这样脱口而出的信件语言更真实地让我们看到为作品殚精竭虑和为出版发行奔走忙碌的鲜活的作家劳伦斯呢?我想至少我是"看到听到"了劳伦斯的音容笑貌和怒发冲冠。

作为对劳伦斯书信研读的初步尝试，我就选择了这类写作和出版过程中所写的一些信件进行了翻译，尝鼎一脔，管窥"工作中的作家"劳伦斯的面貌与动态。

以《查泰莱夫人的情人》为例，这部小说是劳伦斯晚期最为看重的重磅作品，但因为语涉俚俗，不为彼时的社会道德理念所容，也成了最难出版的作品。劳伦斯为了保全作品的原貌，坚持一字不删，完整出版，最终不得不自己找印刷厂设计印刷，出版私人征订版。整个过程都活灵活现地记录了下来，让我们看到了一个为保全自己的艺术人格而倾尽心血，为作品的出版发行而奔走呼号的劳伦斯。

为了说服朋友们为他散发征订单，劳伦斯不断苦口婆心地说明自己的小说理念和小说的性质，他最为反感的就是有人将这部小说说成性小说，劳伦斯不得不痴人说梦一般一再强调，这不是什么性小说。"阳物的思维比我们称之为性的东西要深刻得多。我不管我的小说叫性小说，它是阳物小说。""当然了，它确实是十分'心地纯洁'之作。可是那些字词都用上了！让它们见鬼去吧。""它是一本坦诚而忠诚的阳物小说，温柔而细腻，我相信是的，而且我相信我们都要变得温柔细腻。它会激怒那些下作之人，但肯定能慰藉体面的人们。无论如何请帮帮忙。"

除了苦口婆心，劳伦斯有时几乎是在恳求这些朋友帮忙散发征订单，为了将自己的作品完整地奉献给世人，他也是拉得下脸恳求的。要知道这个时候他已经病入膏肓，只有两年的存活时间了，经常咳血，经常感冒发烧病倒在床。这样的拼搏，除了为自己的艺术，还能为什么呢？他甚至不乏高亢的理想主义宣言："我必须卖掉它。这是一场远征，咱俩都得上路，你帮我，我帮你。我知道你会尽力帮我的。我这是直接投向理性主义的财神头颅的炸弹。当然，它也会在某种程度上更加让我靠边，比我现在还要靠边站。这是命运使然。你是跟我一起的，我知道。"

这批信件，让我们目睹了劳伦斯的"进行时"痴迷状态，感觉真像在看直播一样。而更多的信件都是如此这般地为我们"直播"劳伦斯工作、创作、交友、争论、忙碌的现在时。能读到这样的信件是读者的福分，让我们回到了百年前，让劳伦斯与我们同在，时空交错，过去与现在交织在阅读中，一时间忘却了自己身处何方，只觉得就是在与劳伦斯谈笑风生、起坐交游，对他的境遇感同身受，甚至就是他的活动中的成员，在帮他发征订单，在听着他的话发出会心的微笑，甚至随时在回应他的精彩言论。

大文豪塞缪尔·约翰逊曾说："In a man's letter lies his naked soul."（在一个人的书信里能看到他赤裸的灵魂。）赫胥黎曾感慨说，劳伦斯在书信里书写了自己的一生，绘出了自己完整的画像，没有几个人像劳伦斯这样在书信里如此完整地展示自我。劳伦斯带给我们最真实的感动与启迪或许都在书信的字里行间。

# 劳伦斯诗歌的"差异化"价值

　　我翻译出版过一本劳伦斯诗集《重返伊甸园》，书名取自劳伦斯一首诗歌的诗名，本来我起的书名是《劳伦斯诗笺》，但出版方觉得用这个更好，就按出版社的意见办了。其实这首诗并不代表整部诗集的主题、风格，我个人是不会用一首诗的标题作为一部诗集的书名的，这是因为我的选择似乎没有什么特殊原则，完全出自自己的喜好，来自自己阅读的印象，就选了这些，可以说没有任何理念，与目前英语世界出版的劳伦斯诗集的篇目完全不同。因此说这是"黑马的选择"，如果说有特色，这就算其特色了。事实上劳伦斯的每本诗集都没有一个统一的主题，仅仅是按照写作阶段随写随出版的。

　　这些诗歌分属于劳伦斯诗歌创作的早、中、晚期三个阶段。从中可以看出，他读大学和在伦敦教书时期的诗歌基本都是相对规范的押韵诗。但从他1912年辞去教师职务与弗里达私奔到德国开始，他的诗歌创作进入了自由诗体阶段，很少严格押韵了（尽管1919年前出版的几本小诗集里还有部分押韵诗歌）。这段时间他创作了大量爱情和咏物诗歌，多数收录于他的诗集《看，我们闯过难关！》和《鸟·兽·花》。他的晚期诗集《三色紫罗兰》里很多是抨击时弊的打油诗，幽默调侃，别有风味。而他颇具启示录风格的《最后的诗》则是融象征主义和表现主义风格于一炉的高蹈诗作，大气磅礴，韵调沉郁，值得吟咏。

我选译的诗集里的诗也是按照通行的办法，只把他的诗歌分为押韵诗与无韵诗两部分，便于读者从韵脚的角度欣赏其诗风，其实这是劳伦斯1928年编辑《诗全集》时开创的编选方法。只是他没想到，编完这二册一套的全集后他又井喷一般写了更多的现代诗如《三色紫罗兰》等，多数是在他逝世之后才出版。《诗全集》后续的这些诗歌都是无韵诗了。

押韵诗为1919年劳伦斯34岁前所创作诗歌的大部分（除去《看，我们闯过难关！》），其节奏自由，诗句长短不一，而且经常为了押韵或诗行的整饬而通过断行和跨行来表达一个意群，在这方面已经完全是现代诗歌的形式了。但在韵脚上，这些诗又不是完全自由体，还保留了古典诗歌的某些特征，是基本押韵的。所谓基本押韵，意思是韵脚相对自由，不是一首诗押一个韵，往往是每阕各自一个韵，或每阕中首尾押韵，或双行押韵或隔行押韵。总之是很自由的押韵形式。

可以看出，有时为了押韵，诗句的断行略显牵强。这样的押韵诗在翻译过程中就很难一一对应韵脚，尤其遇到一行结尾只有一个或两个单词如"我""但是"，实质性的句子却挪到了下一行。如此连续的跨行和断行的句子，就更难原汁原味体现原来的韵脚了。因此这一部分押韵诗的韵脚基本都不是原诗的押韵形式了，仅仅是翻译成中文后译文的押韵。原来有的是隔行押韵，可能在译文中就成了每两行各押一个韵，或相反。但每首诗的断行形式和行数都保持了与原诗的一致，这样至少读者能知道原诗有多少行，原诗里一个整句如何跨行断句。

　　劳伦斯早期的诗歌完全生发于日常生活的遭遇和反思，其字词表象下面隐匿着很多生活原型与实感，与母亲的感情深度纠结，与几个女友同时交往的过程中复杂的心理活动，工作与生活中的挫败，这些构成了他早期诗歌的方方面面，但用诗歌的形式隐晦地表达出来，使得其诗歌貌似与传统诗歌有所不同，具有了先锋诗歌的形式与意味，因此对这些诗歌的理解有时确实需要借助劳伦斯的传记才能得到答案，就是说需要对劳伦斯的早期生活背景有所了解。拙译通过翻译加注解进一步对一些理解障碍做了清理和化解。这正如劳伦斯所言："如果我们对莎士比亚自己和他的境遇了解更多，那他的商籁体诗歌在我们眼里就更加完整了，那些奇怪的、纷乱的页边就会变得更加柔和，融入整体中去。"所以，一句老生常谈又要提起，那就是劳伦斯的艺术与生活是如影随形、难解难分的，理解或欣赏劳伦斯的作品最好先读一下他的传记。当然，如果没有读过，仅读译本的话，译本本身也是一种研究型翻译，在读者和原作之间已经适当做了潜在的沟通，希望读者对此有所明察。

《看，我们闯过难关！》《鸟·兽·花》《三色紫罗兰》和《最后的诗》等几部诗集都是无韵的自由体诗歌。这一大部分翻译起来相对自由些，但还是严格按照原诗每一阕的行数翻译，跨行和断行也遵照原诗的形式，以求让读者体味诗歌的原貌。如遇原诗有些行与行押韵，译文也尽量相应押韵。

对于有的后置形容词组，则无法完全按照英文的顺序翻译成中文，必须偶尔改变词序，主要是以介词 of 为标志的后置形容词词组。如：

Now, from the darkened spaces
Of fear, and of frightened faces

这样整个介词词组都要在中文里提前到第一行，前面的 spaces 要换到第二行，成为：

现在，从恐怖与充满
惊恐脸面的黑暗空间

这样的调整与处理是合理的，但也因此失去了原诗的韵脚，也是很无奈而可惜的。

以《看，我们闯过难关！》为分水岭的诗歌不再在韵脚上刻意求工，完全追求一种情感的宣泄节奏，自然流畅，松弛奔放。而个人生活的际遇、战争的恐怖及其受到的迫害，令他表达更加直接，因此也更容易受到惠特曼风格的影响，这方面他有过详细论述，可参见他为《新诗集》所写的序言。《鸟·兽·花》开创了劳伦斯诗歌的"新天地"，劳伦斯完全成了一位"自然诗人"，歌颂自然万物之美，不再把人当作"万物的灵长"俯视鸟兽，甚至经常在鸟兽面前表现出应有的尊重和谦卑，从而写出了《人与蝙蝠》和《蛇》这样的代表作，不仅意象纷呈，在诗歌的节奏和格律上都顺其自然，打破了一切旧的格律形式，滔滔不绝，情感奔放。

为了表达自己与传统诗歌的告别，彻底走上全新的诗歌之路，劳伦斯于1919年用激情澎湃的诗意语言写下了《新诗集》的序言，其实用他自己的话说，这个序言应该是为《看，我们闯过难关！》所写的迟到的序言，仅仅是放在《新诗集》里发表而已。通篇是对传统的高调告别，是对未来诗歌风格的高歌。他以惠特曼为榜样，着重于写出瞬间的在场感，歌颂当下感的奔放流畅与自由洒脱，认为这种不追求形式上完美只追求须臾间"灵光乍现"的美甚至在审美价值上超越了雪莱和济慈等古典永恒的诗歌之美，就是要奔放、热烈、汪洋恣肆，"这才是鲜有的新诗。一个我们从来没有征服的领域就是纯粹的在场。时间的一大神秘之处就是我们未知的领域，即须臾的瞬间。我们一直难以认知的最大神秘就是紧迫的须臾间的自我。所有时间的本质就在于其须臾性质"。

这些诗歌注重内在的节奏，有些长诗在英文里朗读起来可以说激情澎湃，一泻千里，完全不受韵脚和诗行的限制，是典型的现代诗。

目前出版的英文版里很多长句的断行其实都不是原诗的断行，而是出于开本的狭窄限制不得不断行而已，原句是绵长逶迤的句子，读起来音美、意美，形也美。但中文翻译也只能随英文的断行而断行。译者希望尽可能地在译文中体现出这种洒脱自由的风格，以飨读者。

纵观劳伦斯的文学创作，应该说劳伦斯是一个诗情小说家，他最著名的小说都是绵长的诗，有诗的结构、诗的节奏，充满诗的意象。这是因为他的底色是诗人的底色。但他其他类别的创作成就过高，小说、散文等佳作迭出，完全遮蔽了他诗歌的风采，而这丝毫不令他诗歌的品位逊色，单独考察他的诗歌创作之后，不得不说他是当之无愧的杰出的英国现代诗人。

与他同时代的大诗人，劳伦斯似乎难以与之匹敌，但劳伦斯独特的诗风在后现代时期彰显其独树一帜的魅力，这就是劳伦斯诗歌的"差异化"价值。他的诗歌在 20 世纪初期就以高蹈独立的诗风一枝独秀，以边缘化、反崇高、反偶像、反"非个人化"和新古典主义的姿态我行我素，他没有加入现代主义诗歌的主流，甚至将平民语言和口语、方言纳入自己的诗歌，表现日常的生活，表达高度个人化的感情，对主流诗歌是一股解构的力量。他既不属于早期的乔治派和意象派（虽然这两派诗歌圈子都对他表现出高度的认同），更不属于以艾略特为代表的现代派，如果说他属于哪个派别，似乎大家公认的是他受到了美国诗人惠特曼的影响，率性而狂放，完全追随自身的自然冲动的节奏。这也是他游离于英国现代诗歌圈子的原因。从后殖民主义阅读的角度来看，似乎劳伦斯更容易受到自由派文学人士和英国之外的读者的追捧，这个趋向似乎暗合了劳伦斯在英国的边缘化文学巨匠的地位。另一方面，他在小说创作中将诗人的气质发挥到了极致，表现出了诗人的卓越风范，其小说以诗性著称，明显有别于非诗人的小说，这似乎是诗人小说家特有的风格。劳伦斯的诗歌与小说就是这样相得益彰，互为衬托。他在两个领域都有杰出的建树，实属不易，值得深入研究。

# 翻译，从厨房餐桌说起

经常在朋友圈里读到一些令人惊艳叫绝的句子和各种有待"商榷"的译文，如把"to be nakedly alone"直接硬译成"赤裸的孤独"。这种"原汤化原食"的译法现在用机器翻译也能做到，有时很难分辨哪个是"硬译"哪个是机器翻译。在这个机器翻译开始兴起的时代，"人译"真像失传的木工家具，做工费力、缓慢，但富有体温感，甚至是"焚膏"的自我燃烧感。

我想起一次电视直播中，有人把"打铁还需自身硬"的"自身"顺口翻译成了铁要硬而非铁匠要硬，很像不过心脑的机器翻译，当时就听得我浑身冰凉，感到罗马神话里刚强无比的铁匠之神伏尔甘消失了。估计译者那时想到的仅仅是英文成语"strike while the iron is hot"（趁热打铁）吧。

所谓的翻译要走心走脑，其实就是要遵从原文的"语境"，没了语境的文字转换就会像机器翻译。翻译的语境在翻译抽象的思辨语句时就是上下文的关联，丝丝入扣，瞻前顾后，应该就不会走样，否则就缺少了匠心，与机器翻译无异。

而具体到写实主义的文学作品，这种语境的把握似乎更难，因为它除了上下文的关联，还有实实在在的形而下的真实存在，即使匠心独运，查遍词典，也难保不出错。比如与日常生活息息相关的厨房里的那些"锅碗瓢盆"和"色香味"，就很折磨人。但如果如实地翻译出来了并翻译对了，有时还真有进别人家里生活了一番的主人翁之感。如普通英国人家的"晚茶"（high tea），记得还是萧乾先生说过不能翻译成"高茶"（尽管是因为在高桌上用而叫高茶），因为这虽然是傍晚的茶点，但很多普通的英国人家就以此作为晚饭了。就像广东人的早茶其实是早饭一样的说法。所以如果英国人请你去吃个"高茶"，其实是很像样的晚餐，千万别当成下午茶。

请看一段"晚茶"的具体内容："桌上，有冷盘烤猪肉，肉皮烤得焦脆，有土豆色拉，甜菜根，莴苣和酸辣苹果酱；随后上的是浇汁龙虾——或者说是不错的小龙虾，红白分明；甜食有苹果饼，牛奶蛋糊，糕点，一个水果拼盘中有苹果、西番莲果、橙子、菠萝和香蕉。"这一段看似简单，翻译时却着实花了些功夫，如那个"酸辣苹果酱"（apple chutney），幸亏有网络，连图都搜出来了。翻译好了，确实令人感到赏心悦目，秀色可餐。

《恋爱中的女人》里，一对情人选择在一座古镇的老餐厅里，伴着教堂的悠扬晚钟声先是激情澎湃地一番爱欲交流，然后吃了一顿晚茶，看上去也是令人垂涎："有鹿肉配馅饼，一大片火腿，鸡蛋，水芥，红甜菜根，欧楂和苹果馅饼，还有茶。"荤素、咸甜齐全，甚至很奢侈，绝非普通的"茶点"。

这样我们加上广东早茶和午茶，就凑齐了一天的三顿茶，早茶、午茶和晚茶。中西合璧开个真正的"茶餐厅"是个好主意吧？

说到当年英国普通人家里的厨房，也是很有意思，翻译的过程中竟然让我完全联想到自己童年时家里的煤炉子。《儿子与情人》中的厨房里，最重要东西就是炉子：

> 家里的炉子从来都不灭。睡前封火，盖上一大块煤，到早上这块煤差不多就烧透了。

英国人怎么封炉子和捅开炉子呢？

> 莫雷尔太太头天封上了炉子，炉火总是不灭。屋里的第一声响就是铁通条和铁钩子的砰砰撞击声，那是莫雷尔在敲碎封火的煤块，然后把水壶注满，放在铁支架上烧开水。

这个过程与我们中国人烧煤炉子的一套程式完全一样，用的"家伙事儿"也是一样的。我怀疑中国早期的那种笨重而精致的大铁炉子可能是从西方学来的吧。土产的煤炉子其实是用砖头垒起来的。不同的是他们的炉子是镶嵌在壁炉里的，有通向外面的烟道排烟，而我们则要安装铁皮"拔火筒"排烟。有壁炉烟道抽风，所以他们封炉子简单，掏完下面的灰，上面压上大块的煤即可，而我们封火很麻烦，要用"盖火"（火盖儿）盖上炉子，再用拔火筒扣住"盖火"的小眼儿，让煤缓慢燃烧而不至于熄灭，还要防止煤气泄漏把人熏死。

英国工人简单的早餐是这样的："他把咸肉放在叉子上烤，把滴下来的油抹在面包上，再把咸肉片儿铺在厚面包片上，用一把折刀连肉带面包切成块儿"，然后就着热茶吃起来。一般情况下是干重体力活的男人吃肉，女人和孩子只能用烤肉滴下来的油抹面包。这让我想起我的童年时期，曾经每月一个人只能凭肉票买一斤肉，买来肥肉都熬成油，用来炒菜，油渣成了奢侈品，偶尔奢侈一下是把固体的荤油抹在热馒头上撒上盐吃，那简直是天上美味了。

似乎有过类似的生活体验再翻译这样的描写就得心应手得多，体验也是语境的重要部分。

但有时拿自己的经验去套外国人的行为在翻译中也会出错。最早翻译《虹》中两个人在麦地里收拾麦子捆儿，说他们手插入麦子捆的 tresses，拎起来集中在一处，我就不知怎么想到小时候到农村"学农"拔麦子时的情景。我们拔出麦子后要用两把带着麦穗的麦秸秆接起来做成一个腰带状的东西把一堆麦子捆成麦捆，那个腰带俗称"腰子"或"腰儿"（发四声）。人们是提着这个"腰子"把麦捆拎走集中堆在地里再用车拉到麦场上去的。所以我就把这个英文的 tresses 自然想成是我熟悉的"腰子"，就把它翻译成了"腰子"。但后来总觉得不对，又看英英词典解释，上面只说是"长发"，那就指的是麦捆的麦穗部分。看来劳伦斯不像我这么专业，他不知道拎麦捆要拎那个"腰子"，或者说他不知道英国农民要拎那个"腰子"，只看到他们拎着麦捆，麦穗朝上而已，就只说他们的手在 tresses 中间，其实 tresses 下方必然要有捆麦子的那个"腰子"才能拎得起来，农民的手拎的是那个"腰子"。但劳伦斯没给出"腰子"的英文，我就不能把 tresses 翻译成"腰子"，只能对付着翻译成"手插进麦捆里，提起来"。

所以，涉及语境时，这些特别具体形而下的东西最难翻译，一定要把语境完全对准方可。

# "To译" or "Not to译"

看到一位颇为知名的译者在微博上对粉丝们倾诉自己的纠结心态：一本很好的名著，出版社出价仅仅千字 80 元，还是税前，确实令人心中烦躁得慌。接不接这个活儿？大家反应很直接，有的说这是对名著和名译者的不恭，不能接；还有的说接就接了，英语词典的编者某大学者刚翻译了一本书千字也仅仅 70 元，这是通行的标准，市场本如此。

拙见可能会被大家取笑：To 译 or not to 译，听从你内心的 calling 吧，really up to you！（译或者不译，听从你内心的愿望吧，这完全取决于你！）

这样的问题既是个通俗的生计问题，也是个高深的生命体认问题。

如果是仅仅考虑生意经，在我的工资只有 100 元的 20 世纪 80 年代，弱冠之年，体健脑健（虽然学养不足），稿费只有千字 15 元上下，我花一年时间翻译一本长篇小说，稿费是税后 5000 元左右，我拼了，挥汗如雨，把那台 100 多元的长城牌电扇都折腾得发动机滚烫，用塑料袋包着冰块给它降温，最终如期交货。那是我年工资的五倍（当然我是业余时间做，所以工资没减少），这样刨掉一月的生活成本外加 50 元的婴儿保姆费，我还赚了一些，而且我翻译的是一本名著，因此树立了自己的专业信誉，这本书以后还有再版机会。这种有利于身心，还颇有收益的工作，简直是天上掉金子，我感谢出版社，感谢劳伦斯的文学，感谢我的命运。翻译这样的书，似乎是个系统工程，让我心灵肉体和文学追求及市场效益都达到的高度的统一，似乎是替神传道的工作。以后不期而遇的一版再版则更是幸运。

随着工资水准的上涨，一年或半年翻译一个作品，如果报酬与年薪相等甚至到后来只相当于半年的工资水平，我也没有怨言，甚至还是很高兴。等到只相当于一个月的工资水平时，自然感到很滑稽，自然多了调侃，甚至有了"奉献"的高尚感觉。但毕竟是把自己的精神生活交给了文学，所以也不感到悲摧，反倒觉得平和了。

我认识的国外翻译家，他们一年的稿酬都不够交税水平，说明收入有多么低！他们要再干些别的工作来养家。但他们很快乐，因为有基本社会保险，不愁吃穿，也不追求致富，他们注重自己精神生活的富足。跟他们比，我们还有什么可抱怨的呢？学都学不过来呢。

我出国的英文专业毕业的同学朋友，国内出版社按照这个千字 70 元—80 元的标准邀约翻译一本书，他们要么不接，要么接的人都不讲价的——因为他们认为钱不重要，重要的是他们因此有了一个机会继续用母语中文做一项高尚的工作，也让自己与中文密切接触，感到自己与这片土地还有密切的联系。当然后者是衣食无忧的人的想法，不可盲目效仿。如同北欧某女王，在漫长的冬日，为了战胜黑暗，在王宫里做什么呢？翻译外国名著。这境界谁能比？那是多么高碳的工作过程啊，王宫的灯多么费电，王宫的取暖和肴馔多么奢侈！那样的环境下翻译出的世界名著是多么无价，令我光着膀子汗流浃背翻译的名著廉价到极点。但我们心灵的愉悦是一样的，有歌唱道：同样的欢乐给了我们同一首歌！我因为翻译了劳伦斯而敢于和北欧女王唱同一首歌。

所以我一直说翻译文学是奢侈的，甚至是很高碳的，具备翻译的心态和物质条件比翻译本身还重要。出版社在目前的情况下最多就是出这个价，而且动辄拖欠稿酬。我经常被出版社拖欠着超期几个月的稿酬，编辑夹在中间很难受，因为上司就无耻地拖着，她也没办法，我也不想跟人家红脸。所以如果你清寒，想通过翻译挣生活，就不要翻译什么文学作品，最好去翻译专业的文件挣高稿酬和快钱。这是残酷的事，但也是实际的事。

目前北京的平均年工资已经"宽松"到差不多 10 万元了，如果翻译一本书稿酬没有 5 万，你肯定干着无聊。三线城市平均年工资也 3 万元了吧，那一本书没这个价，你肯定要抱怨。这么一算，翻译还是不翻译，真取决于你自己，你对生活的要求是什么，你所在的城市平均工资水平几何。说到最后，似乎翻译和文学都最不重要了，那我们还讨论什么呢？这完全取决于你，听从你内心的愿望吧！

出版社不是慈善机构，它们也要养活一批人，让自己的编辑平均工资达到本地平均水准，让自己的领导层工资达到本地富人水准，否则他们工作也没动力了。

To 译 or Not to 译（译或者不译），自己掂量着办吧，这是个复杂的系统工程，落到每个译者头上，就是个拷问你精神追求与物质支撑水准的大测谎仪，在此你必须对自己坦诚，这是生活的真谛。

就目前的文学翻译之纠结状况，私下有这样几个层次的思考，不知当讲不当讲：

一、靠辛苦的文学翻译获得生活的第一桶金是白日梦，再抱怨就是白痴梦。

二、清贫还要学朱生豪，高尚并高不可及，但先看看你有没有朱生豪的夫人那样的人照料你，或恩格斯那样的好友如同照料马克思一样照料你。

三、衣食无忧，但有水平，甘于不赚钱，满足精神需求，精心翻译点作品，此乃平实踏实之人，可学也。

四、衣食无忧甚至富足，又有水准，就把翻译文学当成消费奢侈品吧，你出国旅游，你买名牌，你买翡翠能甩大钱，翻译文学就当你花钱买了一部诗集好不好？但不能用这个标准要求所有人。外语好的人多了，但他们不热爱文学，就热衷花天酒地，却也养活了很多第三产业从业人员，不能要求他们来投身文学。

五、出版社也不要把自己当成资本家，不要追求利益最大化，该扶持的扶持一下，只要别大出血；单本核算赚大钱的书，应该与译者分享后续成果，这些要在合同中体现出来，如先出个基本稿酬，然后达到多少万册后按照什么版税比例分成，并且出版社要自律，不要隐瞒印数。

# 关于译协

20世纪80年代初，在福建师大念硕士时的一个师兄绕着世界转了一圈，拿了博士，最终在香港的大学里当了教授，我还去过他的大学访问过他的校长，但居然不知道他在那里。后来因为他在译林出版社出书，发现我也在译林出书，这才联络上，真是不容易呀。这个世界里人和人的缘分真是令人感慨。我们这些喜欢云游并相忘于江湖的人，居然还有机会在江湖上重逢，主要还是因为大家都没有脱离翻译文学这条老根，还因为有译林这个码头，大家都来靠港，就又重聚首了。

他告诉我他是来开中国翻译协会（以下简称"译协"）的理事会的，倒让我恍惚想起自己20多岁时曾经神圣地申请加入了这个协会，还是请劳陇老夫子写的推荐信呢，以为凭着自己翻译的几本书和文章加入了协会就算翻译家了，很有荣誉感。协会的负责人打电话来让我哪天过百万庄总部时去取会员证，我就蹬着自行车不远十公里地顶着北风去了，感觉是领取人生的一个神圣的证明，拿到那个小红证件比我拿到单位的工作证时还兴奋，感觉是自己多年的学习和翻译实践受到了认可，从此就和冯亦代等老夫子是一个码头的人了，也叫翻译家，而且是"青年翻译家"。

转身要离开时，人家说请我帮个忙给我单位的另一个人捎个会员证去。我一怔：我那个小庙里还有谁能和我一样享有这等殊荣，不可能有和我一样翻译了劳伦斯类大家的名著的人啊？打开那个证件，我恍然大悟，原来是某个同事，不过与别人合译了本什么小书，以这等成绩也能入译协啊？但人家的入会介绍人是闻名全国的某大文学家呢。如果按这个人的标准算，那我就能入好几回了。于是顿时感到那个小红证件黯然失色。和同好讲这件事，人家告诉我不要认这个真，说，你看咱们社里乌泱泱一群人都是作家协会会员呢，他们有什么作品？我这才醒过闷儿来。原来我周围隐藏着这么些个作协会员呢，都算作家！千万别拿这当回事，别以为自己翻译了书，写了小说有什么了不起。

于是我就把那个小红本扔进抽屉里，再也没拿出来过，填什么表格时从来不填自己是什么会员，慢慢就"脱会"了，译协再重新登记时我自然就被淘汰了。我也从来没去申请加入作家协会。倒是前些日子发现文字著作权协会可以帮作者追讨稿酬，人家给我表格我填了，也入了会，这是退团后唯一有记录的组织。前几年单位给表格填让加入中国电视艺术家协会，据说有高级职称的都算电视艺术家，我想我不过是干这个工作而已，哪里艺术了？于是没填表，也就没当成那个艺术家。

还记得20多年前有一次译林在南京组织青年翻译会，会上就有一批年轻人到中国译协的负责人那里要求发起"中国青年翻译家协会"，理由是中国译协是老年人的协会，不利于年轻人成长，吓得译协那个老实巴交的负责人够呛，生怕闹出事来。这事实在好笑，他们哪里知道，要成立这样一个协会可不是有人气就行的，要注册，要有主管单位，没那么简单。小小闹剧一场。20年过去，估计当初要成立新协会的人已经认祖归宗，进了这个正统的协会混个一官半职了。看来当年还是太年轻，急于有个名分。名分的事，真急不得，即使急中生智得了，也不见得就真怎么样，还得靠时光和努力磨炼才行。我扔了那个小红本，不是照样哗哗地出书？

过了无数年不是会员的日子，这次却并非因为翻译劳伦斯作品被单位指定参加译协的会，因为单位是理事单位，我就顺便成了理事，莫名其妙。这么一算我都是两个协会的理事了，但还真没什么事可理，除了开过几次会，也没人没事理我。

# 我们这些不可救药的笔耕农

一个读者表扬我的一本书印了稍大的字体，有利于中老年读者阅读，与有的书字号如同蚂蚁形成对比，我就很高兴，因为我也开始花眼，怕小字儿，也希望能不戴眼镜照样阅读——当然不是希望书都印成《参考消息》大字版那样——这样能让很多刚开始花眼的读者延长"无镜"阅读期，是善莫大焉的事，当然字大点，书就厚点，成本就高点，但感觉好点。不过译者是靠翻译字数拿低廉的稿酬的，书再贵也跟译者收入无关，因此我赞扬大字书与我的收入无关，那点收入本来就不值一提。我是为出版社的善行高兴，也为读者高兴。

把这消息告诉同行，人家笑我：你都出了那么多书了，多一本少一本还这么高兴，真逗。我就回信说：我们是自耕农、笔耕农，本质上与大田里劳作的农民没什么区别，区别仅仅是不受风吹日晒。从这个意义上说，我们这些农人，反正是年年播种、耕作，当然希望种了能收，收了当然快乐，即使是广种薄收，也是快乐的。凭什么不快乐呀。收获的粮食卖什么价钱那是快乐之后的事，卖得好自然更快乐，卖得不好也不要不快乐，留着自己吃行不行呀，自己种的自己吃至少踏实。翻译一本书等于给自己留个小粮仓，不定什么时候就能吃上它，而且这个粮仓不用看守，不用防老鼠，也不用怕过期，因为有知识产权法帮你看着呢，有老鼠偷了（盗版）被我发现我就去打老鼠，让它吐出来。每次查到盗版，我都感觉我成了纪委的一员，可以堂堂正正地查下去。我为什么不高兴啊，一定要高兴，多一本是一本。

看到网上有翻译家质疑因抑郁症离开我们的年轻译友孙仲旭弃世是翻译造成的，我也小有同感。翻译本身绝对不会造成不快乐，我们翻译和出书，是最快乐的事，小孙肯定不是因为翻译的某些作品内容阴郁导致抑郁，翻译人毕竟是接生婆，不是产妇，不会过分感同身受。也不完全是稿酬低廉造成的，因为低廉稿酬是全国出版社约定俗成的市场价，不会有人出太高的价格，除非是那种立即能赚到大钱的连夜赶的活儿，一般的文学作品就是那么个区间价格，对谁都一样，碰上刁钻的还按照电脑统计字数付钱，这样可比按版面字数付钱便宜四分之一。我们不能为难具体编辑，他们也是执行者，不好跟领导去谈价钱的。

小孙的麻烦是，他作为一个笔耕农，太重视自己的翻译成就，出版社都喜欢他的译文，流畅，漂亮，约稿很多，价格却大体都那么低，这样大量的约稿令他很疲惫，但作为笔耕农的荣誉感又令他欲罢不能，这是他最爱的事业，当然像我一样，每出一本书都会打心眼儿里高兴莫名，因为这是我们的精神寄托。可这么大的工作量却不能供养他专业地做文学翻译，他还得靠在船舶运输公司当职员养活家人和自己，这就让他疲于应对生命中的两件大事，时间和心态处于分裂状态中。说句不道德的话，如果他翻译得没那么好，没那么多的约稿，他也就不会心理负担那么重了。可他翻译得好，大家都找他，他要对得起自己的精神寄托，又要对得起家人，白天忙乎一天甚至去非洲出差，有点时间就忙自己的翻译工作，这是耗费心血的折磨人的生活。估计是这种经历和精神的分裂导致他慢慢抑郁的。说到底，还是笔耕农的自尊和自豪感让他欲罢不能，但又疲于应对超负荷的翻译量。他走的是传统老翻译家的路，但传统的老翻译家们多是计划经济年代在大学和研究所这样的文化单位工作，工作量并不繁重，多数还从事的是外语教学与研究工作，翻译与养家的工作基本上是一致的，如果教授翻译课，那就基本上是职业翻译家了，所以他们的心态并不分裂，但我们这个时代不能给孙仲旭提供专业从事文学翻译的条件，他得勤奋工作养家糊口，为广州的高房价埋单，再争分夺秒地翻译根本不能养活他的文学，这种分裂的生活肯定对他身心都造成了极大伤害。关键是他愿意为之献身的文学工作不能养活他，估计这最令他不堪。

我翻译一部小说时，遇上一个注解，说那是劳伦斯引用朗费罗的诗句，我感兴趣，就去查原诗，读了，很为这个"细长个子"（Longfellow）的诗歌感动，心有戚戚焉，就顺手翻译了下来："夜里驶过的船相互招呼／仅是黑暗中的信号和遥远的声音／在人生的大海上我们擦肩而过互相招呼／仅是一个眼神和一声招呼，然后又是黑暗和寂静"。

　　这首诗让我想到的是现如今茫茫网络宇宙间的人们，微信，微博，博客，匿名或真名，但连见都见不到，招呼或呼应基本是靠魂灵的感应，感应对了就发个信号赞一个，遥不可及地引以为知音一下，随之就又陷入黑暗和寂静中。于是我感到很高兴，因为我通过劳伦斯遇上了朗费罗，我翻译了两个大师的话，还能把这样的翻译文字传达给读者，印了书还能有几个钱，我因此感恩不尽。这样的小笔耕农生活怎能不快乐？

　　当然我知道，这样的笔耕农是不可救药的，与这个时代是很脱节的，因此偶尔高兴也是闷骚一下而已。

# 说说笔耕农们的"高潮"

读到大学者、大翻译家柳鸣九老夫子为一套"世界名著名译文库"所写序言的结束语，我颇为唏嘘：

我们的文库会有什么样的前景？我想一个拥有十三亿人口的社会主义大国，一个自称继承了世界优秀文化遗产，并已在世界各地设立孔子学院的中华大国，一个城镇化正在大力发展的社会，一个中产阶级正在日益成长、发展、壮大的社会，是完全需要这样一个巨型的文化积累"文库"的。这是我真挚的信念。如果覆盖面极大的新闻媒介多宣传一些优秀文化、典雅情趣；如果政府从盈富的财库中略微多拨点儿款在全国各地修建更多的图书馆，多给它们增加一点儿购书经费；如果我们的中产阶级宽敞豪华的家宅里多几个人文书架（即使只是为了装饰）；如果我们国民每逢佳节不是提着"黄金月饼"与高档香烟走家串户,而是以人文经典名著馈赠亲友的话,那么,别说一个巨大的"文库",哪怕有十个八个巨型的"文库",也会洛阳纸贵、供不应求。这就是我的愿景,一个并不奢求的愿景。

严格地说,这样的段落是不应该出现在学术著作的序言中的(柳老请原谅,最好您没看到我的文章),它更应该是图书出版后编者写的编后感,发表在报纸副刊上的随笔。但我们这个世风日下的文化环境让老夫子无奈,忍不住在序言的结尾处大发感慨。柳老对当下的文化语境基本是无语了,也只能这样写。有心人慢慢咀嚼体会吧。好在过去多年里中国积攒下了一批外国文学高度专业的翻译者,柳老还能发动大家编一套"文库"出来,且多是经典名著。再过些年,如果像孙仲旭这样执着的中青年译者慢慢青黄不接了,前景如何呢?

小孙已经在广州的光怪陆离中抑郁而去,他代表了中青年译者的一种潮流,那就是翻译外国当代有影响的作品,当代的慢慢就会成为经典,虽然现在还不是。但如果现在没有人做,将来何来经典?我们还有几个活着的孙仲旭?几乎没了,大家都是兼职玩而已。记得钱春绮先生在20世纪50年代得益于当时相对高的稿酬,毅然放弃医生的职业投身于德国文学翻译。"文革"后稿酬涨势如蜗牛般缓慢,到后来,其他工资涨了100倍,稿酬只涨了3倍多,这个行业成了彻底的夕阳红,据说钱先生说过后悔辞去工作,但为时已晚。

当然我们也可以说，因此"革命队伍更纯洁"了，在"革命低潮"时勇于献身干这个才是真热爱。至于将来有没有高潮，别去想了，你想想那些街边小店主就踏实了，他们永远没有高潮，但永远风雨无阻地开门营业，赚着小钱，也乐呵，对他们来说，每卖出一瓶酱油都是节日。我们是笔耕农，每收一粒籽都是幸福。写着写着我这篇关于笔耕农的"高潮"的文字就成了对自我的"高嘲"，只能归入我博客的《嘲嘲闹闹》栏目里了。

# 我爱пере……

大家在童年时应该都做过无数星光灿烂的梦：歌星、运动员、军官、科学家、宇航员，但绝少有"翻译家"这个词出现在我们的生活里——除非出身世家，否则我们甚至不知道翻译还能是个当饭碗的职业，翻好了也能叫"家"。做翻译多是大学毕业工作后的选择和爱好，有时是无奈的选择。也有时先是权宜之计而后竟成了终身的事业，因此是一种理性、智慧和个人际遇的综合选择，当然也有不少人选择了做翻译家但壮志未酬。而真正成了"家"也少有以此为唯一生活来源的，多是大学教师和文学研究者的第二职业。因此翻译家们大多心态平和，处世淡泊，仅与自己所翻译的外国作者保持心灵的沟通，殚精竭虑于用最恰当的中文传达原作的意思和神韵，并致力于通过写作译者前言和研究文章来普及和诠释作家作品。所以你能看到咄咄逼人、狂放不羁的作家和诗人，但从来看不到这样的翻译家，因为他们内心十分平静谦卑，仅仅是把翻译当作一项介于学术和文学之间的严肃事情来做而已，并不认为头顶上那个"家"有多少光环。因为他们明白，如果自己翻译得好，成就大多归功于原作者，如果翻译得不好，则是自己失职。任何一个明智的翻译家都会这么想，这就是我经常说的"椟以珠贵"，那仅仅是指自己的译文得到的待遇，译者自己万不可"挟珠自重"。

就我所知，在这个意义上说，当代最有代表性的杰出翻译家是萧乾和赵萝蕤。萧乾自幼习英文，又留学剑桥，是著名作家和战地记者，著述颇丰，只是到20世纪50年代因被打成"右派"被剥夺了创作权利才在当编辑之余开始了翻译生涯，聊作文学出口。20年后他的错划得到了改正，他又投身到文学创作中去了。他的口号是"能写就不译"。即使是后来，他承担翻译名著《尤利西斯》的任务也是为了帮助妻子，其实是第二译者，第一稿基本上是文洁若先生完成的。赵萝蕤教授是20世纪我国较早一批留美文学博士之一，但她一直以创作诗歌为己任，职业是教授英国文学，是我国外国文学教学的奠基人之一。在清华读硕士时受导师之托翻译过艾略特的《荒原》，但号称根本不热爱这位大诗人，只是为了完成导师给的任务，那导师名气非常人可比，是后来当了民国外交部长的叶公超教授。后来她在芝加哥大学靠研究亨利·詹姆斯得了当时稀有的文学博士学位，但又号称并不怎么喜欢詹姆斯，嫌他的文体冗长啰唆，用赵的话说就是"大从句套小从句"套个没完。她喜欢简洁有力的句子，因此爱诗，最珍爱的是自己写的诗，要做诗人。只因为全部诗稿在"文革"中被红卫兵野蛮烧毁，其创作欲望也随之消退，晚年才开始翻译惠特曼的诗集，以此代替自己未能实现的诗人理想，未承想因此誉满全球。

他们两位可以说都是在 80 多岁时因为翻译了外国大师的名作而真正声名远播的。在他们成功的巅峰时刻，我有幸采访了他们，是把他们当作顶级翻译家顶礼膜拜的，但我根本没有想到的是，他们都很理智地表示当翻译家不是自己的首选理想，认为翻译家只要两种语言俱佳并有奉献精神就可以做好。我本期盼他们慷慨激昂地道一番翻译艺术的高见或精辟地传授他们高超的翻译技巧和心得，未承想他们如此平平淡淡地"打发"了我。

这种淡定，这种并非出自谦虚的真诚道白，是他们从人生的终极意义上对自己从事文学翻译活动的客观表述。现在我还记得当年赵老太太在巨大的煤炉边（她那时住的是美术馆后街的祖宅，是平房，没暖气）悠悠然说她不喜欢这个不喜欢那个的情景，真是大家和大家闺秀啊，这世界不知道能入她法眼的都有什么，或人或文；还记得萧乾无所谓地沙哑着嗓子用英语说："Whenever I can write, I don't translate."（只要我还能写，就不翻译。）我是做一个英文专题片，用摄像机拍下了萧乾晚年说英文的场景。如果我早几年做电视记者，就能拍下更多的老翻译家，如冯亦代晚年发力时的听风楼书房。可惜，我采访了近50个名人，却只拍了萧和赵的活动画面。

但他们的际遇和经历从另一个方面告诉我们：做一个优秀的翻译家，看似无心插柳柳成荫，可绝非易事。一个人的语言知识、文学修养和人生历练若都达到了萧乾和赵萝蕤先生那样的水平和境界，做一个优秀的翻译家就水到渠成了。立志做翻译家的人都要有这种专业的精神和"业余"的思想准备。我想这就是我们国家虽然极少有职业文学翻译家但优秀译品却也不鲜见的缘故吧，因为好的译文来自这种强大"综合实力"的背景，事实上这种背景似乎也是必须。

说到不才自身的体验，或许对在文学翻译这个领域里"白手起家"的清寒学子更有分享的普遍意义，当然也有惨痛的教训。作为"文革"年代中成长起来的小城市普通职员的子弟，我这种 back street boy（胡同男孩）从小不可能有谁对我说"翻译家"这个词。最早知道什么是翻译是看《小兵张嘎》的电影，以及很多抗战题材的电影，那上面的翻译基本都是肥胖奴颜形象。因此对"翻译官"反倒没什么好印象。

那时小学没有外语课，文化课也学得不尽如人意，倒是经常念《毛主席语录》，学习报纸社论，等等。混到毕业继续上中学，听说中学里要念外语，是什么外语根本不在乎。等1973年上了中学，被告知我那个班学俄语，别的班学英语，家里有知识和背景的孩子就不干，转到"英语班"去了，可我就没觉得有什么不同。

幸运的是我的俄语老师曾是中央哪个部委的翻译，因为被打成"右派"才给发配来中学教俄语的，据说他的俄语是这个城市中学老师里的头一位，虽然是"摘帽右派"，但其人仪表堂堂，丝毫没有被打成"右派"的人那种畏首畏尾的表情。跟这样的人读俄文，让我感到很享受，念得好，经常受表扬，还让我帮着改同学的俄语造句，那是多大的光荣！所以我学起俄语来很投入。课堂上"翻译"二字会出现，但都是老师让大家把俄文句子"翻译成"中文或把中文"翻译成"俄文时下的命令而已。终于有一天，附近的河北大学俄语系的大学生来我们中学实习，业余时间和我们在一起谈天。说到未来，有人用俄语对我说：你将来可以当翻译。这让我想起，我的老师就曾经是中央部委的翻译，外语念好了，可以把翻译当成一种工作。那是我第一次明白，翻译和什么干部、教师、售货员一样是一种工作，靠它拿工资，而且生活很风光，干得好就可以跟着领导满世界跑，干得一般也能进旅游局当导游。

但一直没把"翻译"和"家"联系起来。不过我心里似乎一直响着"翻译"这个俄文词：переводить，我特别喜欢其带着颤音的前缀"别列"（пере），就是穿过、越过的意思。翻译就是在语言间穿越和飞跃的工作，而且这个 пере 让我想起俗语中的"别过来"，就是把东西扭动方向弄直的意思，我就这样牢牢地记住了"翻译"这个词的俄文发音。

但我考大学时并没有想读外语，而是以为上了中文系就能当作家了，所以报考的是中文。1977 年的高考，非外语类考生都不用考外语。如果我不考外语专业，就可以偷懒少复习一门课程。但我的俄语老师觉得我放弃俄语既是浪费也是少了一个被录取的机会，就苦口婆心劝我第二志愿一定要报个外语（那年只能填三个志愿）。我听了他的话，这就意味着我要比大多数人多考一门功课，但也多一条路。结果是我被英语专业录取了。虽然这个结果令我懵懂，但我还是接受了这个结果，因为我没有勇气第二年再考。有的老师似乎为了安慰我，说过：当不了作家，你将来还可以当翻译家。或许这也是我把自己的未来与翻译家联系在一起的开始。

即便如此，我还是没有树立当翻译家的理想，还是觉得那个理想离我太远，似乎那是著名大学里的教授才能做的事，我仅仅是一个省大学英语专业的学生而已。

后来读研究生，我要选一个外国作家作为硕士论文的研究对象，但学位统称为"英语语言文学硕士"。这个学位仅仅是走进社会找工作的敲门砖，很少有人工作后还继续从事硕士阶段的研究，大都从事英语教学工作，也有从事其他工作的。一般转行的都飞黄腾达了，尤其是从事外事、旅游、外贸工作的，官至部级甚至更高者有之，发大财者有之，在高校和研究单位成为名教授者更不鲜见。

但我是个例外，不仅没有放弃硕士阶段的研究，还"变本加厉"地深入了进去。我坚信，要在劳伦斯研究上立住脚，首要的是我得拿出几个他的作品的中译本，翻译是最好的研读。于是我就这样有目的地翻译了很多劳伦斯作品，同时也做些基本的研究工作。不知不觉中，我把翻译劳伦斯定位为我的主业了，因为我开始感到了沉溺其中的快乐，感到是自己在用中文重写劳伦斯的书，我在做劳伦斯做不了的事，我在替劳伦斯当翻译的同时逐渐被称为"家"了，既被称为"劳伦斯专家"，也被称为"翻译家"。

但不了解情况的读者大多以为我是在大学或研究所从事专业的劳伦斯翻译和研究，其实不然，我仅仅是文学圈外的散兵游勇，我赖以生存的"事由"先是出版社的编辑，后是事业单位的英文翻译，依旧是布衣平民。至于"翻译家"和"作家"的称号，也是出版社出版我的作品写简介时写上去的，因为不赠给我这样的雅号我就一无是处。我是靠几百万字的作品堆出来的翻译家和作家，我想就说自己是个"劳伦斯译者"和"作者"，但这称号不登大雅，也影响作品销路，就恬不知耻地接受了"家"的称号。这个"家"在英文里不过表示从事某种事由之人的那个小后缀如 -er 和 -or，在中文语境里就是"者"，要由"者"成为"家"，是需要有质有量的作品支撑的，谁都愿意买一个"家"的书，而不买"者"的书。其实我这个"家"甚至不属于任何翻译家协会和作家协会，我"不在"任何组织，没有任何社会身份，仅仅是个文学的自然人而已。

这个特色取决于我自己的境遇和价值观，取决于自己对现实的妥协与平衡。也就是爱好与谋生之间的平衡。我读过的两个大学即河北大学和福建师范大学都不是重点大学，如果我要在学术研究方面有所斩获，我必须考取一个博士学位，当然最好是重点大学的博士学位，让自己"脱颖"，然后再谈其他。但我从小的志向是从事文学创作，写小说曾占据了我的大量时间，而不能花时间去备考博士，也怕根本考不上。我在出版社当编辑时就幻想着自己就是巴金，一边写《家》和翻译赫尔岑，一边给文学青年萧乾们当伯乐。结果当然是自己成不了巴金，更发现不了萧乾，写了本长篇小说《混在北京》就落荒而逃了，离开被人们以为是小说原型的那家出版社，干起中译英来，有个踏实的饭碗，业余圆自己的巴金之梦吧。

我的文学专长当然还是硕士阶段的劳伦斯作品研究，我庆幸自己误打误撞在茫茫如海的世界名家中遇上了我最钟情的一个英国作家，翻译他的作品不是为稻粱谋，而是出于热爱，但最终又歪打正着在出版方面获得了自己的 market niche（中文叫市场份额，听着俗，所以就喜欢用英文，因为不是最熟悉的母语，俗也不觉得俗了）。与劳伦斯作品的相遇，现在想起来简直就如同一场艳遇。我在纪念恢复高考 30 年的一篇读书回忆文章里写道："我读了劳伦斯小说《菊香》，被这个仍然被国内理论界称为是'颓废资产阶级'的作家的清新文风所触动。同样是写我稔熟的劳动人民生活，劳伦斯小说和我们从小读的《红旗谱》《桐柏英雄》等实在是大相径庭。这样的作家太值得我们重新发现和研究了，而且我们应该为他'平反昭雪'，在中国普及这样的优秀作家（那个时候哪里知道，劳伦斯早就被国际学界认定是20世纪最伟大的作家之一了）。毕业时上了研究生，选定硕士论文方向时自然地选择了劳伦斯。是劳伦斯这个跨越写实、现代和后现代三阶段的作家让我找到了文学研究的支点，找到了一根最适合我的文学支柱，让我得以一边翻译、研究，一边从事自己的小说写作，不时地与新潮理论相切，感到自己在'与时俱进'，同时依然在内心深处恪守着一份淳厚的写实主义文学传统。"

于是研究生毕业后这30多年来我就是为了自己的爱好忙碌着，我称之为我的"这口大烟"，而且在劳伦斯翻译方面越陷越深。因为任何个体作家研究都是靠对原文的"细读"作基础的，我的翻译和为了翻译而做的研究就为我在劳伦斯研究方面获得了某些话语权，被一些同行当成了"专家"，其实仅仅是资料积累得多而已，有时一个最新的资料能推翻某个人论文中的论点，所谓专家往往就是这样炼成的。但真正的专家应该是有自己的理论体系的人，这方面我自惭形秽，因此是只专不家。我在1993年出版的《混在北京》里早就借小说人物之口自我讽刺了一番："这种专家不难当，只要有恒心，搭日子就成。"我并不想也做不到呕心沥血建立自己的研究体系和框架，我的乐趣在于语言的把玩，"一名之立，旬月踟蹰"，用最好的中文体现劳伦斯的作品风韵，这个体现过程也揉进我的创作激情，为我的写作打着最扎实的语言基础——我还没有忘记我与世界的最初约定：我还是要写小说的。

说到此，我的选择完全是我为自己量身定制的，一点不值得毫无背景的穷学子骄傲和效仿，仅仅是一个非重点大学的小硕士生、一个狂热的文学青年为自己的文学激情找到了适合自己生存的文学空间而已。但这个选择是要付出现实利益代价的，如我在接受杂志采访时所说的："现在大多亲友关心的并不是你翻译了什么，而是你是不是当了官或挣了大钱，房子车子票子，子女工作如何之类特别实际的问题。如果你在那些方面没有出人头地，人家自然不会关心你文学做得如何。所以我是生活在这些俗事中的，和他们从来不谈文学翻译，那样会显得很书呆子，也是对牛弹琴。真正可以聊的反倒是同好们和有关的出版、媒体人士。做文学翻译，你必须要承受得住实际生活中亲友和故交及进取的同事们对你的忽略甚至轻蔑，因为你在生活中很木讷，仙风道骨得不可理喻，也不能帮人家什么忙如给人家孩子找工作和上好学校，帮人家企业公关或偷税漏税等。但你自己要自觉，别太强调自己的翻译家形象，人家说你没混好也别受伤，那样反倒格格不入。但自己内心要坚持自己的文化身份，坚持自己的梦想，没有白日梦的人是可怜的人，据说白日冥想还能治狂躁症，益寿延年。"我也想过进研究机构当专业研究人员，但此事因为我没有博士学位又不敢人到中年去考博士而告终。后来别人告诉我，即使我进了大学或研究机构，我也不可能专业做劳伦斯研究，在那种地方我必须做"全能"的事情，劳伦斯仅仅是研究内容之一。既然如此，我靠从事基本的英文翻译养活自己进而去"养"我的爱好就好，何必人到中年了为个正规学术身份伤筋动骨呢？我为什么不能一介布衣地做文学呢？

在学术圈子外做学问、翻译，在文学圈子外写作文学作品，我选择了一条孤独、自我放逐的路，但我自由，我不用仅仅为升迁而做不喜欢做的论文，不用为名利写不是发自本能的作品。比如，我在英国一年，回来写的却是一本劳伦斯故乡行的散文和一本英伦印象随笔，这样的作品是不能用来评高级职称涨工资涨分房面积的。我深陷于劳伦斯作品中，但我谢绝写一本劳伦斯评传的学术专著，却要写一本《劳伦斯作品花语考》。这样的自由伴随的必然是孤独，是局外人的孤独，但我既然选择了这条路并走到了今日，也就没有必要再改变，每当我孤独时，我就想国内有不少喜爱劳伦斯作品的同胞在关注我，鼓励我，他们是我的知音，我可以骄傲地告诉英国的劳伦斯研究者们，我翻译的劳伦斯作品在不断地出版、修订再版，还在出中英对照版和台湾地区繁体字版。我相信我和我的同胞在做着世界各地的劳伦斯研究翻译者无法做到的事情，因为中国读者众多，华文读者遍布世界，而在华文世界里劳伦斯尚在朝阳期，这个阶段让我赶上了，仅仅由于当年没考上中文系而被外文系接住，仅仅出于对文学的热爱和与劳伦斯作品的偶然相遇。因此我在懵懂之中成了"翻译"，再成"家"，但还是个圈外人，而且文学翻译收入不是我主要的生活来源，在这个意义上说，我一事无成，毫无可取之处。这个过程中的经验和教训值得很多想从事翻译并成"家"的布衣青年借鉴和反思。

但我如今做起翻译来，心里还会响起这样的声音：我喜欢 пере……而且，我没有辜负自己跟老师学习过的那点俄语（大学和研究生阶段我选择俄语为我的第二外语修得几个学分），写论文时自觉查阅俄文资料，发现了俄国人写的一篇有关劳伦斯的论文，觉得在 20 世纪 80 年代对中国的劳伦斯研究有借鉴意义，就毅然查着词典把这篇两万字的俄文论文翻译成了中文在《文艺理论研究》上发表了，是国内第一篇从俄文翻译过来的劳伦斯论文。

另外，"翻译"本身也很厚爱我：我出版的长篇小说《混在北京》甫一问世，即被哥廷根大学一位汉学教授看到并组织翻译成德文在法兰克福出版，随后我的第二本小说《孽缘千里》也出了德文版。为此我要经常回答德国翻译者的很多问题，解释我的写作思路和遣词造句因由，因为德国人的英语一般都很好，有时我干脆用英文解释一些字典里没有的方言俚语和俗语，这样的讨论真成了译者之间的研讨会了。我们是同行，我们的心是相通的，我要感谢翻译，感谢 пере……我是翻译的实践者，也是翻译的受益者，翻译造就了我的现在，没有翻译就没有精神的我，而没有精神的人无异于行尸走肉。让我们 пере……吧！

# 《四世同堂》乘着英语的翅膀回家

2017 年初，人民文学出版社找到不才从英文回译《四世同堂》缺失的最后 16 章来使这部名著完璧。身为译者，其实在开始回译工作之前我和广大的老舍作品爱好者是一样的，除了热爱，对《四世同堂》的版本和中文原稿的散佚及在美国发现其英文翻译稿尚存于世的奇迹，我亦一无所知。所以我在各种讲座中都对读者说，千万别拿我当成老舍通，我仅仅因为幸运地从事了回译工作，才开始比较详细地了解这部巨制的版本流变，才算是对最后 16 章有自己独特的感悟，并在回译时在遣词造句和风格上贴近老舍。除此之外，我和大家一样是个外行。

拙译加在《四世同堂》前 87 章老舍的中文原作后出版了，这之后总会收到各种信息，关心我的业内人士和朋友经常向我提出一些问题，事实上是他们假定我应该懂得更多，在不断督促我为解答问题而学习研究有关的知识，推动我逐步向更深处探索。在大家的督促下我梳理了《四世同堂》的版本流变。这个研究和答疑过程最终形成了这篇文字。本文其实等于综合了所有问题一并作答。

保定学院赵云耕教授告诉我，他记得在 1978 年 6 月北京开了老舍的追悼会后，中央人民广播电台的长篇小说连播节目（《长篇连播》）中播出了《四世同堂》，他每天都跟着收音机聆听。这个回忆真令我感慨和怀旧，那个小说连播节目是我少年时代的最爱，课余时间跟着听了很多当时著名的小说，印象最深的是《桐柏英雄》等。那时只有高级干部家才有电视，普通人家的娱乐来源除了电影就是各种广播节目，俗称"听戏匣子"，不说广播里说，而说匣子里说什么了。但 1978 年 6 月我正读英语专业大一，就放弃了听广播小说节目的爱好，因而对此毫无记忆。他的回忆给我补了一课，但同时也等于给我提出了一个问题：1978 年，我印象中并没有看到过《四世同堂》，那长篇小说连播里播出的是何时出版的版本呢？

带着这个问题我上了国家图书馆的网站，查到该馆馆藏的《四世同堂》目录，一看竟然有 300 多个条目，估计《四世同堂》出了至少 50 个版本了吧（包括再版）？这个宏大的目录真是令我眼花缭乱，感受到了"人民艺术家"老舍的强大气场。但翻到最早的版本，发现却是 1979 年百花文艺出版社和四川人民出版社的版本。这是怎么回事？在美国完成的《四世同堂》第三部《饥荒》只于 1950—1951 年在上海的《小说》杂志连载了一半就停更，之后近30年竟然没有出版图书版吗？

老舍1949年在美国写完了《四世同堂》第三部《饥荒》并帮助美国翻译家浦爱德将全书翻译成英文准备出版英文版后就回到了中国。新中国成立后老舍可以说是最炙手可热的作家和剧作家，欣然欢呼和拥抱新时代，为新时代创作了很多热门的话剧，热情讴歌新生事物，因此被授予"人民艺术家"的光荣称号，享有最崇高的作家地位。可是他最重要的长篇小说《四世同堂》却在"文革"前的17年里都没有出版，"文革"结束后拖到1979年才由两家地方出版社出版。这与老舍在"文革"前的17年里的崇高地位和话剧作品的大红大紫形成了巨大反差，一边是风光无限，一边是落寞消沉。难道老舍先生就没有想到过出版这部鸿篇巨著吗？身为小说家，他估计没有一天不想，但结果就是没有出版，一直拖到了1979年，那是他含冤投水自尽的第13个年头。

《四世同堂》40年代在重庆的报纸连载后，前两部《惶惑》和《偷生》曾出版过单行本。解放后没有出版，估计是老舍感到自己在美国创作的第三部《饥荒》的后半部分明显与新时代的政治氛围和行进步伐脱节，其结尾也并非慷慨激昂，还是延续了以前的那种从容不迫的小说笔法，这部没有明显战争场景也没有具体政治身份的人物的"抗战小说"令他担心和困惑，他要修改，为了与时代节奏合拍，杂志才停更的。之后的不出版也是这个原因吧。他没有充足的时间改写，或许这个改写意味着重写也未可知。结果就是全部的《四世同堂》还没来得及出版，后16章原稿就丢失或遭毁。

总之，这个发现令我感到十分惋惜与哀凉。

而1979年是改革开放高调起步的时候，1978年又已给老舍摘帽并开了追悼会，出版这部小说就是水到渠成的事了。百花文艺出版社在出版简介中特别说明，这部小说反映的既不是抗战的正面战场也不是敌后地下的抗战工作，而是"我们伟大的古都北平沦陷敌手后"古都里普通老百姓的生活和抗争。这个出版说明强调的是文学的多样性，写得很委婉，也饱含感情，用心良苦。

但1978年，广播走在了出版的前面，是广播让《四世同堂》响遍了全国，成了出版的开路人。广播时用的肯定是40年代的老版本。对于很多人来说，那还是第一次知道老舍有这样的长篇大作，很多人（包括我）可能想当然以为是"文革"禁止出版这部作品的，他们看到的可能是"文革"前作品的重新出版。其实不是。

这算是老舍"自禁"自己百万字的鸿篇巨制吗？从50年代初杂志停更最后16章开始，一直不出版，这百万字就一直沉睡着，但它们肯定一直在老舍的心中激荡着，因为这是他最重要的小说作品。老舍在17年中有多么纠结和矛盾，旁人难以揣测。但任何一个写过自己认为还不错的小说的作家想必都能感同身受其一二吧。自己最得意最漂亮的孩子却不能领出来见人！

20 世纪 80 年代初，人们发现美国出版的该小说的英文节译版《黄色风暴》里后 13 章内容是以前从未见到过的，断定这就是散佚的那部分的节译。这个发现令人振奋，马小弥先生将这 3 万多字仿照老舍的风格回译为中文首先在百花文艺出版社出版了单行本《四世同堂补篇》。只可惜这 13 章翻译成中文才 3 万多字，相当于一个故事梗概，而且出自对当时政治环境的担忧，译者马小弥或出版社对这个梗概又删减了一些字句。

　　那么到底未压缩的英文原稿有没有存留下来呢？从出版社一方找肯定是没有答案的，出版社应该没有保存英文原稿或经过编辑出版后就处理了。但这 3 万多字聊胜于无！至少让我们知道了结尾的梗概，知道了老舍作品发展的脉络和结尾大概如何。之后的电视剧《四世同堂》的结尾部分也是根据这个译文草草结尾的。

　　其实美国哈考特出版社的压缩策略最初是得到老舍欣然同意并配合的。老舍到了美国方才发现，高度的商业化社会中一部百万字的长篇小说是根本没有市场的。于是老舍为了英文版的出版毅然做出牺牲，在翻译过程中就有意删除了一些段落和句子。但老舍想不到的是，哈考特出版社拿到老舍与浦爱德删削后的英文翻译稿后依然觉得冗长，又大幅度删削了一番，才在美国出版。事实证明，删削后的《黄色风暴》只剩了 50 多万字，等于砍掉了 40 多万字——那是一个大长篇小说的字数。算得上"残忍删削版"。

老舍夫人胡絜青在为《四世同堂补篇》写的序言中表示，希望以后会出版一个完整的版本，将老舍的87章原文与马小弥翻译的后13章简短的故事梗概类的文字连起来出版，姑且算为这部名著完璧，这是聊胜于无的勉强"完整本"，聊以告慰老舍吧。

于是百花文艺出版社在1985年果然出版了这样一个超厚的"合订本"。这个版本收入了著名画家丁聪专门为本书创作的很多幅漫画，惟妙惟肖，传为佳话。我在网上搜到了这个版本，买来收藏学习。

一部名人名著的结局看来只能这样勉强地草草收场，这还得益于美国版大砍大删后留下的3万字后13章英文版，否则，它将永远缺少结尾，成为彻底的残本。

我还从中看到，天津的百花文艺出版社是这部作品的首版之地，更是出版《四世同堂补篇》的开拓者，还是首次出版了合订本使《四世同堂》"完整"面世的出版社，功德无量。

多年后人民文学出版社也只能面对找不到散佚部分的残酷现实，依照百花文艺出版社的合订本出版了一个"完整版"，不同的是分成上下册出版，三部分布没有平衡感，第三部字数很少，只能把第二部分成两部分排在第一册后和第二册前面。

但是1993年，最为奇特的一个版本登场了，这就是北京出版社（后由十月文艺出版社再版）的《四世同堂》（作者压缩本），按照《黄色风暴》的删节标准等量删节老舍的前87

章，那样的删节删去了近半的文字和情节。我根本无法理解为什么要按照《黄色风暴》的删节标准删节老舍的前87章，基本删削得面目全非。除了让不懂英文的人看到美国版怎么大刀阔斧删削老舍作品，还有别的意义吗？这样的删削版怎么能体现老舍作品的价值，如果不是贬值的话？但这样的版本就是出版了，而且一纸风行近30年，很多人如果只读了这一版，就会永远觉得那就是全部的老舍名著《四世同堂》。当然这可能与信息不畅有关，当时就以为是老舍自己删削的，所以叫"作者压缩本"。但这样支离破碎的压缩本即使是作者自己压缩的，也明显没有价值甚至是贬值，是不该出版的。而很明显其出版得到了老舍夫人胡絜青和家人的同意——书中用了胡老的序言。总之用现在的眼光评说这个版本是出版史上的一个笑料应该不为过，虽然历史地看似乎有其存在一时的道理——1992年中国加入了《世界版权公约》，老舍的版权还在保护期内，《四世同堂》的出版权在人民文学出版社，别的出版社要出版它需要得到老舍家人和人民文学出版社双方授权。而北京出版社以《黄色风暴》的名义出版它，等于是出版另一个版本，只需得到老舍家人授权即可，版本字数差很多，定价不同，读者面也不同，因此两个版本的《四世同堂》同时流行坊间也就没有版权冲突了。但其区别需要靠消费者自己判断。有人可能因此从来没有读到过真正的《四世同堂》，只读了这个压缩本。

至于此后到2017年老舍版权进入公版之前无数出版社出

版的各种《四世同堂》，应该都是这两个版本的衍生或复制品，是否得到了授权，有没有对以上两家的版权造成侵权、出现版权官司，不得而知，只是在国家图书馆的收藏里确实存在很多出版社的版本，这是事实。

从 1985 年百花文艺出版社开启的这个老舍前 87 章加上马小弥回译补的 3 万字版本，一直到 2017 年，这个版本就是人们眼中的全部《四世同堂》。在老舍的版权保护期期满的2017 年初，《收获》杂志一举全文刊登了在美国发现的传说中的《饥荒》后面的英文版的全新中文译文，令人惊讶的是在美国找到后方知不是 13 章，而是 16 章，这 16 章回译过来有12 万字。中文原文丢失了，而且除了老舍少有人见过的这 16章全英文译稿竟然在哈佛大学的一座图书馆里完好无损地躺了 65 年，在 2014 年被发现了，据说经过两年多的悉心翻译并打磨，这 12 万字中文译稿在享有盛誉的《收获》杂志上面世了。在没有找到丢失的中文原稿的情况下（似乎找到的希望极其渺茫了），回译这 12 万字替换马小弥的 3 万字翻译版本并与老舍的前 87 章原作接续上，一共 103 章，这应该说是最为理想的一版《四世同堂》了，既告慰含冤而死的老舍先生，也满足了广大读者的愿望。不久，《收获》杂志刊登的这部分译文就与老舍的前 87 章原作接续由东方出版中心出版了《四世同堂》完整版，简称"东方版"。

直到《收获》刊载了后 16 章的译文，我其实还对这个事件一无所知，只朦胧记得在网上看到过消息说后 16 章英文稿找到了，译文将要发表。按说一切都与我无关。

但出乎意料的是人民文学出版社在 2017 年找到了我并与我签订了合同，由我来回译后 16 章为老舍完璧该作品，由人民文学出版社来出版，可以称该版本为"人文版《四世同堂》足本"。作为老舍作品的爱好者，又是职业翻译，还写过《混在北京》这样的北京题材小说，我欣然接受了这个任务并准备用半年的时间完稿。

这个合同约定下的是一个简单的出版行为，延续了当年出版马小弥先生译文的做法，封面不署译者名，只在第 88 章下的脚注里注明后 16 章是我翻译的，这是我同意了的，我确实不好意思提出打破"马小弥模式"的要求。我的译本在2017 年国庆节前如期交稿，出版社似乎没有急着马上出版，一直到 8 个多月后才付样，它与老舍的前 87 章接续，成为"人文版《四世同堂》足本"。

书出版后，文学界很多研究者包括老舍研究专家都问我为什么签合同时没提出封面上自己的名字，我说是延续了马小弥模式，他们说马小弥那个时候中国没有细致的版权法，更没有加入《伯尔尼公约》和《世界版权公约》，不上名字情有可原，但现在不应该再这样做了。我也表示是碍于面子确实不好意思提这个要求，脚注里注明了就说明我拥有版权了，何况还有合同约定的硬性版权。还有一个原因是，毕竟翻译的部分只占约七分之一。有朋友猜测人民文学出版社没有"按照惯例"让作为译者的我写个说明附在书后是出自"权威出版社的自信"，估计也不完全是。如果整本书都是翻译的，一般会有一个译者序言或后记，但这次我的译文只占七分之一，就不好有译者的说明了，还是应以老舍为重。当然这些签合同时都没有谈过，仅仅是一个出版合同，我来完成后 16 章补译而已。不过作为译者，我还是会谈些感想，于是发表了两篇，分别发表在《中国社会科学报》和《南方周末》上，谈我回译的理念和技巧，谈我将作品的京味还原的感受。

令我欣慰的是，我没有提出要求，但有出版社编辑曾主动表示等再版时会在第三册《饥荒》的封面上和版权页上加上我的名字，因为我的译文毕竟占了第三册的一半。

人生中有很多美好的邂逅和偶遇，这样的缘分可遇而不可求，我与《四世同堂》就有这样的缘分。作为老舍的一个普通粉丝，天降好运，由我来为老舍作品完璧，是对我的恩赐。翻译完后，还能在大家的关心下不断做些老舍研究，延续这个福分，是一种额外的福分，我当用功，不辜负这样的命运恩典。

也正是出于这样的良知，我对《四世同堂》将来的命运走向也颇为上心起来。

比如，人们很关心我的译本为何与别人的译本看上去差别很大，到底是谁翻译错了或翻译得不到位？对这样的问题我个人是不能出面解答的，最好的办法是有学者将我们的译本与英文稿件对照得出结论。但目前英文全译稿只掌握在少数人的手中，出于各种原因都不能公开出来，对比工作就遇到了障碍。人民文学出版社将要把这部英文译稿以影印本的形式在中国公开出版，这将对《四世同堂》的汉译英与英译汉研究起到最根本的推动作用。待这个全英文稿出版后，我就可以出版一个中英对照的后 16 章的单行本，供热心于英汉对照比较文本的读者研究、挑错和批评指正，同时有了英文这面镜子，我的译文与别人的译文之间的区别何在也就一目了然了。

就在我热切等待这个全英文稿影印版付梓时，我看到网上一个视频在报道纪念老舍诞辰 120 年大会闭幕式发言，有学者发言说准备把《四世同堂》完整英译稿回译成中文，对此我感到惊讶不已。我翻译其后 16 章是出于无奈，因为这 16 章中文原稿丢了，只有英文，回译成中文使《四世同堂》勉强完璧，是为了给不懂英文的读者看的（否则就把后 16 章的英文附在老舍的前 87 章后出版算了），因此这个翻译要贴近老舍风格，模仿老舍。但即使翻译得再好，也不如找到老舍的原稿好。

可前 87 章老舍中文原著一直在出版，他们要把其英译稿回译成中文，实在是不明智，这等于把我翻译的劳伦斯作品再翻译回英语去，那根本不是劳伦斯了，也不是我的劳伦斯中文版。有人说，是不是要把翻译成外文的唐诗宋词按照英文的表达方式回译回来，让不懂英文的国人看看用英文词序和表达法是如何表现唐诗宋词的？确实看到过有人这样回译老舍，把长长的英文句子回译成长长的中文，如"既勇敢又聪明"（智勇双全），"像蚕吃桑叶一样慢慢移动"（蚕食），等等。看来人们对"回译"概念是有认识误差的。我建议他们做中英对照和说明，在这个过程中也可回译部分例句，说明老舍怎么协助浦爱德翻译、改写和增删内容的，这才是研究老舍的正根。否则只是做一场英译中狂欢练习，那个译本毫无意义。

一部名人巨著因为丢失了部分原稿，又因为在出版中文全书之前已经翻译成英文的全部译稿在美国沉睡65年后被发现，乘着英文的翅膀回到了祖国，前前后后竟然发生并可能发生各种各样的行动，其意义已经完全超出了翻译本身而成为一种社会文化、经济现象，各种行为方式都具备了社会学分析的意义。

# "扮演"老舍回译《四世同堂》

　　2017 年我有机会将老舍先生杰作《四世同堂》中文稿佚失部分的英文译稿翻译回中文出版，这是可遇不可求的幸运。这几个月的翻译过程，可以说是"一场游戏一场梦"，做的是字句替换和寻觅可能的老北京话的游戏，也做了一个回到 80 年前的老北京生活的梦。我"扮演"了老舍，也与书里的老北京小羊圈胡同的人们朝夕相处了一段时间。

　　某一天人民文学出版社的马爱农女士代表出版方电话询问我是否愿意承担这个重任时，我既惊讶又感到荣幸，不假思索就本能地答应说行。

　　说行，并不是一时冲动之举，也不仅仅是因为热爱老舍作品，而是在热爱的基础上我认为自己有这个学养和实践经验的充分准备。我翻译出版了几百万字的英国文学作品，又从事长篇小说和散文创作，与北京有关的就有《混在北京》

和《北京的金山下》这样的京味文学作品，以这样的资质，承担这个工作应该是称职的。

但具体到翻译，这次翻译与以前的英译中是不同的。用老前辈杨绛先生的话说，翻译是一仆二主，译者既要对原著忠实，充分体会原作者的用心，理会其叙事风格，做到"信"，还要对目的语读者负责，使译文顺畅通达，也就是做到"达"。但这次"回译"在一仆二主之外，又增加了第三个"主"，那就是将译文的叙事风格向老舍先生前面的大半部小说靠拢，而人物语言更是要遵循老北京话的风格。这就需要首先理解英文原文，正确传达英文稿件的意思，英文理解不能出错，然后在译文准确无误的基础上，在英文本意思的框架内，译者要"扮演"老舍，尽量用自己理解的老舍的口吻讲述故事，用自己熟悉的北京话传达各色人等的对话。套用翻译学的术语，这个过程就是充分语境化框架内的归化法翻译，而且这个"归化"的特定条件是归化为北京话的文本。

当然这不是说先翻译出一个正确的普通话底本，再进行北京话的润色，这两步并非截然分开的，真正做起来时应该是两步并作一步走的，随时都要进入"老舍状态"。

于是我抓紧时间把《四世同堂》复习了一遍，画出里面富有老北京特色的言辞供自己参考，这才开始翻译。


原本以为按照传统小说的做法，《四世同堂》的结尾会有几个故事情节的高潮，最终或许会有十分震撼人心的故事。

但我没有想到的是，最终是以遭到日寇二次关押、受尽折磨、妻离子散的老诗人钱先生的一封长信作为结尾，这在长篇小说中是很少见的，而对这部时间跨度长达数年的战争题材小说来说，其结尾如此平淡、意蕴如此深远，就更是少见。其他章节也没有轰轰烈烈的战争场景，写的是小羊圈胡同里普通的北平居民在战争中的遭遇和从事地下抗战宣传工作，还写了一些汉奸或中间人物的丑陋表演，叙述语调从容不迫，表现底层人民的感情真挚细腻，讽刺汉奸洋奴入木三分，最终以钱诗人情理交融地谈论战争与和平理念的公开信结束。这样的结尾或许对老舍研究者提出了新的挑战，在长篇小说的做法上也有新的独到之处。这样从容不迫的叙述风格与前面已经出版的部分是一致的，那些老北京人包括反面人物的日常言语也应该是老北京话的表达，从风格上说这 16 章是可以与前面保持一致的。

有了这样的总体风格的感觉和把握，作为译者，我的任务是前面所说的那两个层面：英文译本是唯一依据，因此要把英文本吃透，不能把表面上看似简单的句子想得过于简单（比如目前传播比较广的一个故事情节，说老舍写那时的北平肉铺供应紧张写得很细致，商人把肉藏在纸盒子里一点一点出售，可这样说的人肯定是读英文原稿时看错了字，把橱柜（cupboard）想当然地当成了纸盒子（cardboard），这就歪曲了小说的基本情节），更不能想当然地随意发挥和"改写"。在正确理解的基础上，再考虑小说的京腔京韵，使译文有老舍的韵致。

英文本令我感触最深的是很多中文的俗语和成语都采取的是直译法，看上去一目了然。只要你熟悉这些俗语和成语，还原为中文则轻而易举。小说的英文译者浦爱德女士有北京话基础，她基本是采取直译的办法，就是让这些有中文特色的表达法原汁原味地进入译本中，让英语读者明白中文的表达，从中领略汉语的风采。这种方法后来被教科书解释为翻译的"异化法"，就是部分或完全的直译，给目的语读者以强烈的直观感觉，从中感受异国色彩和情调，甚至久而久之这样的词汇能逐渐进入英文中。现在很多直接翻译的中文表达法都成功进入了英语国家的日常生活或美国俚语词典中，比如"人山人海"就直译为"people mountain, people sea"，"不作不死"则是"No zuo no die"，甚至"折腾"干脆就是"zheteng"。

有趣的是老舍当年做英译汉时也是采取的直译办法。朱光潜先生给老舍写信，评论老舍翻译的《苹果车》时就说过老舍的译文有些地方"直译的痕迹相当突出。我因此不免要窥探你的翻译原则。我所猜想到的不外两种：一种是小心地追随原文，亦步亦趋，寸步不离；一种是大胆地尝试新文体，要吸收西方的词汇和语法，来丰富中文"。朱先生的猜测是有道理的，在具体翻译实践中我们很多人也尝试过适当保留原作的原汁原味，以此来丰富目的语的表达。或许老舍当年因为有过同样的尝试，看到浦爱德用直译法翻译他的作品会觉得有趣吧？

这样的例子在后 16 章中比比皆是，当然这也考验回译者的功夫，是否能看到英文就反应出对应的中文成语或俗语，反应不上来或缺乏中文这方面的素养，可能就会翻译得比较冗长啰唆。比如看到"your bowels to burst and your brains to be scattered"，应该想到是"肝脑涂地"而不是"脑散肠裂"；看到"a woman of the world"，应该想到"阅人无数或饱经世故的女人"，而不是"世界的女人"；"like a body and its shadow"是"如影随形"，而不是"像身体和影子"；"both courageous and intelligent"，应该是"智勇双全"，不能翻译成"既勇敢又聪明"。

　　还有一些句子是彻底的直译，相信这些英文能让我们一眼就看出中文原文来，这样的直译对英语母语的读者来说应该是直观而新鲜的表达方式，可以从中领略中文的意蕴，如：we cheat ourselves and cheat others（自欺欺人）；palaces with their ancient colours and fragrances（古色古香）；seemed to have crossed out with one stroke of the pen（一笔勾销）；to turn the rudder when the wind changed（见风使舵）；等等。

　　至于叙述语言和人物对话里的北京话还原，我会保留前面老舍的一些表达方式如"迎时当令"，"电影园"和"呜哝着鼻子"。更多的时候是依据我所熟知的北京话表达方式进行表达，都是日常的一些北京话，用它们代替那些四平八稳语法正确的普通话，至少是有京味特色的，让读者感到这个文本与北京的紧密联系，虽然老舍当初用的未必是这些词汇，我这只是在"京味"上做一些努力，而不仅仅满足于把英文翻译成语法正确的普通话文本。下面的文章里我会有更详细的叙述。

总之，这样的翻译历程是十分宝贵的，回译的过程等于是用北京话进行写作，这对我今后的京味文学写作也是一个很大的促进。为此我要感谢这次宝贵的机会，确实是可遇而不可求。

# 我替老舍说北京话

　　许多名著是可以分阶段分主题阅读的。老舍先生的《四世同堂》即是一例。《四世同堂》中文原稿还没有出版，后16章就在"文革"抄家时丢失，幸亏在美国找到了当年的英文译文打字稿，可以将其回译为中文以补齐这部名著。为了翻译它，我首先要抓紧时间将旧版《四世同堂》重读一遍。多少年前学生时代读它是作为业余爱好读的，似乎重点是读故事情节，"知道"这部名著"写的是什么"。后来看过根据小说改编的电视连续剧，似乎看的是演员的表演和演技，津津乐道一番，还学会了唱主题曲《重整河山待后生》，顺便了解了京韵大鼓和著名的鼓书艺人小彩舞。

　　按说我对《四世同堂》应该算一个相对熟知的"知道分子"了，此次复习却换了重点，主要是搜寻叙事与对话中的北京话风格和用语，这种搜寻的目的性非常强，如同过筛子。

这让我想起20世纪60年代上小学时报纸上整天宣传的口号，让大家学习"红宝书"时要"带着问题学，活学活用，学用结合"什么的。后来又批判那种学法是实用主义、形式主义。而我这次还真是要带着问题学老舍才行，学完了去翻译时，还真的要"活学活用"。小半个世纪过去了，学习起老舍来，却无端想到了那个年代，也是很有趣。

带着问题学，就是梳理一遍原著，画标记，画横线，折页，真的是一番细读，因为我心里明白，我的译文要贴近老舍。情怀、思想等方面我已经在多年的阅读和了解过程中有所把握，这次也可以通过英文版的情节和英文叙述感知得到。最吃劲的就是语言风格了，因此这种搜寻式的阅读就有了重点。

恰巧在一次搜寻中，我在网上找到了老舍当年在伦敦大学亚非学院教汉语时自编自读的灵格风汉语教程，我如获至宝。我的英文启蒙教材恰巧是灵格风系列，当然是灵格风英语。这个经典的灵格风教程都是从最普通的生活会话入手进行口语训练的。但出乎意料的是，老舍先生的朗读并非我们想象中的京腔京韵，也非我们现在的普通话腔调，而是20世纪二三十年代的电影中那种普通话（那种普通话不知是怎么流行起来的，但解放后很快就消失了，代之以中央人民广播电台式的普通话）。似乎老舍先生为了教学目的摒弃了地道的北京口音，而十分认真地按照当时广播和电影里流行的普通话发音朗读这套教材。但更让我吃惊的是，我在网上搜到了20世纪60年代老舍先生与外国记者的一次谈话录音，整段录音里老舍先生讲的都不是我们想象中的北京话，也不是他在灵格风录音里朗诵时所操的那种普通话，这次又换了一种风格，是一种十分奇怪的非京腔的普通话，更像一个外地知识分子在讲普通话。是不是老舍为了方便外国记者听得懂而故意这样说话呢？这是我仅有的两个老舍原声录音，从中完全无法学习和想象老舍怎么讲北京话。那么老舍是否居家时讲老北京话，在公共场合则讲毫无京味特色的普通话呢？不得而知。但我有一次在网上听到了一段末代皇帝溥仪的现场录音，惊异于老舍与溥仪的语音如此相似，或许那就是早年北京内城满人所讲的北京话，与外城（特别是前门外南城）的汉人的北京话风格完全不同。后来随着北京内外城的融合，南城汉人的语音语调成了普遍流行的"京腔京韵"，自然与老舍和溥仪录音中的口音很不同了。

而将小说的文本与电视剧比较，又有一个惊人的发现：电视剧里各色人等讲的京腔是经过加工后的"北京人艺"风格的戏剧腔北京话，老舍的原著里无论叙述语言还是人物对话，京腔京韵远不如电视剧那样浓酽，也不似现实生活中老北京人的北京话那么"土"和"俗"，更不是目前网上流行的各种"北京话考试"中那些杂七杂八、叽里旮旯儿的土语。

那小说里老舍所操的是什么样的北京话呢？我感觉，小说里的京腔京韵并不是前面所说的那种过于表面化的市井北京话，包括祁家人说的话，都不是。大面儿上考察，甚至可以说基本上是我们熟悉的现代汉语普通话，只是偶尔出现的一些对各种行当器物的描述语是老北京用语，这是最富有鲜明的北京特色的，不加注解外地读者和现代北京读者都看不懂。会出现一些京津冀一带通行的土语，比如"多咱""五脊六兽"，现在北京人都不再说了，而在冀中和冀东一带还是常用语，大多冀中冀东一带通行的俗语，词汇上与北京话重合率很高，大部分是津冀一带甚至东北人也使用的北方方言，区别是各地发音有所变异而已，熟悉普通话的人一般读起来也不会有太大障碍。我想这大概和老舍先生回答记者时讲的那种普通话是如出一辙的。他写这部小说并不是仅仅给北京人看的，更不是刻意要普及北京土语。这部战争小说是给全国人民甚至全世界的华人看的，要写出北京的风俗人情，但又不能在语言上成为北京方言的堆砌展览，那样会给外地广大的读者设置障碍，不利于作品的传播。还有一种因素制约，我想可能是因为这部作品是老舍离家多年后在大后方重庆创作的，那里的语言环境是五湖四海的大杂烩，老舍先生在这样的语境中自然会考虑到读者对作品的接受问题，从而自觉地对北京方言的使用有所克制。当然这都是推测。还有一个可能就是老舍先生多年来已经养成了讲那种答记者问风格的老旗人的普通话，从而在小说叙述上，甚至人物对话上自然向普通话靠拢了，有时甚至会出现"不晓得""心跳到口中来""外婆""姐丈"这样的南方普通话。

各种行当器物的描述语有类似的这些："窝脖儿的"（搬家的工人），"黑杵"（票友私下接受报酬），"打鼓儿的"（手中打着小皮鼓走街串巷收买旧货的人），"响尺"（出殡起杠时领头的人手里敲击的尺子一样长的木器），"唤头"（旧时沿街理发的人手里拿的大镊子一样的铁器，可以打出声音来招徕顾客），"王瓜"（黄瓜），"电影园"（电影院），"发表了"（正式宣布某个任命），"磕泥饽饽"（用模子磕泥人），"大瓢把子的"（武艺高强者）。这些是必须加注解的。

日常俗语方面则大体能看得懂，如不说"大过节的"而说"大节下的"，还有"不错眼珠的看"，"闹嗓子"，"呜哝着鼻子"，"哼儿哈儿的敷衍客人"，"煽惑别人"，"你坐在家里横草不动，竖草不拿"（不干事），"你个松头日脑的东西"（呆头呆脑），"迎时当令"，"两眼离离光光"（目光呆滞），"讪脸"（小辈开老辈玩笑），"放开桃儿"等，都比较通行，不是满篇的各种古怪刁钻的胡同串子的黑话、切口和俗语。

把握住这两点，我在翻译后 16 章时心里也就有了底。看着英文，脑子里就往自己日常使用的北京口语上靠即可，不用太想叽里旮旯儿的各色北京方言，那样反倒不符合老舍作品的风格。但又绝不能只满足于把英文翻译为语法正确的四平八稳的普通话，那自然也不是老舍。

开篇就是"跟别的学校一样"，这第一个字"跟"在北京话里使用很普遍，如果用普通话则是"与"或"和"什么一样，用了"跟"，就有了特色。之后用了"绿不叽的脸"形容蓝东阳那张脸色发绿的脸，用了"满口黄牙直打得得"（在《现代北京口语词典》里"得"这个字是"哆"）表示因为寒冷牙齿上下打战，还有诸如"打着哆嗦""没法子""扎血的勺子""窑姐儿""活脱儿""你的小命儿在我手心儿里攥着呢""这要是搁从前""踅摸""衣裳都溻了""舌头好像都木了，动活儿不了""硬硬朗朗儿""一个劲儿""自己个儿""袖箍儿"，最妙的是，讲胖菊子胖得没了脖子，像个油桶，我就根据英文翻译成了油桶，出版社给一位老北京看过后告诉我改成"油篓子"了，因为那个年代北京人形容胖人没脖子都说像个"油篓子"，当然这是个年代词，现在已经不用了。

仅仅 12 万字的翻译量，却让我花了时间复习老舍作品，学习和模仿老舍，获益匪浅，也是一次"带着问题学"的过程，其乐也无穷。

做了一番统计，把一些回译出来的京味词句列出，以飨书友们，看看我是不是经历了"一场游戏一场梦"。

**附录：**

### 《四世同堂》后16章部分汉译北京话词句对照表[1]

C21-5：找乐子（entertain herself）。

---

1　该表汉译参见人民文学出版社 2018 年版《四世同堂》（足本）。"C+数字"表示《饥荒》英文原稿里第几章，"-+数字"表示第几页。如 C21-5，就是第 21 章，第 5 页。部分只列加点字句对应英语原文。

C21-6：描眉画眼儿（penciled eyebrows）；卖肉得来的（bought with her body）。

C21-7：挺起腰杆儿（straightened his back）；三教九流儿（直译，three religions and the nine social classes）。

C21-13：一个行当儿的（in the same business）。

C21-15：按说连洋人都让她耍了，这瑞全怎么能逃出她的手心儿呢？（If foreigners had been fooled by her, how could Rey Tang escape from the palm of her hand？）直译。

C21-17：给胖菊子点苦头儿尝尝（give her something bitter to eat），又一个直译；左右开弓狠抽那张肥脸（right and left he slapped that fat face hard）；立马儿弄死你（kill you at once）。

C21-19：就跟招弟儿一个死法儿（will die the way Meydee died）。

C22-2：打今儿起（from now on）。

C22-3：必须得（must），"得"发 děi 音，北京话口语常用词；拉洋片儿（peep show）；新事由儿（a new job）；咂巴着嘴（smack his lips）。

C22-4：不能不脸红（could not but turn red）。

C22-6：亏大发儿了（not a good bargain）；着急上火（be anxious and worried）。

C22-8：门槛儿（threshold）。

C22-10：非把她脸给抽膀了不可（her face be slapped until it swelled），"膀"读作 pāng，北京话，"肿"意。

C23-1：语言是死物儿（language was a dead thing）。

C23-2：他压根儿就不该来（he should not have come at all）。

C23-6：差点把他给熏个跟头（the stench nearly knocked him down）。

C23-9：还能捞上个英俊小伙儿当她的小白脸儿呢（be able to get hold of a handsome young man to be her male concubine）；"大鱼吃小鱼，小鱼吃虾米"，就是一物降一物的事儿（big fish eats the little fish and the little fish eats the shrimp, one thing overcomes another）。

C24-2：没有坏心眼儿（intentions were not bad）；找他的茬儿（find fault with him）。

C24-7：糠心儿萝卜（turnips with pulpy hearts），不是空心萝卜。

C25-5：一个个儿的来（come one by one）。

C25-5：我是个买卖人儿（a business man）。

C25-6：没有言语一声（said nothing）。

C25-8：放心不下谁谁（not at ease about someone）。

C25-8：瞧瞧去（go to see）。

C25-9：音信儿（message）；没有人声儿，没有亮光儿（no sound of people and without lights）。

C25-10：影影绰绰地过来了（saw the shadows coming）。

C25-11：一下子就给扇蒙了（was stunned that he had been

slapped）。

C25-15：一对双棒儿（twins）。

C26-1：手也不拾闲儿（hand would not be idle）。

C26-3：盯上了这个缺儿（the vacancy）。

C26-6：奶名儿（milk name）；用来切肉和香肠的墩子（the block on which meat and sausages were cut）。

C26-9：这日子口儿上（at a time like this）。

C26-13：今天没营生儿（no business）。

C27-2：起早儿（rose early）；努着劲儿坐起来（exert himself to sit up）。

C27-3：他是祁家的盼头儿（the hope of）。

C28-1：别为那些小事儿烦我，仨瓜俩枣儿的，我金三爷都懒得动活儿（for the sake of three grains of sesame and two dates I will not trouble to move my legs）。

C28-4：嘿儿喽着孩子（with the child on his neck）。

C28-5：做出格儿的事（go out of his way purposely）；在日本人面前混个脸儿熟（to show himself before the Japanese）。

C28-6：没法儿不（could not but），这是北京口语的表达方式；小矬个儿，小鼻子小眼儿（short men with small noses and small eyes）。

C28-13：到了儿（finally）。

C29-2：没黑家没白日的忙乎（working day and night），"家"发 jiè 音；进项儿（income）。

C29-4：腰杆儿又直了（his back was straight again）。

C29-5：这要是搁从前（if this had happened before）；那敢情好（will be wonderful）。

C29-8：一抹脖子拉倒（to pass it across his own throat）。

C29-14：身子骨儿比他结实（my body is stronger than his）。

C31-1：这会子（now）；拜把子兄弟（sworn-brothers）。

C31-2：赶上了这拨儿宽大处理（on the wave of leniency）。

C31-5：独个儿（alone）。

C31-7：长顺是个囔鼻儿（nasal tone）。

C32-1：央告（apologize）。

C32-7：拘挛（contracted）；翻白眼了（eyeballs rolled upward）。

C32-9：起开（get away）；腿当啷着（legs swung）。

C32-13：腿一软（legs gave way）；湿了（the sweat had wet her clothes）。

C32-14：活受（to live was to be really in hell）。

C32-15：八年来受的痛苦折磨必须得有个说法，有个了断（eight years of pain and misery must have a summary and a conclusion）；稀稀拉拉的头发（few hairs）。

C35-1：撂倒（laid her low）；扛不住那这最后一击（can't resist this last blow）；没耐心烦儿（impatient）；老掉牙的故事（old tales）。

C35-2：最疼人的母亲（most loving mother）；眼窝都深深地眍了进去（eyes were deeply sunken）。

C35-5：喝两口儿（a drink or two）。

C35-12：当街骂他（scold him on the street）。

C35-14：一致决定让祁老人先来（give the priority to）。

# 胡絜青《热血东流》

## ——谈《四世同堂》散佚稿之"谜"

本来仅仅是老舍作品迷而已，但忽然间"天降大任于斯"，迷了老舍40多年后接到人民文学出版社的任务，成了《四世同堂》残缺的后16章的回译者，从粉丝一步登天，算这部巨制的一部分版权人了，不说三生有幸，也是幸运之至。于是我就开始经常留意起"老研"方面的事来，就是觉得"匹夫有责"似的。学而时习之，自然也会有心得体会，也会有学之问，就会四处买些书来自学自问自疑自解，自说自话地写点随笔也是颇有趣味的事。去年《北方工业大学学报》还因此约我将一篇大随笔改写成论文在学报上发表。这样我在劳伦斯研究之外，又有了老舍研究，后者在国内的语境里似乎更接地气，陆续找我做老舍讲座的次数超过了劳伦斯讲座和翻译讲座，这就更鞭策我在这方面努力学之问之了。

在网上苦苦搜索，发现了老舍夫人胡絜青与老舍的散文合集《热血东流》，里面有一篇专门论说《四世同堂》何以成为残本的痛史，这也正是我的"专业范围"内之学问，如获至宝，火速在网上书店买来这本旧书，原来是 20 世纪 90 年代曾经风靡一时的江苏文艺出版社版"双叶丛书"里的一本！作者都是文坛上的名人夫妇，此乃"双叶"之名的出处。当时只注意到我与之有交往的大家冯亦代与黄宗英、萧乾与文洁若的选本，其实还有另外十对名人夫妇的书，包括老舍与胡絜青夫妇的。

"热血东流"，这个书名大气而悲壮，在这套似乎突出夫妻感情回溯的丛书里显得非常突出，应该是讲国恨家仇、民族大义的一本了。

老舍的散文以前看过不少，这次就"急用先学"，直奔胡絜青那半本叙述。先是看那篇《从北平到重庆》，这个必看，因为是胡絜青历经 50 天千辛万苦，带着几个孩子和行李，冒着生命危险去争取生命安妥，去找自己在陪都的丈夫，让孩子们找到自己的父亲老舍。这一路岂止一句"艰难困苦"能描述得了。火车、汽车、马车、渡船，忍饥挨饿，一路狂奔，除了逃命和与丈夫团聚，她自己都不知道的是她用血肉之躯给丈夫带去了一部顶天立地的长篇小说的素材。而根据最近一些史料的曝光，此时的大作家丈夫身边正有一个志同道合的女作家赵清阁陪伴，从爱情的角度说，赵清阁的分量远远重于妻子。可妻子此时带着几个孩子拼死来投奔他，根本想不到她的到来会成全一部彪炳史册的抗战小说，而且是老舍独一无二的抗战小说。深陷于国恨家仇的人们，此时此刻估计没人想到文学，但偏偏文学在冥冥中成全了老舍，上天是这样送给老舍一部长篇小说的。

赵清阁暂时退出，老舍选择了家庭，这边家庭团圆，过上了平静的家庭生活，还添了幼女。到重庆后，很多家眷仍在北平的人纷纷来看望胡絜青，打听北平的情况，胡絜青就一天又一天地向他们讲述着沦陷后故都里亡国奴的日子，老舍和大家一起倾听，随之艺术家的敏感心灵被触动，一部长篇小说开始在他心中孕育。事实证明，只有胡絜青安全到了重庆与老舍团圆，才有了日后她的讲述，老舍才有可能根据她的讲述构架起《四世同堂》的叙事框架，在这个基础上充分展开自己的想象，写出这部百万字巨制，从而完成了自己创作生涯里里程碑式的长篇小说。所以这场长达50天的"出北平、入陪都"人间大戏，是《四世同堂》灵感的根本，胡絜青的叙述朴实无华，但惊心动魄，姑且可以称之为《四世同堂》序曲。

写《四世同堂》丢失的结尾和从英文缩写本复译的那篇《破镜重圆》，其实我曾在别的书里读到过，是重刊。以前论述这部长篇小说之残的文章大多以这篇为根据，因为这是老舍夫人的叙述，一定是权威性的解释。

但仔细读来，感觉却颇有点"隔"。问题出在哪里呢？出在整个叙述的口吻上，那是一个研究者的口吻，很多结论都是悬而未决的推论甚至猜测，读起来不像是相濡以沫的妻子的叙述。文章起始就对缺失的部分进行了分析，而分析的根据是老舍1945年为本书所写的序言，结论是，与老舍的计划相比，"这么看来，第三部的结尾，即全书的结尾，肯定是出了问题"。也就是说，老舍夫人和大家一样是通过与老舍的序言里的小说布局对比发现结尾不像真正的结尾的，她根本不知道自己丈夫这部巨制第三部"出了问题"的结尾为何少了那么多。也就是说她没有读过第三部《饥荒》，而老舍也没有跟她谈论过。因为这样的推断，外人也能做到。

而后的英文节译本情况，胡絜青也是很晚才了解到。甚至1950年日本出版的《四世同堂》日文缩写本的后记中透露的第三部的信息，也是70年代末由日本的研究者寄过来她方才获知其一二。

这就更让我相信，老舍生前从来没有与家人谈起过有关《四世同堂》第三部在杂志上停更的情况，也没说停更后剩余的稿件如何处理的。甚至感觉胡絜青都没有看过在杂志上连载的第三部。如果她对连载和停更都清楚的话，自然就会知道第三部只刊载了一半，剩下的一半才是真正的结尾，而不是多年后像评论家一样通过与1945年的老舍序言对比才发现结尾"出了问题"。

还有，谈到第三部《饥荒》，胡絜青说，手稿肯定是带回了国内，而且"家人至今还记得很清楚"这部手稿是"写在大十六开的厚厚的美国笔记本中，有很硬的黑纸面"等。这寥寥数语的叙述应该是目前世界上唯一的对那手稿的外观的描述，十分珍贵。可惜，那仅仅是不经意瞥过的印象，不是触摸过和翻阅过，更不是读过的。但看得出，"家人"肯定是看到过手稿的外观的，而因为是仅仅看到过，所以对"肯定是出了问题"的结尾部分只能推断，根据是日本研究者的文章里提供的老舍 1948 年写给在日的谢冰心夫妇的写作计划。最后得出的结论是："可惜，这批手稿全部毁于十年内乱，后十三段就包括在其中。"至于是怎么被毁，还是丢失，语焉不详，仅仅一句"毁于十年内乱"。也就是说，"十年内乱"前或内乱中，"家人"无论出于什么原因都没有读过这部手稿。手稿放在家里什么地方，可能在什么情况下被毁或丢，一概没有说明。作为"家人"能提供的唯一有价值的信息就是看到过这部书稿的外观，其余的都是根据外国人提供的书信进行的分析。

至于 1950 年《饥荒》在《小说》月刊上连载到一半后停更的原因，胡絜青表示这永远是个谜，"因为作者本人生前并没留下任何解释"，所以仅能推测。这些推测似乎也是其他研究者都能做到的。

这样的叙述自然令我感到失望，因为事前对它抱的期望值太高了，以为完全能得到第一手的解密，如"老舍对我说""我听老舍对谁说过""我读过丢失的原稿，内容是……"，还有"那天我正……于是那些手稿就……"，然而这些我都没有从这篇文章里读到。

或许老舍从来不跟家人谈论自己的创作情况，也不让家人看他的手稿，家人也不问，也不看。但明明看到过那厚厚的写有《饥荒》的手稿，根据胡絜青的叙述，应该是老舍投湖后还在的，是与其他手稿一起被毁的。但对于这个"毁"竟然没有一句具体的交代，如谁毁，什么情况下毁，怎么毁。胡絜青作为老舍最重要的"家人"对此毫无说法，这才是最大的可惜。老舍自尽后最重要的尚未发表的手稿就在家里，结果却是没有结果，就是"毁于十年内乱"这么一句，实在是让人难以理解，似乎不应该。"十年内乱"时间跨度太长了，作品在这段时间内被毁，总该有个相对具体的时间节点。所以出现了各种推测，如被抄家时丢失。也许是胡絜青老人不愿意回顾那段惨痛的历史，就用"毁于十年内乱"一言以蔽之，没人有权利要求她详细回忆书稿尽毁的过程，那样是残忍的。于是在《四世同堂》结尾未刊载并丢失的"谜"之外，胡絜青叙述的空白也是一个难解的谜。或许在老舍的后人那里还能获得关于真相的回忆，如果有人愿意讲出来的话。

# 那段苦读萨克雷的日子

人民文学出版社 20 世纪 80 年代的一批稿费底单似乎是被成批清理后又被有心人收购放在了网上出售，不时看到这些底单的照片，想起很多如烟过往。这次偶然看到的是萨克雷小说《名利场》的翻译稿费单，译者是杨必先生，她是杨绛先生的胞妹。这张单子显示是人民文学出版社付的再版 1 万册的印数稿酬，他们为重新核定新的千字稿费标准很是费尽心思，我看到单子上面改来改去的笔迹，竟然从千字 12 元改成 13 元，最后被改成 14 元。这样 1 元 1 元地改动标准，说明了那个低工资的年代里 1 元钱的分量之重。

看到这张发黄的单子似乎是冥冥中的福分，因为这本小说是我本科期间读得如醉如痴的少有的译本之一，我最终是以研究此书做了毕业论文。那时我们英语专业的学生要在浩如烟海的名著里寻到自己的最爱，主要手段竟然和非英语专业的人一样是读大量的译本，因此译本的质量几乎决定了我们对一本小说优秀与否的判断。幸运的是我借到了杨必翻译的《名利场》，还读到了杨绛所写的有关《名利场》的高论，是这姐妹二人的译文和论文把我引进了萨克雷的世界，让我在众多的英国名家作品中一时间独钟《名利场》，通读了几遍译本，才借来原文进行重点部分比对。写完论文我似乎明白，几年念英文专业，风扫残云般地生吞活剥一番英国文学，估计最终唯一的收获就是沉迷于《名利场》。为什么连莎士比亚、狄更斯、萧伯纳这些文学巨人最终都没能像萨克雷那样令我倾倒？我的理性告诉我，我应该热爱前几位胜过萨克雷才对，但我就是非理性地独钟萨克雷，其原因只能有一个，那就是喜欢，是出自某种骨子里的认同。是萨克雷的笔调唤醒、激活了我天性中的喜剧和讽刺细胞。作为恢复高考后的第一批大学生，那几年我一直像一个上足发条的轮子在疯狂的追赶和补课中旋转，几乎全部时间都用来读书考试和为考研做准备，整个社会也是在"拨乱反正"的高昂庄严的主旋律中突飞猛进，我活得真是紧张又呆板，自己天性中发达的喜剧细胞似乎因此而完全处于蛰伏状态，突然读到萨克雷的讽刺批判小说，我似乎感到生命深处有什么醒了。

毕业后开始读研究生，对我来说萨克雷毫无疑问是首选的研究对象，可阴差阳错导师组给我分配的专业方向是非虚构文学，一个毫无背景和势能的小小研究生无力改变导师组的决定，只能让自己适应环境，所以就割爱了。想起大四最后几个月我们的美国老师在现代文学课上讲过的 D.H. 劳伦斯，他有很多非虚构作品可以研究，就有点不情愿地去研究劳伦斯的非虚构，未曾料到，这个转折成了我 30 年来一直进行着的专业。

但我深信萨克雷的文学基因依然传给了我一二，而且这首先是因为我读了杨必的译本，那书里的英国各色人等至今对我来说都在说中文。好的译本就有这样潜移默化、历久弥新的影响力。后来能走上文学翻译之路，也肯定与当初苦读《名利场》的译本有关。而没做萨克雷研究和翻译也是天意，因为杨必的译本是无法超越的经典。

# 我的劳伦斯图书馆

1982年我选择了劳伦斯做硕士论文，这是一个绝对"前卫"之举。大家劝阻我，说研究这个作家要冒论文通不过、拿不到学位的危险，我对此置若罔闻。可面对图书资料匮乏的困境，我反倒心里没了底。我所就读的福建师范大学图书馆里哪儿有一本劳伦斯的书？仅靠外教手里那几本私人藏书，做硕士论文简直是天方夜谭。好在那时候研究生寥若晨星，学校很把我们当宝贝，图书馆特别支持我们，暑假期间派研究生们跑北京上海等地的大图书馆查人家的馆藏书目，每本书的编目都要抄写仔细正确，然后通过馆际互借方式邮寄借来了书，复印装订成册，糊上牛皮纸封面借给我们。我就靠这些千辛万苦"淘换"来的书写了论文，得了稀有的劳伦斯研究硕士。不知道福建师大图书馆里有没有保留这些特殊的藏书。估计早就字迹模糊，卖废品了。

毕业后还想在业余时间继续劳伦斯翻译和研究，但我不在研究单位和大学供职，就得经常挤公共汽车去北京图书馆，很是吃不消。即便是北图这样的国家图书馆，其实这方面的书也并不是应有尽有，毕竟我们外汇有限，不可能买所有的单个作家研究方面的著作。因此经常发现国外出了最新的研究著作，千辛万苦挤车去了北图，却只能空手而归，白跑一趟。我便梦想有一批自己的劳伦斯藏书。当时每月100元的工资，一分外币没有，这真的是在做梦。

但似乎冥冥中我是有贵人相助的。1985年我获得了难得的机会被派去澳大利亚开一个文学会议，会上结识了澳大利亚某出版社的发行经理，作为"外国发言人"我获得的一个小小待遇是一册该社的出版目录，允许我挑几本感兴趣的书作为送给我的礼物。这简直是天上掉馅饼。我就煞费苦心地斟酌着在一长串劳伦斯作品中筛选了几本重要作品打了勾。就这样我算是有了自己的第一批劳伦斯基本藏书。会上还认识了伊迪斯·科文大学的讲师坎先生，他就像导师和大哥关心我，给我讲他的国，他的家，讲文学，讲劳伦斯，带我到大学附近的二手书店淘书。他还慷慨地从自己书架上拿下《查泰莱夫人的情人》一书送给我，就这样我又有了一批书。12年后坎哥又为我推介，使我获得大学的邀请去做访问研究员，这次我们经历了多年的改革开放，我也工作了十几年，加之访问研究员的生活费与本地大学讲师的工资相当，我已经用不着省吃俭用了，便狠逛一手和二手书店，越洋背回不少书来。有这么一位洋哥哥帮忙，我的基本书目算是很充足了。可惜，坎哥英年早逝，去时才50多岁，我在阴雨霏霏的诺丁汉收到了坎嫂洒满泪水的刊有悼词的报纸。他和家兄年纪一样，却这么早就走了，真让我伤心。

另一个贵人是弗雷泽先生，是我在德国国际青年图书馆年会上认识的，他是美国新泽西一位大学图书馆馆长。闲聊中知道我的劳伦斯兴趣，我回国后很长一段时间里经常给我寄来图书馆下架的旧书，多是些研究类的理论书，虽然在美国是"过期"书，但对我做翻译参考来说仍是雪中送炭。每次那些用专门的软包装信封包裹的书从美国寄来，都是我的一次节日。弗雷泽教授，我永远感谢你！

还有一本特殊的劳伦斯的书不能不提，那是一位苏联的教授给我的，在苏联出版的英文版《虹》。

记得刚开始做劳伦斯论文时就听说北大的一位研究劳伦斯的研究生，其论文被"枪毙"，此人至少当年没拿到学位，我不寒而栗起来。我想引用一些马列观点的文章，但那时全国只发表了一篇研究劳伦斯的论文。于是想到了苏联人的著作，最后居然在图书馆里发现一本莫斯科国立列宁师范学院教授米哈尔斯卡娅写的一本20世纪初的英国文学史话，书名是《英国小说的发展道路 1920—1930》，里面有长长的一章谈劳伦斯。我如获至宝，心想这下我的论文可算是有马列观点了，绝对能通过，便把几段重要的文字翻译成英文引用在论文里。80年代初写劳伦斯的研究文章借用苏联人的马列观点不仅能给论文"保驾护航",也算是劳伦斯研究方面的一个新鲜点,当然首要条件是要粗通俄文。我翻译了米哈尔斯卡娅教授的文章发表后,忍不住写信给她,看她还有什么高论发表,顺便告诉她我在翻译《虹》。米哈尔斯卡娅教授很高兴地回信,并出乎意料地寄给我一本苏联出版的英文版《虹》。我又如获至宝,因为那时英美还没有出版《虹》的英文注释本,这本俄文注释本里的注解就帮了我大忙,有不明白处,就直接从俄文翻译过来,最后算是较圆满地完成了这本劳伦斯名著的翻译。

1988 年从德国坐火车回来时在莫斯科转车,因为莫斯科—北京的火车一周只有两次,我便可以在莫斯科有四天时间旅游了。顺便去列宁师范学院拜访了米哈尔斯卡娅教授,她已经是知天命的年纪,那么雍容大度,但仍然看得出年轻时绝对是一个俄罗斯大美女,完全符合我们这一代人对《钢铁是怎样炼成的》里面那个冬妮娅的想象。在俄语系的外国文学教研室里我们用英文交谈,周围都是系里的教师和秘书在进进出出。米哈尔斯卡娅教授讲了几句英文就要求我说俄语,理由是"在我们国家我们更愿意说俄语"。那个年代,苏联还没解体,他们很保守,对外国人很警惕,周围的人可能不大懂英文,她可能是怕被人汇报上去说她什么坏话吧;也许是苏联人的大国沙文主义在作祟。当我用结结巴巴的俄语告诉她我的俄语口语很差,只能说简单的俄文,讨论文学绝对不行,她这才同意继续讲英文。或许至少我那番表示自己俄文不行的声明让周围的人都听懂了，我们再转而讲英文就不会受到怀疑。

列宁师范学院的校园真美，古典风格的漂亮教学楼坐落在森林里，高大气派得很，感觉比莫斯科大学要小，要紧凑些，但没有莫大那种威严和雄伟，更能让人觉得亲切些。苏联解体后列宁师范学院好像改了名字，叫莫斯科国立师范大学之类的了吧，或许在十月革命之前就叫这个名字吧。一转眼20年过去了，俄罗斯沧桑巨变，老"冬妮娅"教授还好吗？

这些年间，出国的老同学们都会捎书给我，结果有的书目和版本都重了。自己出国时只要有时间就会去偏僻的小书店淘些二手书，每次都是满载而归。现在我们又有了双币信用卡，能在欧美的网上书店淘旧书或买急需的新书，我的"劳伦斯图书馆"就基本建立起来了，不用跑图书馆了。

翻翻这些来之不易的书，很是感慨，从那么穷的年代开始，我居然一本一本地攒了那么多劳伦斯专业研究的书，几乎每本都让我想起人缘和书缘曾这样那样地交织，每本书里都蕴涵着人气的温暖。

# 钩沉与改变

2020 年第 5 期《衡阳师范学院学报》刊发廖杰锋教授最新论文《新时期之初中国大陆劳伦斯传播新论》，这应该是国内第一篇全面回溯 20 世纪 70 年代末到 80 年代初劳伦斯"重返"中国大陆文坛"破冰之旅"的论文。作者的深入挖掘，让我看到了那个信息闭塞的年代里国内劳伦斯研究与出版的全景画面，给我记忆的空白里补上了很多错失的 80 年代的珍贵史料。我当时真的是不识庐山真面目，只缘身在此山中。

当年是多么惘然啊。其时我在东南一隅的福州读研究生，正在做劳伦斯论文，精力都放在阅读劳伦斯的英文原作和英语世界里劳伦斯研究的资料上，等于闭门造车，两耳不闻窗外事，基本错过了国内这些著名学者的奠基性开拓成果，论文里也极少引用到，是个很大的遗憾。其实当时国内的劳伦斯研究已经颇有阵势，柳鸣九等学者早就在全国会议上为劳伦斯鸣不平了，他们的文章里经常有肯定劳伦斯文学价值的段落，还有不少大学学者将劳伦斯作品英文版编入教材中，劳伦斯隔了半个世纪悄然回归中国，靠的正是他们的努力。但这些成果我基本上都错过了，一个人在一个角落里暗自努力着。

好在我毕业的时候把论文的一小部分用中文重写后以《时代与〈虹〉》为名投稿给了华中师范大学的《外国文学研究》杂志，马上得到了留用，这对一个小研究生是莫大的鼓舞。一年后的 1985 年，杂志刊发了我的论文，从而我也汇入了这个"破冰"阶段中与叱咤风云的柳鸣九先生等前辈一起成为"前浪"。这个阶段真是属于"此情可待成追忆"的一段云里雾里的故事，大家基本是"各自为战"，打的是游击战，没有形成规模。我曾经检索过 1985 年前的大学学报和外国文学研究刊物，发现除了赵少伟先生在《世界文学》上的一篇专论，我的《时代与〈虹〉》隔了好几年竟然还是第二篇！而且是国内第一篇劳伦斯单本小说的专论，说自己是前浪是当之无愧的，是最早的弄潮儿之一。所以我内心一直以这个领域的"元老"自居，虽然后来很快就停止了论文写作转向翻译，但确实为自己的前浪和元老身份感到骄傲，后来看到不少论文在改头换面地抄袭拙作或把拙作中的注解抄袭过去都不标"转引自毕冰宾……"，就对这个领域很多学者感到绝望。

这个悄然起步的自发阶段在后来一直没有被研究者研究，甚至有后来者有意无意"存而不论"，是个遗憾，或许也有学风问题。如今廖杰锋教授以洪荒之力发掘并高屋建瓴予以评骘，其文是有关国内劳伦斯研究的最新成果，非常值得赞赏，其历史价值会在以后获得更多的彰显。我其实从告别论文写作起，就等于退出了劳伦斯专门研究的场域，有没有人肯定我的"破冰"角色我并未放在心上，因为研究劳伦斯是我自己的精神需要，放弃论文转向翻译也是我自觉的转向，无意在劳伦斯研究界里浪得虚名。但看到廖教授从尊重历史和事实的角度客观地梳理这段历史，还是很为其求真钩沉的学术精神所感动。前浪的足迹早就镌刻在那里了，风雪和沙尘掩盖一时而已，无法掩盖永久。

劳伦斯研究这个小领域的起始阶段，现在回眸看还是有点阵势的。可能正因此才有了之后的平稳发展。读廖杰锋教授专论，另一个大的发现是廖文没有像我一直自我认知的那样说我是中国第一个劳伦斯研究的硕士，而是在我的名字后面还提到一个人，这意味着1984年国内有两个人拿到了劳伦斯研究的硕士学位，但那个名字我确实是第一次听说（毕业36年后！），这位同届的同行者怎么后来一直没有音讯呢？是出国并改行了吗？

为此我在网上查了一下，发现他确实是与我同届，确实研究了劳伦斯，仅仅是比我晚几年发表论文，而我那时已经转向翻译，所以没有注意到他。这位同届学者发表了劳伦斯论文后就转向专门的英语教学研究，在一所师范大学里成了教学专家，而且很著名。所以以后我不能再说我是那时唯一的和第一个劳伦斯研究硕士了。资讯不发达的年代造成了这样的误会，所幸有廖教授这样扎实的学者探索挖掘，纠正了我的认知。

同时我也感慨，从我们之后，不少研究劳伦斯的硕士研究生甚至博士，工作后都转到英国文化或英语教学方面了，因为任何机构都不会设立一个专门的个体作家的研究教席，因此专门扎根劳伦斯翻译研究的确实没有，我自己也不是专门做，仅仅是以劳伦斯为主而已。这与我在英国留学时看到的那些同行状态是一致的，劳伦斯翻译研究不能成为终身职业，但不妨作为终身挚爱。正是因为大家的挚爱，据统计，近年国内外国文学领域，劳伦斯研究论文的发表量仅次于莎士比亚，居第二位。各个专业的人时不时票一阵劳伦斯研究，反倒繁荣了这个不是显学胜似显学的劳伦斯学科。表面上看这条路越走越窄，实则大路朝阳。这真是有趣。劳伦斯应该为此骄傲，至少我为此骄傲不已。

20世纪80年代有个作者写了篇著名的文章引起争论和批评，题目是《人生的路啊，为什么越走越窄？》，论调是悲观的。当然那是世界观方面的论述，我只是借用一下这个题目谈劳伦斯研究的现象。现在看来，任何个人的路都是越走越窄，但窄路并非死路，而且有不同的人前后接续，绵延逶迤，依旧阳光灿烂，也是正路。宽阔的大路并肩行走的人多，热闹壮观，自然好；狭窄的路人少，幽静绵长，也不错啊！何况这种窄路有无数条，通向一个方向，从空中俯瞰，也是条条道路通罗马的阵势。窄与宽，关键在视野！再次谢谢廖教授的慧眼独具，写了这样独创的论文，廓清了模糊的历史，也给我这个当时惘然的"破冰者"一个惊喜的启迪，让我有了新的视野和心态，善莫大焉。

# "使政治写作成为一种艺术"[1]

## ——在英国感受奥威尔

我首先要修正的是多年来一种被普遍认可的说法："奥威尔在 1948 年写作《一九八四》之前，在英国……没有多大名气。"（董乐山语）

虽然与董先生只有过半面之交，但我一直尊敬推崇先生。董先生对奥威尔的研究在中国无疑具有开先河之意义，他的一些结论和定义我欣然追随。但唯有这个结论我不敢苟同，觉得有必要说明，这或许是对先生的最大尊重。可惜斯人已去，不能当面商榷。

我的依据是最近的英国《卫报》（2001 年 5 月 26 日）的周六评论版，涉及奥威尔。《卫报》是英国的左派报纸，其周六评论版办得十分清高雅致，是我最爱读的文化报纸。而

---

1 此文原是为孙仲旭译译林出版社版《一九八四 上来透口气》所写序言。

政治方面我反倒爱读亲保守党的《每日电讯报》和《每日邮报》。那天买了《卫报》，直接翻到评论版，却发现了类似我们"文革"时期的红色宣传画，上面人手一本标有"左派读书俱乐部"的红彤彤的书，着实惊讶。但仔细看知道是与文章配发的历史招贴画，才释然。文章追述的是 30 年代风靡英国的"左派读书俱乐部"。

这篇文章使我感兴趣的不仅是当年英国的左派活动多么行之有效，还有文章里披露的身为左翼作家的奥威尔作品的巨大销量：其反映矿区工人苦难现实的纪实作品《通往维冈码头之路》第一版就印了 42000 册。这个俱乐部的会员人数达 57000 人，可享受很低的优惠价。同时这个俱乐部的书还在普通书店以高出俱乐部会员价两到三倍的价钱出售。可见奥威尔在英国读者中的名气之大了。但我估计董先生所说奥威尔名气不大，主要依据是奥威尔在所谓"主流社会"或"文学界"没有被承认。这么说来董先生似乎也是对的。这类广为人知但不见容于"主流社会"和"文学界"的作家历史上一直不少，可怜的劳伦斯就是其中一个。所幸的是，奥威尔十分欣赏劳伦斯，对劳伦斯很是推崇，写过一篇评论，逐篇赏析他的几篇小说。那是在劳伦斯死后并不"吃香"的 40 年代。

在 2001 年的夏天，我开始了我的环英国之旅。在去湖区拜谒华兹华斯故居的路上，车居然经过维冈这个地方！我马上想到了奥威尔对这个地区惨状的描述。旅行车所过之处，工业化时期的痕迹依然历历在目：熏得黢黑的红砖房屋，破旧的院墙，简陋的街巷。这情景很容易让我想起董先生翻译过的该书中的一个片段。可想而知，在没有环保设备的工业化阶段，这里的自然受到的是怎样的荼毒。维多利亚时期是英国的"经济起飞"阶段，从此一直到晚近的70年代开始兴起环境保护之前，那些在海外耀武扬威、趾高气扬的英国绅士，他们的家乡就是这样肮脏破乱，其污染之严重，连首都伦敦都不能幸免，被冠以"雾都"之号，我们的老翻译家们还给狄更斯的《奥里弗·托斯特》起名为《雾都孤儿》。"起飞"期间的有钱人自有乡间别墅可借此一躲工业区的污染，可无数无助的人民则受尽环境污染的痛苦。这是英国"起飞"的一大代价。

奥威尔这样的左倾良知绝对不能坐视不顾，要用自己的笔去揭示苦难和丑恶。他没有当御用文人，为社会的畸形繁荣讴歌；更没有当枪手把文学与企业联姻，为资本家歌功颂德拿赏钱。他在清苦地写作，不自量力地企图替芸芸众生争点生存空间，使之免于更残酷的境遇。仅仅从这个意义上说，奥威尔就算得上是社会的良心。现在奥威尔应该欣慰了：新的城市已经建起来，一派崭新的景象，绿草茵茵，污染的河流早已净化，河两岸绿树草坪，鸟鸣啁啾。那些陈旧的房屋反倒像古迹点缀其间。这是典型的后工业英国的城市景色，在英国中部和北方随处可见。这里甚至比劳伦斯的故乡诺丁汉矿区一带更具后工业特色。

随之令我惊讶的场景出现了，我看到维冈码头一座高大的仓房上赫然大字标着：维冈码头奥威尔酒吧。奥威尔的半身像镶嵌其间。那一刻我明白了什么叫"永远活在人民心中"了。这里的人们不会忘记奥威尔。可怜的奥威尔，生前为改善劳工的生存条件苦苦地写作，他是多么爱这些善良无助的百姓。可他的中产阶级教养决定了他必须讲一口标准的上流社会英语，这种"长在舌头上的"阶级标志让他无法切实地亲近这些他万分同情的劳动人民，只能通过写作为他们呐喊。现在如果他回到维冈码头，他会欣慰的，尽管他只能默默地从中走过——他不能与人们交谈，这里的普通人仍然讲一口类似外语的地方话，那浓重的口音憨实粗陋，别说我这样学了英语的外国人，就是英国知识分子也无法与之沟通，现实就是这么残酷。

旅行车没有在维冈码头停下，我是偶然看到这一幕的。回家后赶紧上网查询维冈，发现这个当年的煤码头，保留了很多当年的运河码头仓房，改建成酒吧、餐馆，成了风景区里的特殊景点，既废物利用，又有昭示后人的博物馆意义。我在美国也见过这类地方，往往是旧车间改建成酒吧，里面还停放着当年的笨重机器供人们怀旧。我在美国的莱迪格国际写作之家住的地方就是当年的大谷仓改建的，纯木建筑，连天花板都不要，刷上白漆，隔出卫生间，装上电扇、电脑、电话，挂上些莫名其妙的现代绘画就住人，简朴但便利，别有一番后现代艺术风味。

维冈的煤码头，全被后现代艺术化了，有的还改建成了办公大楼，但外观依旧，人们在此决不会忘记历史。奥威尔就在往昔的红砖仓房上看着人们喝酒、休闲，他那张长得不算周正但很耐看的脸上依旧带着阴郁愤怒的表情。他毫无选择地成为这种后现代派艺术的一部分，但无论如何人们是在以今日的方式纪念他，他是维冈人的骄傲，英国的大地上有这么一块地方属于奥威尔，这就够了。

我见到了奥威尔，于是我有了冲动，可以动笔写他作品的读后感，就像我实地体验了劳伦斯故乡后突然萌发出写一本劳伦斯作品与故乡关系的书一样。这种阅读与写作方式显得过时而奢侈。但这里的场景确实让我以往阅读奥威尔的经验变得十分鲜活。我于是懂得，我们应该感激奥威尔为我们写下的作品，他的作品在后现代社会里终于能够得到准确到位的解读，人类的境况发展到今天证实了奥威尔作品的现实批判性和前瞻性的正确，这是所有伟大作家共同的根本品质。


在英国期间正赶上电视台播出一个专题片《中产阶级》，讲述第一次世界大战后开始的英国新兴中产阶级的崛起，里面提到奥威尔的批判态度，引起了我对奥威尔的注意，特别是对他的小说《上来透口气》的注意。这本小说在轻松嘲讽中倾注了对环境在人类狂欢中恶化的忧虑，浸透了奥威尔对人的心灵受到荼毒但依旧"无知者无畏"的愚昧心态的批判，被称作从环境保护角度表现现代人生存境遇的"上佳之作"。当整个英国在战争胜利后蒸蒸日上地繁荣昌盛、大兴土木建设自己的中产阶级安乐窝时，奥威尔敏感地意识到了这种盲目乐观的"开发"背后潜隐着的环境败坏和人的心灵飞蛾扑火般的快活堕落。这种"过把瘾就死"的心态实在令奥威尔瞠目，于是他写了这部小说，将自己置于蓬勃向上的国民生活的对立面。这样的小说自然是不讨好的——关键是他两面不讨好：唯利是图的开发商资本家之类自然视其为敌人，而一心要从底层上升到中产阶级的人们哪里顾得上什么环境什么未来，自然视奥威尔的声音为"螳臂当车"的怪调。奥威尔这样的先知，注定是要受到同时代人的冷落与厌恶的。多少年后，人们尝够了环境破坏万劫难复的苦头，才意识到奥威尔心声的可贵。

看看奥威尔笔下那些千篇一律单幢或半独立住宅楼（人们称之为 house），如此俗艳，这些恶俗简陋的房子的大规模开发是以牺牲环境为代价的，但人们顾不上那许多了，赶紧卖出赚钱、赶紧住上再说。在那个时代这象征着你们家发了，进入了中产阶级。这些 house 在奥威尔笔下形同一字排开的监牢，住在里面做着升迁梦的人形同犯人——他们除了挣钱，早就没了自我，没了灵魂。如今走在英国的土地上，你还会看到这些丑陋的房子，它们经过装修，仍住着人。这些房子的确是英国锦绣大地上的污点，但记录下了这一段不堪回首的历史。当你看到那些亚洲移民和失业领救济的家庭混在这类旧住宅区里饮食男女般地生活着（他们在生着一堆一堆的孩子，他们的女人在抱着牵着孩子满街乱转悠，他们的家白天敞着门让孩子们跑进跑出，乌七八糟的家一览无余），你算是看到了"混在英国"是什么形象。

再看看电视上当年那些满街衣着千篇一律的"绅士"：礼帽，呢大衣，黑皮鞋，同样的手提箱（里面或许只有一把雨伞），整齐划一地坐在地铁车厢里，下车时弄不清并排的手提箱是谁的，给人的感觉像我们刚刚富起来时的乡镇农民身着劣质西服、袖口上的商标依旧舍不得拆掉是那种模样。时代和国别不同，但人们的心态是一样的：他们上升着，很幸福，幸福都是一样的，幸福得手足无措时的憨态也是一样的。

《上来透口气》写的就是这种场景，这种人和这种幸福心态。中国人可能过于相信早期电影中英国绅士的原型了，不会想到英国也曾出过这么些傻乎乎的人。2001年，我走在英国的大街小巷里，把我的见闻写成了一篇文章，就是后来各个报刊和网站纷纷转载的那篇《英国老百姓的日子》（没人给我一分报酬的转载费，原谅他们吧，他们不知道自己在做什么）。看看那些浑浑噩噩的英国百姓现如今怎么活着，你就会理解奥威尔。社会进步了，但很多基本的心态是难以改变的。

以前只注意到奥威尔的政治预言小说《一九八四》，似乎那就是全部的奥威尔。事实上，《一九八四》是奥威尔的写作达到顶峰时的作品，人们却因此而容易忽略他在这之前的写作，更容易忽视前期写作对奥威尔达到艺术顶峰的铺垫作用及其两者之间一脉相承的思想性。《上来透口气》就是他达到顶峰之前的一个高峰，甚至在今天后现代社会的语境下看，这部小说的思想性和艺术性似乎并不低于《一九八四》。《一九八四》预示了变种的社会主义——极权主义对人的价值的残酷毁灭，是一部独特的政治批判和讽刺小说。《上来透口气》则从资本主义现代化对环境的摧残直至对人的灵魂的摧残的角度表达了奥威尔对人类的关怀。

由此可见，奥威尔的价值表现在他对绝对真理的执着追求上，表现在他对绝对的恶的揭示上。他的这两部作品告诉我们：恶的本质不会因为其表现形式不同而有所改变！

估计正因此，一本奥威尔传记的题目就叫“冷峻的良心”。奥威尔是冷酷的，他看透了人类的境遇，但他又不放弃对人类温暖的爱意。他的悲观主义和绝对批判精神使得他在自己的时代里难以得到准确的解读。当一种人类境遇中的人关注前一部作品时，其实另一种人类境遇中的人关注的是后一部。这既是人类境遇的悲哀，又说明了奥威尔的前瞻与孤独的可贵。似乎只有在后现代社会的语境下才能触到奥威尔的灵魂之一二。在这样的作家面前，我们这些所谓“写东西的人”是藐小的，可怜的，因为我们的理性和感性都受制于各自的境遇，压根不配自称作家，叫“码字的”的确很合适。

当我们都在欢呼着《一九八四》的尖锐犀利甚至为之觳觫时，我们忘了甚至根本不知道另一种语境下人们对奥威尔的《上来透口气》的关注。当然我们有充分的理由原谅自己甚至对自己的局限不以为然，原谅的理由自然是：人只能解决自己能够解决的问题。在这个物欲熏心的时代，在这一点上我们和《上来透口气》里面那些做着发财梦、中产阶级梦的可怜之辈没有什么本质上的区别。如果我们在梦中"还在把老板推入井底并往他身上砸着煤块儿"时无论怎样还能意识到自己的可悲，那些连这点可悲都意识不到甚至还沾沾自喜的"文化人儿"就真正是不可救药了。我们缺少那种"冷峻的良心"，如果有也只是良心自我发现时瞬间的一丝温暖，转瞬间就被英镑、美元和人民币的温暖所替代。去他的吧，良心如今是下水了，镚子儿不值。当我在英国看着周围的中国访问学者拿着国家的英镑奖学金一边嘴上骂着英国人歧视中国人一边疯狂地举家打黑工捞那几个可怜见的英镑时，这种"下水"的感觉更是让我欲哭无泪。这些个留洋高级知识分子们在乎什么冷峻的良心，解决自己能解决的问题还来不及呢。"反正这里没人认识咱们是谁，在他们眼里中国人长得全一样"，这是最典型的中国教授打黑工宣言。奥威尔是干什么的，是哪家餐馆老板，上他那儿洗碗一小时给几英镑？在英国的课堂上讨论奥威尔时，我忽然发现了这部小说对我们现实生活的观照。令我寒心，令我酸楚。

这样说来奥威尔的写作似乎十分政治。当然不错，对这一点奥威尔本人一点都不加掩饰。我很欣赏这样的直率，厌恶一些作家忸怩作态的暧昧。在他的著名宣言式文章《我为何写作》中，他把"政治目的"列为主要的一项。他说政治目的就是"一种欲望，要将世界推向某个方向，要改变别人对他们为之努力奋斗的那种社会的看法"。他还"大言不惭"

地坚持说："没有哪本书是真正摆脱了政治偏见的。所谓艺术应该与政治毫无瓜葛的观点本身就是一种政治态度。"

但奥威尔之所以取得了成功，绝不仅仅因为他强烈的政治性，否则任何政客都可以成为作家或者说任何作家仅仅因为有明确的政治态度就可以成功了。奥威尔的成功在于他做到了一点——"使政治写作成为一种艺术"。他说道："我在过去十年中一直最想做的事，就是使政治写作成为一种艺术。我开始总是出自某种党派立场，面对的是非正义。当我坐下来写一本书时，我并不会对自己说：我要写一部艺术之作。我写，是因为我要揭露某个谎言，我要人们注意某种事实，我最关心的是获得听众。但如果这不同时也是一次审美经历的话，我就写不出这本书来，甚至连一篇杂志长文都写不出来。"

这两部小说都是从小人物着手，写他们的生活经历和所思所想，两个男主人公都是那么可怜无助的夹缝中人。这样的生活中被挤扁了的人似乎根本无法承受什么重大的政治主题。奥威尔没有丝毫宏大的叙事结构，声势浩大的全景画面，或铿锵或高亢的叙述语言。他要做的仅仅是把人物置于特定的人文和社会环境中展开其故事，无论其环境是写实（《上来透口气》）还是虚拟的预言式（《一九八四》），在特定的条件下都是可信的。于是，这两个小人物的故事成了某种重大主题与思想的载体，比任何宏大结构和叙事都来得真实和有说服力。这让我想起劳伦斯论小说的一句话："任何东西只要是在自身的时间、地点和环境中，它就是真实的。"这是艺术的真实。奥威尔做到了。

你看《上来透口气》中那个胖乎乎的保险推销员保灵，看他那个乱哄哄的家，看他家所在的那个典型的生活区，看他周围的那些乌七八糟的新兴中产阶级的家伙，这些人构成了——天啊，英国人的"大多数"！就连这么普通的保灵都无法忍受生命的重负了，像只海龟一样要浮上水面来透口气，可竟然发现无气可透！

你看《一九八四》中的那个倒霉的温斯顿，在强大的政治压力下靠偷情来"透口气"，看他周围的人包括分居的妻子那副可憎的面孔，看他供职的"真理部"和邻居"和平部""仁爱部""富裕部"的所作所为——"和平部负责战争，真理部负责造谣，仁爱部负责诽谤，富裕部负责挨饿"，看那些人多么心甘情愿地造谣说谎，靠监视别人以获得升迁，这些人构成了——天啊，一个国家的上层建筑！最终这样一个还有良心的人都心甘情愿地出卖并带着对偶像的热爱而死，这样的人类境遇还能残酷到什么程度？

按照伊瑟尔的"虚构行为"理论，一个作家的创作是对真实生活的选择，这种选择与想象结合，通过虚构成为新的真实，它是现实的相似结构。一部作品的主题是作家选择的总和。奥威尔进行了自己的选择，对自己的选择进行虚构使之获得新的真实并获得自己的主题，由此成功地将政治写作变成了艺术。这个过程并不简单。否则任何有政治态度的

"码字的"都可以轻易成功了，但他们没有。

不管人们以什么形式纪念奥威尔，人们都是在纪念自己的奥威尔。如今英国有关奥威尔的网站着实也有几个。但对他最好的纪念是用心阅读他的作品，在不同的语境下体悟一种真正的"冷峻的良心"。我们这些俗人难得有这种良心，但至少能接近这种良心，感受到这种良心的温暖或谴责，也是一种幸福。

在英国，我这样理解奥威尔。

# 读英国，看英国

 

40 年前高考时莫名其妙被录取进了英语专业，懵懵懂懂跟着启蒙教材《灵格风》英语教程学起来，从最基本的英式生活点点滴滴也就是吃住行对话开始。连巧克力都吃不起、小胡同大杂院甚至农村睡土炕出身的我们，却要背诵各种与奶酪和巧克力有关的美食名称，都不懂 house 的基本意思就背诵 "Many people in London live in their own houses"（伦敦的许多人都住在自家的住宅里），学完方知英语里的 house 并不是我们概念中的住房，指的是独栋别墅、双拼别墅或排屋，这些当时只能在中国大都市的老租界里看到。所以请老外来咱家的大杂院和单元楼房不能说请来 my house。而开始学习英国小说，最难的不是那些哲理性的叙述，而是与生活息息相关的写实部分，比如壁炉、厨房的一切用具和各种食物的名称，具体家务活的各种做法，这些仅靠查字典是很难理解和翻译准确的。进入网络时代后，通过网络查一些词汇的图解，会发现当年的一些翻译仅仅是字面对应，没有真正翻译到位。

总之，常识，生活细节，语言习惯，社会习俗，等等，这些才是我们真正理解英式生活的障碍，仅靠几年课堂学习远远达不到目的，翻译多少作品还是感到隔靴搔痒。在没有真正生活于英国之前，不仅要读文学作品，还要读杂七杂八与英国有关的各种书籍，学术性强的与生活知识性强的都得不由分说大量接触。

关于这方面，钱乘旦先生早期写的和翻译的两本书我至今还要经常拿出来翻翻，一本是 90 年代初所著《在传统与变革之间——英国文化模式溯源》，一本是 2001 年翻译的英国历史学家汤普森的巨制《英国工人阶级的形成》。前者高屋建瓴，脉络清晰，足以让读者对"英国道路"有清醒的理性认知，后者则从生活、生产的点滴说起，恰似一部英国普通民众生存状况的调查报告，有奥威尔《通往维冈之路》的激情余韵，又似一部百科全书，活生生展现一个草根英国的强大存在，让你知道这才是远离伦敦和宫廷的真实的英国大多数。

而对现代草根英国进行"内视性"描述的佳作，迄今为止还是理查德·霍加特的《识字的用途》，这位伯明翰学派文化研究鼻祖探讨的不仅是底层英语的演变，更多的是叙述底层英国的生存方式，连"烧心"这样的词都进入了叙述范围，英国人称之为"heart-burn"（心烧），而不是我们想象中心里燃烧着一团火的意思。真是活灵活现、生动的学术著作。除此之外，还有诸如英国的野花、英国的教堂、英国的厨艺和礼仪等名目繁多的知识性书籍，劳伦斯的小说中就提到过当年英国家庭主妇必备的一本讲厨艺和礼仪的《家政书》，作者是伊莎贝拉·比顿，干脆简称"比顿的书"。

读了英国，最好是去亲自住上一年，体验英伦四季，也好把书本知识与现实对照印证一番，那种想象与现实的对比有时是惊人的对与错，自然颇有收获。我那年本来是去英国的大学研究一年劳伦斯的，结果禁不住现实冲击的诱惑，还是开始了游走与体验对照，加上读报和看电视节目，竟然在劳伦斯故乡写作研究专著《心灵的故乡》之外还写就一本旅英随笔集，本来叫《看英国》，结果被编辑抬举，改成《情系英伦》。这类短期内的观察还是有限和肤浅的，理论上应该归入见闻类记述，只能说点切肤之感，给读者增加感性认识。有些能人去个十来天，走马观花也能攒一本貌似有趣的浮光掠影书。真正要深度阅读的还应该是常年旅居英伦又有深入研究的文人著作如《英国风物记》，几乎触及了英国社会政治和草根生活的方方面面，且配有翔实的大量照片，更在书后列有一长列研究英国社会历史风俗的权威参考书，可谓新时期英伦研究的翘楚之作。希望我们的英国文化研究者们都能有作者张讴先生的新闻敏感度与历史文化深度，在媒体写作与学者著述之间蹚出一条雅俗共赏之路，写出将历史与现实无缝连接的启迪心灵之书。

# 云淡天高话当年

## ——读柳鸣九《友人对话录》

　　捧读柳鸣九先生的新作，不知怎么就想到了弱冠之年读《歌德谈话录》的情景。当然两者唯一的相似也仅仅是谈话与对话由别人记录成集，其余的都是我自己的感觉而已。这是外国文学研究领域的领军人物的谈话，厚厚的对话集所谈论的具有历史意义的事件、过程和跨度恰好与我在外国文学领域里蹒跚学步到临近退休之年的40年重合，我得以借此补课、复习、深究，回眸柳先生这40年学术路的坎坷、沉浮和辉煌。柳鸣九的这些思想观点和过往并不是以貌似沉重的个人自传和回忆录的形式呈现，而是以与同道、后进的看似轻松的谈话方式，给人以"居高声自远，非是藉秋风"之感。历经风雨，登临学术高峰，云淡天高，恰是秉烛夜话之时。这样的对话让我读到了，甚感幸运。

　　40年前，十年大乱刚刚过去，百废待兴，人才青黄不接

（大学十年没有招生，恢复高考后的我辈大学生尚在课堂上大声念外语），不惑之年的柳先生在巨擘云集的外国文学研究界还算小字辈，参加外国文学年会还要忙于类似学术秘书的工作。但受到冯至大师的重托，柳先生以一个小字辈的身份在全体会议上做了长达 5 个小时的学术报告，彻底否定了日丹诺夫全面否定和贬低西方现当代文学价值的形而上学、僵化的八股理论。日丹诺夫的论断明显违反历史唯物主义和辩证唯物主义，是文艺批评的巨大障碍，却依然打着正确的旗号大行其道，不清除它，文学上的思想解放就无从谈起。在"实践是检验真理的唯一标准"大讨论背景下，此举可谓破冰开拓之举，功勋卓著。

此报告引起轰动，朱光潜等元老纷纷予以赞许和肯定。这样的"壮举"竟然是由一个"小字辈"来扛大旗完成的，应该说是历史性的重任。40 年后我找到柳老当时发表的文章，竟然发现那个时候他在报告里广泛提及了现当代西方作家的无数代表作，包括当时被苏联教科书称为"颓废作家"的劳伦斯的作品，他都提出了要客观对待的观点，比 1981 年第一个撰文全面肯定劳伦斯的赵少伟先生要早两年。劳伦斯因为这些有识之士的破冰之举而逐渐进入国人视野，我日后能顺利做起劳伦斯研究，也是得益于此，但当时作为一个刚刚起步的研究者，对大的局面一无所知，真正的了解竟然是在 40 年后，为此不禁感慨万千。说柳先生是领军人物，正是基于这样的事实。正如柳先生谈话中所说："坚冰既破，于是在 20

世纪80年代初期，中国就出现了西方20世纪文学的大译介、大普及的新局面。"我因为"生逢其时"，对此有切身的体会，甚以为然。我们常说的"胆识"二字，柳先生那时无疑都具备了，且堪称非凡。但他能"小人物扛大旗"，更多的是因为他的"识"，他在那之前的20年中以法国文学为基点，放眼整个西方文学，从理论到具体作品都有深入的研究，视野开阔，目力深邃，"言之有理、言之有据，最好还要有若干闪光的思想与出彩的分析评论"（柳鸣九语），方能所向披靡，成为开路人。这也就是他虽然仅仅是全国法国文学研究会的会长，却能成为外国文学界领军人物的根本。退休后柳先生又在系统出版外国文学作品领域内大展宏图，风生水起，口号是"丰富社会的人文书架"。几套系列丛书洋洋大观，我的翻译作品也忝列其中，对此我更是深有体会。而柳先生谈到这些建树，依然是语调轻松，号称一介布衣和园丁。

柳先生另一壮举就是在1980年发表重要文章《给萨特以历史地位》，肯定了萨特存在主义的哲学价值，前瞻性地预判到了萨特哲学在中国语境中的价值。他为萨特大声疾呼："萨特是属于世界进步人类的"，萨特的精神遗产"应该为无产阶级所继承，也只能由无产阶级来继承"。他的《萨特研究》独树一帜，郑重地把萨特学说引进中国。有评论者说，柳先生的萨特研究"使西方哲学走向了中国大众，做了一次中国人的心理医生和心灵钥匙"，是中国改革开放的一个标志性事件。受到萨特思想影响的青年读者给《中国青年》杂志写信后引发了长达半年的人生价值观大讨论，彼时我正在读大三，也积极地参加了团支部的讨论，还因此与同学发生争论，观点针锋相对。但那时并不知道这场讨论的"萨特元素"和引入萨特的柳鸣九先生。现在才知道这个背景，也是读这本对话录的收获，让我将今天与弱冠之年的我进行一番审视，对自己的人生道路有所醒悟，原来柳先生这40年一直在"陪伴"着我们，引领着我们，让我们得以步武前贤，这是我们的福分。

# 时隔21年的倾听

　　那天在微信上偶然看到一个久违的人的名字和他的一篇书摘，他就是香港城市大学前校长张信刚教授，刚出版了一本谈英文演讲的书，书名用的是一个谚语——《江边卖水》。真的久违了！我21年前在香港就中国文化的问题对他进行过电视专访，印象颇深，所以这次"重逢"，自然要拜读，借此重温他的风采。那时，他这个世界著名的科学家就被称作香港的"文化校长"，一场英文对话，让我感到名不虚传。

　　作为英文电视记者，我一般很避讳用英文采访母语非英语的人，历史的经验告诉我，很多才华横溢的名人英文口语都有出人意料的瑕疵，本来是怀着敬仰的心情而去，结果其英文表达不尽人意甚至乏善可陈，失望之下其高大形象会大打折扣。很多人的才华与其谈吐并不成正比，如果连续出现发音错误和语法错误，就极大地影响了他们表达自己思想的高度，犹如一个名人口若悬河说成语，突然说"暴 zhēn（殄）天物"，简直如五雷轰顶。

张信刚先生那次谈到知识社会，说大学是知识的活的水库，因此作为未来香港的领导者的大学生必须是中西文化结合的优秀人才，为此他牵头与几所著名大学合作，编选一套适合香港学生的中国文明研究的教材。其英文谈吐行云流水一般，抑扬顿挫之间尽显风雅。当时网络资讯尚不发达，我并没有查到有关张校长的文化背景资料，之后才了解到他的英文修养（特别在英文演讲方面），功夫颇深，在香港教育界闻名遐迩。那之后他还曾出任香港文化委员会主席。

此次发现的这本书是回溯他从小学开始如何学习英语和百折不挠多年研究英文演讲艺术并且在日后成了一个出色的英文演说家的历程，而且这是他退休后出版的诸多有关文化和文明研究的著作之一，似乎从学习英语的角度了解他的中西文化理念的形成更有趣。这些年张先生在世界各国的大学发表人文类的演讲，一个演说家就这样练成了，其过程和"谜底"相信都能在这本书里得到揭示。

令我倍感亲切的是，张先生那一代人从 50 年代开始的苦练英语的过程，我们在 1977 年恢复高考后几乎是原封不动地重复了一遍，那就是在资讯手段最不发达的时代，大家苦练英语基本功的办法似乎只有"勤学苦练、多听多记、大胆高声"这样的笨办法。张先生选择几个著名的演说家如丘吉尔、肯尼迪和马丁·路德·金的演说词当教材，我们似乎也是这样，选择名篇，字正腔圆地背诵那些脍炙人口的名句名段。还有张先生谈到的很多英文的绕口令，如"I saw a saw saw a saw"（我看见一把锯子在锯另一把锯子）和"Peter Piper picked a peck of pickled pepper"（彼得·派珀选了许多腌辣椒），这些都令我回忆起20世纪70年代末的学习情景。我因为是考俄语进的英语专业，一入学还忙着念基本的字母和练习发音，听到那些考英语进来的同学热火朝天地练习这些绕口令，互相比赛速度，就十分羡慕，也十分着急，因为听不懂其意思，就鹦鹉学舌，先背诵下来再说。等后来我的英语水平提高了，再回头分析这些绕口令和名句，一点点分析其中复杂的语法结构，等于反刍学习，依然感到十分有趣。

我们那个年代学英文没有什么"电化"教学，每个班只有一台巨大的磁带录音机，几盘教材录音反复听，几代学生听的都是那几盘磁带。似乎唯一的"电化"手段就是短波收音机，外语系同学再穷也要买一个小收音机用来收听国外的新闻广播，信号不好，吱吱啦啦，有时要冬天在露天地里的寒风中听。

从张先生的50年代到我们的80年代中期，似乎学习英文的手段就是这样一成不变，我们都是张先生同代人的学生，因此能分享张先生所谈到的这一切乐趣，他的每一句话和每一个例子我读来都心领神会，眼前浮现的就是当年的动感画面，只是我想在这个画面上叠加张先生年轻时代在台湾和美国求学的画面比较困难，我能共鸣的都是他的文字。

因此我强烈地感到我这次是完成了对张先生的第二次采访，填补了 20 年前采访的很多空白，一些疑问有了答案，只是这一次是他的单方面独白，我是在偷听而已。

# 傅惟慈《心中的大佛》

　　傅惟慈先生多年里一直潜心于文学翻译，因为能从事俄语、德语和英语翻译，在大师云集而出版资源有限的50年代他就已经崭露头角，出手就是世界名著《布登勃洛克一家》，而立之年就跻身著名译家之列。晚年的时候他对翻译稿费标准之低感到不解、困惑和愤怒，决定不再做廉价的翻译工作，只在有出版社要求再版旧译文时做些修订，不接"新活儿"了，专注于旅游和国外钱币收藏，不期成为著名的钱币收藏家，我戏称他"痴情洋泉"。他在80高龄仍继续着他从青年时代开始的游走，经常几个月都在外旅游，不仅走遍国内名山大川，还独自去国外自由行，在82岁时又来了一趟"告别欧洲"之旅，拍摄他最后一批欧洲风光照片，他在那个年龄竟然经常是独自骑车而行，有在魏玛骑车的照片为证。

　　告别欧洲后，傅老师有生以来第一次当起了作家，在可爱的编辑建议和督促下，傅老师整理了过去年月里的一些零星散文随笔，再补写一些篇章，在 85 岁时推出了自己的第一部随笔集《牌戏人生》，我们给他庆祝首发，我又戏称"祝贺傅老师在写作上处女一次"。与他同辈的老翻译家们有不少都是译著并举的双栖人，他从事写作并出书显得过于晚了。但傅老一贯"自由散漫"，我行我素，一切都顺其自然。85 岁出版随笔集对他来说就是水到渠成的事，并非要给自己争得作家的称号。

但那本书应该是唤醒了傅老青年时期萌芽过的作家梦，从此他就经常说那本书还缺一些他藏之于心的人生记忆，不吐不快，虽然精力有限又时常有病痛，还是下了决心必须写出来。于是他在望九之年真的一丝不苟当起作家来，要回忆的是最让他刻骨铭心的抗战时期的流亡求学和从军历史。为了追求历史的真相，他不仅自己上网查找史实资料，还发动朋友寻找一些尘封在历史中的秘密史料，完全是以一个历史学家的态度写作个人回忆录。他说不写出来就对不起自己。

这些重要的回忆录出版半年后，傅老师就杳然而去，他没有带走一点遗憾，在 90 高龄完成了自己的最后心愿。这些补充的回忆录被收录到了《牌戏人生》的增订本，后又被收录到一套翻译家的随笔丛书中出版，书名选用了他生前最喜欢的一篇随笔的篇名《心中的大佛》。我不止一次听他念叨过每个人心中最初的大佛与世事变迁后那大佛安在的问题。看来傅老师是在九秩高龄重拾青年时代的理想，真正地当了一回作家，重新找到了心中的大佛，从而与自己的同辈翻译家老哥们儿看齐了，他的作品那几年在媒体上获得了广泛的好评，他自谦说受到了"不虞之誉"，但他肯定是开心的，一个90岁的新作家！

我惊异于傅老师在这个年龄里文笔竟如此温润细腻，行文简洁雅致，颇有民国作家范儿。他的心一点都不老，他的记忆力是那么强健，每个细节都清晰记得，描绘得活灵活现，分明就是一个民国青年大学生流亡归来向人们进行讲述，毫无"历史老人"的暮气，不像隔着几十年的迷雾在寻觅足迹和踪影，他有一颗年轻的心和从不衰退的记忆力，那些故事不过是存放于某个时间胶囊里达七旬之久，只待90岁时释放出来，笔触依旧是现在时的感觉，这是傅老师的天然禀赋所致。这么些年没有写作（偶尔写的都与翻译的作品有关，如序言和评论），在生命的最后时光里放飞思绪和文笔，笔力强健，一派行云流水，我想这与他翻译了300多万字的锤炼有关，翻译虽然是带着锁链的舞蹈，但那也是舞蹈，且是高超的另类舞蹈，不仅需要舞者自身的刚柔并济，还需要理性的高度节制，随时将自己的舞姿与心中的另一个舞者相协调，如魂附体一般且歌且舞。这样的舞蹈历时几十年，练就了自己的舞蹈技艺，一旦脱离锁链，跳起自己的舞来，照样舞艺超群。俗话说读书破万卷，下笔如有神，何况是一字一句翻译了几百万字呢？还因为融汇中外，东西方的智慧无声内化于自己的修养中，一旦动笔，那文字自然更为灵动，处处闪烁别样的灵光，比如《牌戏人生》的书名就出自尼赫鲁的名言"人生如牌戏"。

　　傅老师走了，但他在 90 高龄时又留给我们一部著作，那是一件珍贵的宝贝，值得我们一再品读咀嚼，润泽我们的心智，从而在寻觅自己心中的大佛之路上脚步更加坚实有力。

# 漓江春潮涌九州

刘硕良老先生耄耋之年出版如此浩大的二卷本书信集《春潮漫卷书香永：开放声中书人书事书信选》，手捧巨制，不禁浮想联翩。依稀少年的 70 年代中期，我记忆中最早读到的广西出版物是一本小说集《南疆木棉红》，那是读初一的时候，在北方小城市的四合院大门洞里雨天读的。那本书和封面上的木棉树伴着北方青砖青瓦小院里的哗啦啦雨水，几乎构成了我对广西这个远在天边的"南蛮"之地的全部想象，顾不上看故事，事实上那些故事也不怎么吸引人，是那个特定年代里"工农兵写作"的各种作品集之一。但即使是那样的作品，因为这个诗意的书名，还是吸引了我，从字里行间读南疆风土人情，就像当初读《三家巷》，注意力竟然被吸引到老广州的街道和风俗。那个贫穷而闭塞的年代，似乎更加向往某个与北方小城气息完全不同的遥远的南方之地，以淡化现实生活中压抑的氛围。而从 14 岁到 24 岁，仅仅十年之后我就从英语专业研究生毕业，从那个读木棉红小说的懵懂少年转身成了首都一家出版社的文学翻译和编辑，但对广西的想象还停留在那本封面画着简略的红木棉的小说集时期，还有 70 年代末开禁的歌剧《刘三姐》。所谓"桂林山水甲天下"，对我来说还仅限于电影纪录片上偶尔掠过的漓江风光。

但不久就知道南疆春潮涌起，广西成立了一家用漓江命名的出版社，就在山水甲天下的桂林，而且主攻外国文学出版，还出版诺贝尔文学奖作品，一时间在出版界造成巨大轰动。这样的新出版社对我这样初出茅庐的青年译者是巨大的鼓励，在人民文学出版社和上海译文出版社根本排不上号的我们这样的小字辈自然就春潮一般地汇入了"漓江"。（当然还有新成立的译林出版社）

还记得 1988 年秋天漓江出版社组织的青年翻译家研讨会，我有幸厕身其中。不过严格说，同与会的一些已经出版了译著的青年才俊比，我基本上乏善可陈，我那时只发表了两本劳伦斯中篇小说译文和三篇论文，所以还是以中国青年出版社编辑组稿的名义去蹭会的，是李文俊先生告诉我这个会的消息，我赶紧联系挤进去的。到了那里才知道，里面有的青年译者（北大的姚锦清等几位）都获得过全国图书翻译的大奖了，而我对这样的评奖还一无所知，很是惭愧。与会的还有包括王家新这样的一批知名的青年诗人兼诗歌翻译家，对他们我更是一无所知。总之那次会议对我来说是一次很励志的机会，让我切实感受到"榜样的力量是无穷的"，也更坚定了我赶紧拿出自己的译本迎头赶上的决心。在那之前我还是不够专一，翻译、论文、小说、随笔还有儿童文学广为尝试，但没有一个重心，研究生都毕业好几年了竟然没有一本书！跟这些才华横溢的同龄人比，简直是无地自容。

我要推出的第一本劳伦斯作品是长篇小说《虹》，这本书就在漓江出版社挂上了号。漓江出版社的创始人之一刘硕良老师显然既要扶植青年译者，又小有担心，就让我找社科院外文所副研究员以上的人审稿并写评语。我请了刘若端老师审稿，因为是她介绍我去找劳伦斯专家赵少伟先生讨教的，闲谈中她流露出对劳伦斯的欣赏和对赵先生的钦佩。但我没想到的是，刘硕良先生竟然保存下来了刘若端先生对《虹》译文的审稿意见和我的信，我的天，那是1988年的信！这两封信如今就收在漓江出版社的纪念文集《春潮漫卷书香永：开放声中书人书事书信选》里，恍若隔世，又宛如昨天。看到这封信上的白纸黑字，我才确信，那年去桂林参加漓江出版社组织的青年翻译家会议确实是李文俊先生向译协推荐的我！而以前仅仅是恍惚记得而已。在会上本来是跟刘硕良先生谈出版《虹》的事，但刘先生高瞻远瞩，问我劳伦斯有没有散文随笔作品，如果有赶紧翻译一本先出，因为大家对劳伦斯小说过于趋之若鹜，出得有点"滥"，已经有两个译本了，估计还会有更多，可以先放一放，开发劳伦斯的散文随笔。其实这正是我研究生三年的专业，美其名曰"非虚构"，包括散文、随笔、书信、传记等。因此编选一本劳伦斯散文集对我来说是"改邪归正"的机会，也轻而易举，而这之前我还怕没人读他的散文随笔。于是我又收获了一本《劳伦斯文艺随笔》。这种一石二鸟的幸运似乎就那么随意地落在了我头上，我成了劳伦斯文艺批评作品的首译者。就这样我两年内在漓江出版社出版了两部劳伦斯作品，再被称为"青年翻译家"时，心就不那么虚了，否则真感到是混迹在那些同龄人中，徒有虚名。

我还想起来我当时马上把参会的消息告诉了傅惟慈先生，他那时退休了，没有单位报销路费，就提出自费参会，我跟译协的人说了，得到了同意。傅老师应该是那次唯一一个"自费"参会的大翻译家了。我们凌晨在桂林下车，带队接车的正是刘硕良老师，那时他多年轻啊！也是在那次会上又见到了两年前在厦门认识的《文汇报》的徐坚忠和陆灏，自然十分开心。大家都是刚毕业没有几年的年轻人，事业都在起步期，初生牛犊，又是性情中人，会上会下畅所欲言，甚至敢于"出言不逊"，结为好友也是自然。徐坚忠从傅老师的言谈中感觉到"老傅有故事"，就约我跟傅老师"好好谈谈"，写一篇他的故事，于是我写出了此生第一篇人物特写《老傅其人》，很快就发表在《文汇读书周报》上，从此开始了近60篇人物特写的系列写作并于多年后结集出版。一次会让我收获如此之多，弱冠之年的我怎能不感慨万分。应该说，那次漓江出版社组织的会议为我"打开局面"了。所以我写到劳伦斯出版就会谈到刘硕良，老刘看了总表扬我"有良心"，其实我那是实事求是。

30多年前确实是青葱一枚，充满理想和干劲，但苦于找不到方向，没有落脚点，更没有"信用值"。在那个关键时刻，一个会，似乎几天里就把我的路铺就，之后只需要埋头拉车向前奔了。果然，几年后我写了小说《混在北京》，稿子完成后想找出版社时自然找的就是当初会上认识的几位编辑。其中北方文艺出版社的编辑最先征得社里同意，来信表示可以出版。其实还有别的社也表示看好这本书，其中就有漓江出版社。只可惜那个年代通信手段落后，信息不畅，都是靠写信联系，有的信写得早但路途远反而会晚到。最终这本书给了我最先收到信的北方文艺出版社出版。但多年后，老刘在耄耋之年还来过北京组稿，出版了我的一部劳伦斯短篇小说集。这些年里漓江出版社的沈东子和张谦伉俪一直在帮助我发表作品和出书，不久前还在其社出版了我的原创散文集，我与漓江出版社的缘分一直持续到今天，前后出版了四本书，相信以后还会有。这是我的福分，永志难忘。

除去个人的因素，我发现这是我必须好好拜读学习的厚重的当代出版史，而且是活生生的出版学教材。刘硕良几乎是与中国整个外国文学翻译家群体和评论界、全国媒体有频繁的书信往来，为那个时代留下了美好的尺牍史，那些自改革开放以来多年通信的积累，是每个出版个案的生动记录！书里那些老照片记录了中年编辑家刘硕良与老中青三代作者、译者的 40 年交往情谊，刘老把这些信重读了一遍，给每封信提炼一个标题，还亲自一个个给我们名下加注解，真是令人感动。这是几个群体的集中呈现，那些大师的音容笑貌都在字里行间浮现，远去的又向我们亲切地走来了，似乎他们从来没有走远，我们依然生活在他们智慧的光环下，而这套书又将他们汇聚在一个星光灿烂的舞台上了，让我们在此抚今追昔，不仅是忆华年，更是观照今天，面向未来，像过年一样，把酒回眸过去，规划我们的将来。开卷伊始就发现冯至先生退回题写书名的稿酬一事，令人感动无比；又发现罗新璋先生和高慧勤老师是夫妻，一法一日两个权威在一家。刘老列举了 20 对译界伉俪，这样的美谈真是令人惊喜！相信随着深入阅读还将有无数惊喜呢！从专业到个人情感，方方面面，都会收获惊喜和教益。感谢刘先生在这个冬天又刮起春风！"漓江春潮涌九州"，这是我匆匆浏览半个小时后就发在微信朋友圈里的感想。我知道，我一直是这波春潮里的一朵小小浪花，我还能在漓江里做很多年的浪花。

# 为了心灵的绿色

　　文学大家柳鸣九先生在耄耋之年仍身体力行，亲自操刀翻译法国大作家都德的名著《磨坊文札》，汇入一套由都德、黑塞和卢梭三名家名作组成的回归人性自然美的"小绿书"。另外两本书的译者是韩耀成（《园圃之乐》）和余中先（《孤独漫步者的遐想》）两位名家。这三本书虽然被命名为"小绿书"，但这道名人名译组成的绿色风景给人以扑面而来的人文主义绿色清新与高蹈之感，用柳先生的话说，就是"广汇人类优秀文化的绿色养汁"供世人痛饮。

　　世界经过工业化的现代，以不可遏制的冲动进入信息化的后现代阶段。对美好生活的向往和贪婪的欲望交织，令世界充满生机和希望的同时，依然没有解决的是人与自然、人与社会、人与人和人与自我关系的异化问题，尤其在后现代社会，对不可再生的自然资源的掠夺与压榨，造成了全球生态万劫难复的恶化，当人们自以为冲进了天堂时，却发现人类所需要的最基本的生存物质元素——空气、水和食物都出现了根本的安全保障问题，外在的环境恶化恰恰印证着人的心灵的堕落与危机，二者互为表里，"这是最好的时代，这是最坏的时代"，狄更斯的警告无时不在敲响着警钟。人类社会各种关系的全面变质，健康的"绿色"心灵随之淹没在喧嚣的金钱、权力和机械组成的雾霾中。在对不可再生的自然资源的掠夺中，无论"剥削"还是"被剥削"，都难免成为同一个硬币的两面，整个进步或退步的过程中资本对人和自然的物化是残酷无情的，也是冥冥中潜移默化的。5G 技术的到来，相信能让人们更直观地看到生态恶化的每分每秒的地球全景图像，但我们心灵的生态恶化，5G 技术能检测并投影到一个巨大的天幕上展演吗？

　　这个时候我们的心灵需要一片绿色的葱茏湿地来安置，而回眸早期的文学大师们的"绿色"思绪，从挖掘绿色思想的遗产的角度成系列地在回眸中反思这个异化过程，这样的阅读就有一种追根溯源的"原教旨"意义。卢梭在巴黎郊野孤独悠长的漫步中，伴着清新的自然风雨，内心波澜起伏，为我们留下了宝贵的思想录；都德在老磨坊四周徘徊流连，笔端流泻出清新温婉的普罗旺斯风情录；黑塞亦在《园圃之乐》中倾情抒发对简朴、宁静、淡雅的田园生活的留恋。三位译家在翻译过程中传达着原文的清丽优美的同时，字里行间的中文表达怎不浸透了他们各自生命的感悟？他们也是在与原作进行着一场心灵的对话。读者透过译文感触到的是原作者和译者两颗心和谐的跳动韵律。当优秀原著的译者是多么幸福，在翻译的每一瞬间，他在替原作传道的同时，也汲取了原作的丰厚的心灵养分滋养自己，笔端流淌而出的是两股心血的结晶。做优秀译文的读者是多么幸福，你同时获得了二者灵魂的传导，与他们幸福地共鸣。

这套"小绿书"不仅是带动翻译界老中青译者共襄文学盛举，"有利于国人系统阅读与典籍珍藏"，更有柳老的深谋远虑之良苦用心在其中，那就是以这套"小绿书"的出版来启动他策划的一个宏大的文学翻译文丛——"国民性人文素质名著函装丛书"。一片希望的心灵芳草地已经开辟，让我们期待它不断地拓展蔓延，一片又一片森林、一条又一条清溪，让它们进入我们的人文书架和书房，如柳先生所希望的那样，"有助于人文主义国民性之充实与茁壮"，这样的函装丛书正以这样润物细无声的和风细雨般的仁慈浸透众多读者的心田。我们已经看到了满目的绿色，生机勃勃地充满我们的内心世界。

# 蓝英年题签《日瓦戈医生》

　　蓝英年先生在古稀之年由文学翻译转型为文学史的学者大家、炙手可热的随笔作家，这曾是文坛上一个引人注目的"蓝英年现象"，这样的成功与"走红"绝非偶然，不由得令人浮想联翩，欲探究蓝先生如何"大器晚成"。

　　其实蓝先生早在30多年前就曾轰动过文坛。世界名著《日瓦戈医生》出版于思想解放兴起的20世纪80年代中后期，甫一上市就洛阳纸贵，彼时的中国读者多年浸淫在苏俄名著中，仍怀有浓重的俄罗斯文学情节，帕斯捷尔纳克史诗般的"伤痕文学"更能打动中国读者，一时间形成一股"阅读热"就是自然的了。我刚参加工作不久，工资不高，但也抢购了一本，书价是我三天的饭钱。1987年已经开始了最早的图书销量萎缩，一本书能有1万印数就算相当喜人，但这本书第一版征订就印了10万册，可见书店和读者的期待是很高的。

而随着这本名著一纸风行的，还有译者蓝英年的名字。熟悉俄苏文学的读者马上会发现这是个新译者，不是我们早就耳熟能详的老教授，但应该是一位颇有潜力的中青年学者。更引人注目的是这个名字听上去太有诗意了，似乎《日瓦戈医生》这部诗人小说的译者就该有一个赏心悦目的名字。我那时在中国青年出版社当编辑，正在寻找优秀的俄语译者准备出版一部《苏联新潮小说》，自然就找到人民文学出版社的编辑打听蓝英年何许人也。那里的编辑告诉我，蓝英年是北师大的教师，但别想约到他的稿子了，他正炙手可热，不是专业的文学出版社别想约到他的稿子。于是我知难而退。但从此蓝英年的名字我是牢牢记住了。

　　那之后不久我有一个月在慕尼黑做访问学者，在慕尼黑大学宿舍楼里与著名翻译家傅惟慈不期而遇，晚上经常去傅老师房里聊天。傅老师花400马克买了一台小彩电，那天特意喊我去看电视里播出的影片《日瓦戈医生》，他也听说了这本书正在国内流行，就约我去欣赏电影。那是20世纪60年代的美国电影，但翻译成了德文，我不懂德文，傅老师就边看边小声给我转述。语言障碍丝毫没有影响我对那史诗般的电影的欣赏，风雪交加中寒冷的乌拉尔草原上响彻的一曲凄美动听的《拉拉的主题曲》，从此就铭刻在我脑海里了。那是一次意外的收获，我刚刚在国内读到这部解禁的名著马上就在德国看到了好莱坞的获奖大片。

　　不过蓝英年似乎仍只是一个出现在一些译文封面上的漂

亮名字，我又离开了出版社，也就没再想到与他取得联系。尽管我一直在写一些老翻译家访谈录，但基本只限于我熟知的英美文学圈，其他国别文学的译家很少接触，主要还是怕自己是外行，写起来比较有难度，更怕提不好问题露怯。

　　这样一晃就过了 20 年，我开始在各种报刊和网上读到蓝英年写的反思苏联文坛的一系列学术随笔，这些随笔又像当年的《日瓦戈医生》一样是不胫而走，引发热议。蓝英年从译者转型为史学家兼文学批评家了！他是怎样突然横空出世，华丽转身的呢？这个"蓝英年现象"背后一定有故事。这些随笔像集束炸弹一样突然而快速地在媒体上发射出来，感觉是蓝先生卧薪尝胆准备了多年后喷薄而出，一发而不可收，说是气势如虹一点都不夸张。记得 80 年代时冯亦代先生就是古稀之年发力，密集地发表很多振聋发聩的西方当代文学的介绍和评论随笔，给中国文坛带来一阵清冽的春风。而这次蓝先生在古稀之年的转身引起的轰动似乎超过了冯先生当年的阵势。他的文章首先是对苏联文坛的揭秘和解密，是向历史的纵深处的掘入，很多都是第一手的资料，因此高屋建瓴，道非常之道，这是很多传统学者所难以匹敌的。他文风独特，可以说是倜傥洒脱，时而幽怨时而奔放，颇有散文诗的韵致，令人向往。

　　蓝英年在俄苏文学研究界独树一帜，再次令人瞩目，我这才在网络时代便捷地查到了仰慕已久的蓝英年的履历。原来这些轰动文坛的系列随笔是蓝先生离休后才厚积薄发，从著名的翻译家向史学家和批评家的重大转型之举，而这个转身如此华丽，如此成功，又如此举重若轻，与他前半生对俄苏文学的研究和翻译打下的基础息息相关，更得益于他年近耳顺远赴西伯利亚教书讲学的几年中刻苦钻研收集挖掘史料的超常努力，因此他能洞微烛幽，道前人所不能道，居高声自远。文学加历史，最终造就了一个风格独特的抒情史学家蓝英年。

这些成就和声望似乎来得晚了点，蓝先生享有盛誉时已经是古稀甚至耄耋之年，他的文章力透纸背，但文风又是年轻的，这十分难得。我在一次褚钰泉先生来京为其主编的杂志《悦读》组织的研讨会上见到了蓝先生，年逾80的他身姿挺拔，声音洪亮，与资中筠等老先生谈笑风生，妙语连珠，毫无老态，那样的倾听真是幸福。

但是出于"隔行如隔山"的顾虑，我没敢要求采访蓝先生，只是倾听。不过那次聊天中，我听蓝先生偶然说到他曾在我的母校河北大学执教，心中一动，不知是不是可以称蓝先生为"校友"呢？回来查河北大学的资料，外语学院的概况中提到的前辈名师里确实有"蓝英年"的大名。这个事实让我感到与蓝先生有点"沾亲带故"了，似乎也许某一天再见到他可以以小校友的身份向他讨教了。但也就是一闪而过的一个想法而已。我知道那是河北大学在天津时期的事，而我1977年考入河北大学时就没听到过俄语专业有这么大名气的蓝英年，估计他早在天津时期就离开河大了。但我母校的外语专业曾经有过蓝先生这样的大师，或者说蓝先生曾经在我母校的外语系执教，在那里成长为大师，这令我感到与有荣焉。在河北大学沦为非双一流大学的当今，想想我们有过这样的名师，至少让我们这些晚辈校友感到虚荣心上有所补偿，这种想法虽然显得没出息，但也是人之常情。所以这之后我见到老校友们，谈到母校时我会自豪地向他们爆料：蓝英年曾是咱们外文系的老师，你们都不知道呢！但对那些不关心文学的人来说，我的骄傲介绍等于自言自语，而这也属自然，估计这个年代只有当了省长、部长和富豪的校友才会引起普遍的荣耀感，一个文学大家的分量也只限于文学爱好者们为之珍重了。

多媒体时代为蓝先生随笔的传播提供了新的渠道，他的读者群日益扩大，这对于不用微信的蓝先生来说是个意外，连他自己都还不知道微信上到处是他的文章。那天我就在微信上读到了《长忆吴牛喘月时》和《且与鬼魂为伍》，惊讶地发现写的就是他在河北大学的遭遇，有天津时期，也有保定时期。那场史无前例的运动初期，他就在天津的河北大学被当作"牛鬼蛇神"揪出来，遭到各种大会小会批斗，后来还被打成"现行反革命"，每天参加劳动改造。之后是随河北大学迁到保定。他特别写了他与宋史专家漆侠的交往，写两人在劳动中结下的友情和到保定后酷暑中在郊外农田里赤膊谈天说地论学问，写他拜中文系专家为师，读鲁迅、读周作人、读《聊斋志异》，苦难的日子因为与这些大师的交往、在他们的点拨下读书而变得异常丰富美好，在那个非常年代里他的时光没有荒废，还因祸得福结交了那些文史界的大师，为他日后的写作打下了坚实的基础。我惊叹，蓝先生在河北大学过得"太值了！"，别人闹运动打派仗，他却在跟着大师读书！运动过后他就被调去了北师大工作，人到中年开始了学术上的腾飞，之前在河北大学的这段动乱中的苦读生涯正是他腾飞前的最后提升和充电时期。

原来，当我在保定城里开始懵懂的小学生生涯时，离我不远处的郊外迁来了一个天津的河北大学，我多年后在中学的同学里发现有几个家是河北大学的，才知道保定还有河北大学，在"知识越多越反动"的年代里，河北大学几乎是这座城市的鸡肋，被远远地抛在东北角的郊外，与庄稼地和监狱为邻，在我们眼里毫无地位。后来有工农兵学员来我们中学做教学实习，辅导我们学习俄语，我能感到有些人学了半天，基本的俄语发音都没过关。作为一个懵懂的少年，对那时的大学基本失望了。

而蓝英年就与我在同一个城市！原来那些工农兵学员就是他的学生。现在发现这历史逸事，很是令我感慨，我们居然近40年后才相见。蓝先生调走几年后恢复了高考，我考了俄语，却被河北大学的英语专业录取了。说到底，蓝先生曾是河大的老师，我可以冒昧地称他为老校友了。

所以我赶紧找人民文学出版社的俄语编辑，取得了蓝先生的联系方式，电话联系登门拜访，头一次见面开了门就请教他一个俄语问题，像老熟人一样聊起来。估计蓝先生被我这个斜刺里冲出来的"校友"闹蒙了，首先要弄清楚我是从河北大学来的还是就在北京，是俄语专业的还是英语专业的？是谁的学生？我拿去我买的他的书，还有30多年前买的老版本《日瓦戈医生》请他签名。他很感慨我居然还保留着这个版本，一晃这么多年，他说他不满意这个旧版本，独自一人重新翻译修订要出个全新版本，在耄耋之年啊！蓝先生真是拼了。还有什么比身边这位杰出的老校友的壮举更励志的呢？

　　我赶紧把我翻译的老舍《四世同堂》作为见面礼送给蓝先生，他听说了老舍这个残本的故事觉得像神话传说，惊叹：原来之前我们读的是个残本啊，缺了16章啊！但转眼他又不客气地说，他更喜欢《骆驼祥子》等，他觉得《四世同堂》还是有"宣传味"。不过他还是鼓励我说，无论如何能找到后16章英文回译成中文使作品完璧是大好事。估计也只有"老校友"才这么不客气地讲实话，我丝毫没有感到别扭。蓝先生就是那么坦率直爽的人。不知怎么说到古典诗词名家，蓝先生也是直率地告诉我，若论古诗词的讲解，最好去看夏承焘先生的书。我特别想知道些他在河大的经历，他说我看到的那两篇东西基本说得差不多了，他是50年代闹运动时差点被打成右派，在北京的俄语学院（现在的北京外国语大学）不敢再待下去，就跑到山东大学避风头去了，为了能回到北京，先来到了天津的河北大学，一步步靠近北京，结果刚去不久河北大学就搬到了保定，他又在保定周转了几年才算转回了北京，这一趟周转就是十几年，回来已经人到中年。说到河北大学当年，他还是那么直率，批评谁谁"简直是……"，"某某还是不错的"。

说到来我们中学实习的那些工农兵学员，他说那时他很小心翼翼，因为当时的口号是工农兵学员是来"上大学、管大学、改造大学"的，什么文化基础都没有就胡乱分配去学俄语，有些人连最基本的发音和句子都成问题，但不敢批评，只能那么凑合着过，有的连"毛主席万岁"里面那个大舌颤音都念不出来，学到毕业颤音都没学会，把"主席"两个字念成了"叛徒"（这两个词发音比较接近）。蓝先生说他都不敢当着全班的面指出这样的错误，怕被告密惹麻烦，就假装没听见，事后小声告诉他们读错了。那年月，当个老师都提心吊胆的。所以蓝先生就利用课余的时间自己学，充实自己，一边学一边寻找机会调回北京，他在山东和河北转磨十几年就是想回北京的家。

听了蓝先生的叙述，一边为他的不幸流浪感到难过，同时也为这个高干子弟、蓝家大公子在艰苦岁月里结交了高人，体验了底层生活感到庆幸。或许就是这两样与他专业的俄语修养相结合，才造就了后来声名显赫的大学者蓝英年吧。而我的故乡保定和母校河北大学正是这场历练的重要一站和一环，绝对是不可替代的磨难与升华之地。正因此，如果不是知道蓝英年是我的前辈"校友"，我可能就只是阅读他的作品当个读者而已，知道了这个背景，感到与蓝老的距离拉近了，才一定要去拜访他，收获了他的一段不为人知但又如此重要的人生与学术的历练故事，也算"独家爆料"。但更重要的是，我们都熟悉那个历练的背景地，共享很多符号和象征，随便一句话引发的共鸣与默契都是一种"会心之顷"的享受，让我多年后补上了重要的一课，这才是我最大的收获。

如今蓝先生就住在崇文门东大街明城墙对面的高楼上，从他的书房凭窗可以俯瞰著名的明城墙遗址公园和繁忙的北京站里排列整齐蓄势待发的一列列高铁、动车组列车。我曾住在东交民巷，原来离蓝先生竟然这么近，但30多年里居然没有机会来拜访学习，真是遗憾。原来蓝先生每天都俯瞰着楼下如水的车流人马，看着北京站人来人往，那里面经常有我，有你，有他，我们都在蓝先生楼下转来转去呢。去明城墙下逛逛说不定能邂逅蓝先生。

# 长路奉献给远方

"长路奉献给远方"，这句还算不错的流行歌曲的歌词用作了简平的一篇随笔的标题就熠熠生辉起来，与那篇随笔的叙述一起给我留下了长久难忘的印象，想起来就想再读一遍。我不敢说励志，因为这个词似乎被人们滥用到了令人发指的地步，已经成了一个令人发噱的词。词语的堕落就发生在我们不经意的泛滥使用中。还有勤奋、真诚、纯净、典雅，这些完全可以用来表述我对简平的写作和创作状态的赞扬的词似乎都不敢说了，这些词因着这个莫名其妙的时代里词语的狂欢泛滥都走向了其自身的反面。

但我就是读了那篇随笔，开始思考：假如我是他，我能像他那样"当"一个卓尔不群的作家吗？对简平的写作状态的关注，确实涉及了我们这类人如何当作家这样的话题。

严格说我们从 70 年代末、80 年代初怀揣作家梦走过来，从弱冠到耳顺，"作家"这个称号或者概念随着我们的际遇不同其所指在不断演变。最早少年立志当作家，成名立万，估计那时我们的榜样并非是文坛巨擘，而是同代人里靠写作风靡文坛的那些"青年作家"，他们有些就与我们在同一个校园里或在同一个单位里。这让我们似乎觉得自己凭努力也能成为年轻的专业作家，然后有个作家协会作为我们的"单位"，风风光光又任重道远地攀登文学的高峰。80年代的"文学热"热得我们发烧到狂热的地步。

但多数人在这条路上走着走着就掉队了，或者如梦初醒后终于"痛改前非"与文学分道扬镳了。这条路确实通向远方，只是远方的目的地不是作家了。但也仍然有我们这样的矢志不渝者在坚守自己作家的身份和立场，还在这条路上踽踽独行，踯躅前行，即使在别人眼里根本就是"业余作家"而已。这样的作家严格说是不被当作作家的，甚至会遭到嘲笑（有位文学编辑就在给我的散文退稿信上说，你就好好当个编辑记者吧，不要好高骛远了），是永远当不上作家的预备作家，这是那个年代的实情使然。国外没有作家协会这样的"单位"，只要你写作出版，你就是作家，无论是自己专门靠写作生存还是在职业之外进行写作，不会有正牌作家与业余作家之分，如果说有区别，那区别在于成就大的作家一般不会再从事别的职业，专门从事写作。

我在微博上认识简平，因为同样对什么点赞或批评而"互粉"，然后惊异地发现我们竟然都是电视圈里的制片人，又都是不断出版着各种作品的作家，而这个时代那种吃着作家协会饭的"专业作家"队伍已经大大缩水，绝大多数作家都是我们这种有一份职业同时不忘初心，一直坚守着作家立场和身份的人，还有更多连职业都没有的网络作家，或许他们在做着零星的营生一边挣着生活一边进行写作。总之，这个新的时代让我们不再因为不是作协里拿工资的专业作家而感到惭愧。写作真成了一份大家都可以选择的自由职业了，只要你有灵感有才华，肯写并能发表或出版即可。

说这些似乎是说明我大致可以算简平的"同类"，但其实我要说的是我跟他差得很远。正因为是"同类"，才好比较。我之所以开篇就提到他那篇随笔《长路奉献给远方》，就是因为读了他的很多作品后想到了那个根本性问题：在这个文学早就边缘化的时代我们该怎样"当"作家？

我从来没有想到如此风光的上海电视台重大电视剧题材制片人简平曾经有过那样艰苦的磨难，仅仅长我两岁的简平经历了我写小说都编不出来的历练情节。我是从高中、大学、研究生毕业，就做了编辑和电视制片人，一路相对顺风顺水走过，即使有过发表和出版的困境和种种遭遇，最终还是比较顺利，在三十几岁时已经当了制片人，还出版了长篇小说和很多翻译作品。

但我没想到的是，简平经历了 8 年筑路工人生涯，又读完了电大，通过了本科自学考试，在 35 岁时成为杂志编辑，又偃蹇多年换了几份工作，才最终做到这样显赫的位置上。而他在各种逆境中都没有停止写作，依旧像个文学青年那样追求着自己心中不灭的缪斯，出版了长篇小说、儿童文学、散文随笔。而成为制片人之后，他负责推出的电视剧作品在全国热播，如此重大的责任足以压垮我这样的意志薄弱者，那个位置是我望而生畏的，但他不仅做得风生水起，闻名行业内，还依旧初心不改，在各个报刊上新作迭出，以至于我都不敢看他的微博和微信上转载的新作，他的写作与发表速度简直令人目眩，更令我望尘莫及从而感到汗颜。

在耳顺之年，繁重的传媒工作之余，他以怎样超常的精力和智力把自己奉献给文学这条长路的？我想象不出来，所以我根本不敢用诸如勤奋、奋斗、文思泉涌之类的词来描述。只有敬佩了。我当个小小译制片栏目的制片人都左支右绌，疲于应对了，那些年真的感到文学创造力枯竭了，还好我能用零碎的时间来做些翻译聊以自慰。但看到简平佳作纷飞，我真是觉得我的文学长路上有了一个榜样，我们童年里总重复的一句名言就是"榜样的力量是无穷的"，而简平的力量本身就是无穷的，他给我的励志力量也是无穷的。我熟知的一些身在媒体界的作家朋友都造诣非凡，新作不断，都值得我学习，而简平就是他们中突出的一位。

当年简平在上海的大街小巷里，顶着高温或严寒，用最好的青春年华筑路，工歇的时间都用来在工棚里读书背单词，文学的种子在水泥地里发芽，文学梦想也在水泥搅拌机的轰鸣中变得绚烂，他没有放弃。那时他写下了《长路奉献给远方》，现在，这条路依旧正长，我们筑路用的已经不是青春，但依然是生命。作家是这样练成的，自然要这样"当"下去。不敢跟他共勉，因为我们除了有电视人兼作家这个共同的特征，别的方面我都难以望其项背，虽不能至，心向往之，有榜样就有力量。

# 一心为象胥

　　毕业离开福建师大 35 年，第一次有机会回到外语系参加学术活动，此时有了高铁，从北京到福州仅仅 7 个小时，在饱览湖光山色中朝发夕至，再也不像 30 多年前要在 45 次列车里晃荡 45 小时才到。因此这 35 年也就感觉是弹指一挥间了。

　　不明就里的圈外人自然会认为我从事外国文学翻译似乎也算成绩斐然，怎么会"这么晚"才回到母校参加学术活动？似乎是不可思议。其实在学术圈这是非常自然的事，不足为奇。

　　我毕业多年里，我的两个母校都与我没有学术交流，这源于学术圈看似简单又复杂的规则，我的文学翻译行为恰恰属于"不合规则"之举。对大学来说，文学专业的人要在核心期刊发表专业文学研究论文，翻译专业同样要在核心期刊发表翻译理论的专业论文，要成为这些领域里的名教授或博导，方得各方尊崇。而我仅仅从事翻译实践，从 90 年代起就不写文学理论和翻译理论的论文了，等于处在两个圈外的自由人，尽管我从事的既是文学又是翻译，还在报刊上发表了很多文学与翻译的随笔散论，但在文学圈和翻译圈这些属于非学术行为，而纯翻译作品甚至在大学里评教授职称时都不算学术成就。因此少有大学邀请我做文学或翻译讲座。因为我对此心知肚明，这些年也一直安之若素。偶尔有大学请我去做讲座，我还有点忐忑，生怕因为没有学术头衔而令学子们错愕。

所以这次福建师大举办翻译大师许崇信教授的百年诞辰纪念会之前筹备出版《一心为象胥 一桥跨东西：许崇信先生诞辰百年纪念文集》，有校友提前把自己的纪念文章发给我并询问我是否与会，当时我也没有想到会收到邀请。而突然收到邀请还需要我做大会发言，我便决定就以一个"圈外人"的身份和经验，谈翻译与我离开母校后在这一领域的深耕，告诉众多的校友和听众，外语专业出身的人毕业后大多数自然会从事各种形式的翻译，却注定与专业的文学研究和专业的翻译理论研究渐行渐远，但须臾不可或缺的依然是文学修养和翻译基础理论的学习，翻译是我们终生的功课，我其实一直在学着这样的课程以此来观照自己的翻译，将各种学派的理论与自己的实践做对比，扬长避短，融会贯通，以求取得更好的翻译效果。

这样看似矛盾的说法其实正是我多年里存在的写照，我这么多年没有回到母校和现在回到母校交流都是因为这样的悖论造就了我，依旧将学术研究作为我的实践指导和启迪，大学依然是我的精神依靠，但几乎全副身心从事与学术论文的发表无关的翻译实践，我面对的是广大的读者和出版业。还有，就是我把翻译当作我文学事业的一部分，通过翻译学习文学的写作，从而促进我自己的文学创作，这些都缘自我少小立志要当作家的初心，我一直没有忘记自己与作家的最初相约。

我想我真实地讲出一个潜在的圈内人和显性的圈外人的经历与感受，这应该就是对母校的真实回馈。

于是我在35年的镜头闪回中重回闽江与乌龙江之间的南台岛，回到长安山下我时常梦回的大学校园，去说一些"外行话"。35年后我终于混成一个著名的外行人，这本身就颇为有趣。

我们这次纪念的许崇信先生是真正的知行合一的翻译理论家和实践家，学贯中西，淹通古今。严格说他是我的公共课导师，不是我的专业导师（我的专业方向是非虚构文学研究，导师是林纪焘先生）。当年我们七兄弟分成五个专业，很有阵势。但第一年都一起上几门公共课，其中翻译课是必修的一门重点课程。许老指导着自己的几个研究生，但他的研究生也要和我们一起上公共课。那时我们还是比较顽劣的，上公共课都爱偷懒走思，形成不成文的潜规则，那就是谁的导师来上课谁负责主答问题（我们称之为堵枪眼），其余专业的人当听众，可以免遭难堪。许老有两个弟子在我们班，就自然轮番主动回答许老的问题，我们乐得轻松。但唯一不同的是，许老的第一外语是俄语，因此他讲课时会举些俄语的例子，而全班只有我一人选俄语作为第二外语，这样，我就经常被点名回答许老的问题。我的俄语基础很浅薄，而许老的例句都远超我的水平，所以每次回答问题都会遇上尴尬，苦不堪言，但也促使我把那些俄文例句抄下来课下进行二次学习。

我们和翻译专业的同学做同样的作业，许老对我们这些外专业的学生要求一点也不放松，每次作业都改得很仔细，常常令我们很惭愧。但就是因为专业的细化，也让我们时而放松对自己的要求，认为自己将来不会从事翻译职业，能得到较好的成绩就满足了。但我们恰恰忘了，翻译是外语专业学生将来走入社会的最重要的施展才华的领域，甚至我根本没有想到日后我恰恰歪打正着成了专业的翻译工作者。所以这次回到母校纪念许老，我其实是以"外专业"学生的身份出现的，我开玩笑说我不是"嫡传"，是来纪念我大爷的，不是纪念亲爹。而事实上，我们都有缘亲炙，得到许老的耳提面命，毕业后走上了专业的翻译道路，这是很多外语人的必然选择，真正的外语人必须是优秀的翻译人才，翻译是外语人终生的必修课。也正是因为有了这些年的翻译实践，我才有机会以翻译家的名义重返母校，反倒是我的劳伦斯研究似乎还没有人需要。这样的人生故事看似出乎意料，也都在情理之中。我虽然没有"一心"为象胥，但象胥和桥梁我的的确确是做了 30 多年，也无愧于曾是许老的学生了。事实上我等于是跨两个专业的存在。

纪念活动结束，我又回到了千里之外的北方，又回到了一个译者的位置上，我知道我永远不会与这个专业的人完全默契，我依旧是个"翻译专业"的圈外人，但我带回来了这本文集，我会时常拿出来读一读，感觉我的课堂永远近在咫尺。读这本纪念文集里许老的全部翻译理论文章，我感觉是重新在课堂里上课，重温师德师风，就是重新充电。再读我的师兄弟姐妹们的论述，感觉我的课堂比当年更大了，"后浪"们更加汹涌澎湃，在进行着层出不穷的理论翻新，于是我得以向这些翻译专业的各个校友学习，感觉许老没有离开我们，就在看着我们一起学习交流，也感觉我这个前浪还没有被拍倒在沙滩上，这样的氛围真是可遇不可求的。我会永远把翻译理论当作一门功课学习下去，就像当年上大课那样，若即若离，但又难解难分，这样的习惯，35 年前至今一直没变，这就是我的坐标。不能成为任何一个圈的圈内人是遗憾的事，但能够学得他们几分精髓，让自己变得更加强大，成为一个独特的自我，这才是我存在的真正意义。这本书就成了我随时可以亲近的母校源头活水，我依旧从中不断汲取着能量。这就是福建师大对我的永恒的意义之所在。师大就是我的闽江和乌龙江，滔滔不绝的生命之水。

# 致1977的文青

2017年12月央视《国家记忆》栏目播出了一个纪录片《高考1977》,纪念和追述恢复高考40年的历史大转折。个人感觉片子的艺术表达不尽人意,但内容上的共鸣还是让老同学们都回忆起40年前的12月15到17日这三天,我们顶风冒雪参加了那场史无前例的高考。那应该是我的文学梦的真正起点。

停止了11年的高考猛然间恢复了,被耽误了那么多年的人才在疲惫与无望中看到了民族复兴的光明,他们很多人把这次高考看成是人生的最后一搏,使命感和压力都非常大。但我是以在校生身份参加的高考,不像历经磨难的他们心情那么复杂,我只是按规定参加了一次选拔考试,进入了前3%,就轻松地获得了参考资格,这个时候摆在我面前的具体问题就是考什么专业,那决定了将来干什么工作。

于是多年里酝酿的各种想入非非的理想似乎在考什么的时候要真正落实在某一点上了。物理和化学学得没感觉，我毫不犹豫地选择了文科，而且准备从北大中文系开始连报三个不同等级大学的中文系，我觉得只有上中文系最适合我，以为读了那个专业就能当作家，或至少可以从事与写作有关的职业。但我的班主任兼俄语老师强烈建议或者说是"逼"我必须参加俄语考试并且在三个志愿里必须有一个报外语。在老师的压力下和期盼的眼神感召下，我还是报了外语专业，按他的说法是"多一条路"。就这样匆匆复习两个月就上了考场。

录取通知下来后发现我莫名其妙被英语专业录取了，这个结果出乎所有人意料。后来知道那年考生570万，连大专一起一共录取了20多万人，录取率低于4%，无论遂不遂个人心愿，能考上并且没落入大专，已经算"超强者"了。入学后得知，没有多少人是被自己的第一专业志愿录取的，大多是以"考上就是胜利"的心情接受那次高考结果的。但我知道文科几个系里很多人第一志愿报的是中文系，估计想法都和我差不多，因为那是个很多人做着文学梦的年代，工厂、农村和部队里一些年轻人成了著名的青年作家，风靡一时。所以那年的中文系也就成了文科生的第一大热门专业，名额有限的情况下不少人就被"分流"到其他文科专业了。

专业上可以分流，但初心依旧者不在少数，无论学了什么专业，文学创作的梦想并不因此泯灭。记得当时学校里成立了规模很大的诗社，这是一个跨系的文学组织，诗社的活动很活跃，定期在校园里贴活动海报，在广播里广播诗作，这样的诗社遍布全国各个大学。当时文学爱好者们的一个共同行为就是给各种杂志社投稿，小说、诗歌、散文、评论都有，上学期间就涌现出了一些著名的校园作家。我那个时候基本上除了学英文，业余时间都用来读各种中外小说，几本主要的文学杂志都是必读读物。读多了就偷着写小说并投稿给杂志社，几年中竟然写了七八个短篇小说，收获的却是很多铅印的退稿信，有的稿件干脆就一去不复返了，但依然乐此不疲。苍天不负苦心人，临毕业前一篇小说被《河北文学》发表了，收到录用通知的时候心中激动，感觉与同时收到的研究生录取通知一样神圣。

40 年过去，校友会的微信群把不同系别的同学联系到了一起，我惊奇地发现，这些年像我一样在非文学的工作岗位上工作多年的老同学们很多在文学创作上取得了很大成就，虽然大家都不是炙手可热的一线作家或商业作家，但不少人都出版了自己的诗集、小说集、散文集和长篇小说，还有的创作出了热播的电视剧，还有人出版了各种文化研究专著，留学国外的同学中有人用英文写作小说和诗歌，一位获得了少将军衔的同学竟然是在退休后开始出版小说集和长篇小说的。这些不同职业的同学的文学作品如果收集到一起完全可以办一个颇具规模的校友文学书展，同样是一所大学宝贵的人文精神财富。

我可以想象出大家在文学上的坚持和坚守是多么艰难和

坚韧，但也正因为有这种不为稻粱谋的文学精神的支撑，这40年的岁月才过得虽如此艰辛但美好，因为文学经过多年的祛魅化后终于回归其本色，写作变得越来越纯粹。我终于在几十年后认识了我的这些分散在各个行业里的文青校友，感到莫大的快慰，觉得我们似乎又重新开始上一所新的大学了，并且这才是我们真正的专业。恢复高考40年的时候，我们的任务是再出发，将文青进行到底。

# 我们小说里永远的大学

40年前的文学热潮可以说汹涌，大学校园里作家和诗人如过江之鲫，像我这样没考进中文系但依然一根筋偷偷摸摸写小说和诗歌的潜伏写手估计更是不计其数。那时文学刊物上的作者很多是中文系在校大学生，看他们的作品一方面佩服他们丰富的生活阅历和优秀的文学素养，另一方面觉得他们写的大学生生活似乎缺少纯校园的氛围。最典型的是当时复旦77级的卢新华，一篇《伤痕》一炮走红，还有北大77级的陈建功写的《飘逝的花头巾》，印象中很是凄美动人。但跟大学几乎不沾边，他们的身份似乎主要是青年作家，其次才是学生，文学界也是期待他们写出深刻的社会生活作品而非校园作品。记得北大78级的张曼菱，干脆是以一部优美的中篇小说《有一个美丽的地方》代替毕业论文的，其姿态非常明确：我是作家，历史耽误了我上学，现在仅仅是来领个文凭，补个学历。

那个年代的大学生多是来自厂矿和农村，以下乡知识青年为主，他们绝不可能写纯校园生活。我因为是高中直升大学，似乎兴趣更在校园读书生活本身。因此读他们的作品总感觉是另一个世界的人写的，事实上他们已经从各自的"我的大学"毕业了，他们当中的佼佼者在校期间从事的是研究和创作，忙于演出和体育竞赛，甚至参与社会活动，上课考试似乎并不重要。他们身在大学，其实与校园读书生活基本上是脱节的。所以他们不会写纯校园小说。还记得后来报纸上披露一位当时已经走红的作家甚至给大学写信，想免考进入大学，得到了婉拒的回信。也许现在这个大学会后悔，否则这个大学校友名单里会有一个文学史上无论如何绕不过去的著名人物。

但还是有过让我印象深刻的校园中篇小说如《北极光》（张抗抗）、《啊，青鸟》（陆星儿）、《一路平安》（邓建永）和《请与我同行》（黄蓓佳），也是那种将校园生活与社会生活融为一体的"校园作家文学"。我怎么照猫画虎也写不出那样的小说，深知除了才华，我缺少的还有他们上学前丰富的社会生活体验。读研时我不甘心，又练习着写起来，但发觉纯学术的小楼生活似乎仍然与社会太隔，如我的小说里外文系学生就萨克雷的《名利场》的争论，辩论的双方还是知青出身的大学生，感觉还是很错位。直到工作后，我的第一篇校园题材中篇小说《大学生活流》才得以发表。有趣的是那年像扎堆，一个月内竟然出现三篇写大学生活的中篇小说，另外两篇是《远方的山路》（程永新）和《永别了，大学》（周昌义，他此前一年还发表过一篇同类别中篇《国风》），这三篇的作者都是毕业几年的本科生或研究生，因为强烈的"大学情结"难以释怀，终于在不断的反刍中写出了自己理想中的大学校园小说，可见大学情结是多么娇贵的艺术情愫，需要延宕多年以培养之。而在这之前的1985年，同样是在同一年里出现了三篇校园文学中篇，它们是《你别无选择》（刘索拉）、《留学生楼》（孙进）和《毕业在夏天》（陈金堂）。这三篇的"当下感"相当强烈，是真正的纯校园小说的发轫之作。跟他们比，我忽然觉得自己又过时了，风起云涌的改革大潮和瞬息万变的社会里，这样的校园文学显得如此小众而苍白，几乎成了小摆设，就毅然不再关注所谓校园文学了。

我后来在网上查了一下这些作者，张抗抗、陆星儿和黄蓓佳是当年的著名青年作家，后来也很有建树。刘索拉票了一把小说就火了，但还是更爱音乐，估计她只要写就能成功，是天才。程永新和周昌义是著名的文学编辑，一直还写作。孙进、陈金堂、邓建永三位一直是专业作家，在写，在发表。这些77和78级大学生学友，到现在还能坚持文学创作，真为我们自己骄傲。

但我没有想到的是，这个夏天里（2018年）出版了一本长篇小说《七七级二班》，作者是我大学同级不同专业的同学李珍和陈俨，一个是资深电视人，一个是曾经叱咤风云的海军少将。他们在入学 40 年之际厚积薄发，全景式地刻画了某个历史系 77 级 2 班同学的群像，将过去的在校生活和毕业 30 多年中跌宕起伏的人生命运故事做了淋漓尽致的艺术表现，让我再一次感叹"初心"的美好与坚韧孕育——永远不会"过时"，纯文学的创作永远在"过去"与"现在"之间闪回流连。没有物理的时间桎梏心理上的华年，我们都应该有普鲁斯特式的在场感，它属于四维空间，它是我们永远的大学，历久弥新。相信这样的文学作品还会层出不穷。

# 我的1977与课本

看到"新三届"微信公众号上77级同学们对1977年高考前后的回忆越来越丰富深入，披露出来的细节和各种数据越来越多，而且很多离奇精彩的故事是那么引人入胜甚至惊心动魄，不禁感慨这才是活生生的历史，以前对1977年的高考评论大多停留在理论和政治高度上，听起来往往缺少温度。现在有了这些个人史的补充，我感到40多年前的一切不是常说的"历历在目"而是就在此时此刻。与那些历经磨难的社会考生的经历相比，我这个在校生考生真如一张白纸，没有什么故事，但我的高考也经历了一场莫名奇妙的遭遇，说出来也算当年的一个离奇的细节，影响了我的一生，不妨写出来献丑，给这个恢复高考的大故事增加一个小细节。我的经历跟他们比似乎微不足道，但落在个人身上也是"压力山大"。

1977年10月21日早晨的中央电台新闻与报纸摘要节目

宣布了当年 12 月恢复高考的消息，按照规定我们本来年底要毕业的这批学生算"在校生"，不能都参加高考，只有 3% 的名额可以参加。3% 之外的落选人员要延长半年学期到 1978 年夏天以应届生的身份参加高考。看来这 3% 的名额十分宝贵，如果能脱颖而出，就可以提前上大学了。那时由于多年的运动造成的心理阴影，人们普遍认为这次高考也许是一次试水，说不定第二年高考还会取消呢，如果这次考上了，等于捡个便宜。

于是各所中学的高中二年级都举办了一次选拔考试，按照百分比选出"选手"来。这样的选拔考试开始得非常迅速，好像是听到消息三四天后就进行了，根本没有时间准备。我们年级不到 300 人，按照比例应该是选出 8 个人来，竞争还是激烈的。每考一科后就公布一次分数的排名，气氛相当紧张，考得好的天天在看着排名算账，看自己综合分排在第几了，随着科目分数不断公布，每个人的名次都在浮动，一会儿上去了，一会儿又下来了，真是七上八下，很忐忑。我就记得我的数学成绩排在第 9 名，一下就掉出前 8 名了，但很快语文和史地或理化的成绩出来后我又进前 8 了。那次选拔考试让大家明白了，高考是考综合实力，某些人过于偏科，某一科名次很高，但别的科目太差，很容易一夜之间落入谷底。有些哪一科都不是最好的，但永远在前 8 名里晃悠，反倒很踏实。

前 8 名选出来之后，又搞了一个 9 到 16 名的排名名单，让他们跟着前8名一起复习，也是作为候补，随时替补前8名中出现意外不能参加考试的人，阵容很正规，就像打仗一样。这也提醒我，考前绝对不能生病出意外，否则我那个宝贵的名额就被候补的人轻松顶替了。第二年万一取消高考，我还得下乡去当知青。

那年是考试之前就报志愿，等于是盲报，每人只有三个志愿可以填报，最后还有一项"是否服从调剂"，老师让我们都填同意调剂，最大限度保证能有学校录取。

文理科考生前三门科目都一样，就是数学、语文和政治，数学文理科是同一张卷子，只有第四门不一样，文科是史地，理科是理化。文科和理科考生都不用考外语，只考四门课。但是外语考生要在第三天参加外语考试。

因为选拔考试那次语文考得特别好，我第一志愿就斗胆填了北大中文系，梦想考上中文系将来可以当作家，并且准备第二志愿报省大学中文系，第三志愿报一个师专的中文科，摆出了一副非中文专业不上的架势。

我这种盲目自傲的态度遭到我的班主任兼俄语老师的坚决反对。他坚持让我第二志愿报外语专业，第三志愿再报一个史地专业。他说这样被录取的机会更大，不能吊死在中文这棵树上。我还"据理力争"，说报了外语我等于多考一门，只有一个多月的复习时间，能少复习一门就少复习一门，减少负担。但老师说你多考一门就多一条路，你的俄语也不用怎么复习，就按照平时成绩发挥好就行。我心里当然明白他是俄语老师，希望我能考外语，但看我一门心思要上中文系又不忍阻拦我，就"妥协"，让我第二志愿必须报外语。但最大的问题是，那年没有任何大学的俄语专业在河北省招生，我考了俄语能读什么"语"？那不是盲目乱考，瞎猫碰死耗子吗？韩老师是外语学院毕业的，有经验，说没准就能碰上。英语考生太多了，很多都是中学英语老师，他们竞争力太强了，你就别报英语了，看别的小语种有什么你挑一个报吧，考小语种的人不多，就会从英语和俄语考生里选，也许你考不上中文专业能蒙上一个外语专业呢。我就想要不就报个斯瓦希里语（当年听相声知道了非洲坦桑尼亚说的是斯瓦希里语）或柬埔寨语算了。最终他决定让我第二志愿报河北大学日语专业。韩老师的决定令所有人都"敢怒不敢言"，因为他是外语权威，但所有人包括我都觉得这就是撞大运，就是瞎猫碰死耗子，就听他的吧，总不能让他生气。但我心里似乎很有定力，认为自己肯定能上中文专业，就是考不上北大中文系，还有不同等级的中文专业接着呢。既然他"强迫"我报日语，我就姑且报之，反正考完前四门第三天再去考个俄语玩呗。于是我的三个志愿就这么轻而易举地定了：北大中文、河北大学日语、河北师大地理，外加服从调剂。

但因为我报了外语，韩老师肯定不会放任我不复习的，隔三岔五他就把我叫去练习俄语，搞得我叫苦连连，因为那耽误了复习另外四门课的时间，但我还得装作很认真的样子跟着他复习，有苦难言。

一个多月很快就过去了，我们迎来了大考。那几天风雪交加，冰天雪地，考完四门大课，人家都歇了，我还得去参加俄语考试。记得满场都是考英语的，只有个别考俄语。打开卷子，基本语法知识和造句似乎答得很顺利，问题是词汇量少（我们只学了初中六册俄语，高中课本没有学过），到翻译部分就比较麻烦，很多词不认识，只能连蒙带猜着翻译了。考完后感觉一般。但没想到的是，过了一个月竟然接到了口试的通知——据说笔试成绩上了75分的才能参加口试，这令我和老师都感到兴奋，说明我俄语考得还不错！口试老师是某个大学来的，他问了几个问题，还让我模仿他说的话（完全是考模仿和记忆能力，因为他说的我根本听不懂），考完后他竟然露出了满意的笑容。但我根本没拿俄语考试当回事，回来后老师问都考了什么，我说不记得了，反正口试老师显得很满意。这让韩老师感到很欣慰，觉得那是对他的教学的肯定。

这之后是漫长的等待，一直等到春节后开学，开始有人接到录取通知书了。我们中学两个年轻的英语老师金榜题名，分别考上了上海外国语学院和北京对外贸易学院，都是一流大学，令人备受鼓舞。紧接着，我们8个人里考理工科的也陆续接到了录取通知，竟然有同济大学和中国科学技术大学等一流大学的。那些天几乎每天都有喜报传来，录取通知都是寄到学校里，老师几乎是在我们上课时就冲进教室宣布喜讯，引起一片欢腾和羡慕。考上的学生就马上收拾书包离开教室，在全年级学生的注目礼下开始奔向新的生活了。

我们这些没接到通知的很快就明白了，一流大学先录取，还没接到通知的最多就是河北大学这个级别的，然后就是师专一级的。当然还有可能就是没考上。只能等待。

这个时候我心中想的就是，北大没考上，别的一流大学中文系也不会要我，只能指望河北大学的中文系了。我们有老师的家里人是河北大学的，就去替我打听消息。很快就传来小道消息，说我的档案已经到了河北大学中文系，我的分数上了中文系的录取分数线，不出意外我能被录取，等通知书吧。

又在焦虑和盼望中等了些天，我还混在课堂上跟着大家上课，但心里完全是一个河北大学中文系的大学生的心态了。虽然跟那几个上了一流大学的没法比，但毕竟我没有考得太差，没有落入师专，在当年录取率只有4%的情况下，就算是胜利了。但我明显看得出老师和同学们的态度，那就是没落榜就行了，但也还有人议论说早知道你考文科这么差，还不如让9到16名的随便哪个人去考理工科，肯定能上一流大学。事已如此，我也只能是"臊眉耷眼"地接受现实：我是这几个人里考得最差的，给我们学校拖后腿了，否则人家就可以骄傲地宣布八人全部考入一流大学。

可谁知道更差的结果还在后面。过了几天传来消息，说我的四门总分上了河北大学中文系的录取线，本来是可以录取了，可这时发现我是"在校生"身份，他们对在校生要求比较苛刻，要总分超出分数线 20 分才能录取。我可能是只超出了 10 来分，而不是 20 分，这样我就被踢出了中文系。我的天，我最怕的师专来了！我将考不上大学，只能去师专了！总分要超录取线 20 分，那等于要超过几万人。为什么对在校生这么苛刻？可能是觉得在校生占便宜了，学业一直没有中断，就该要求更高。

那几天我几乎走路都抬不起头来！轰轰烈烈考大学，最终考个师专，这样惨淡的结局让我怎么办？老师们都说绝对不能去师专，赶紧调整心态，好好复习半年，参加 78 级考试吧，别做梦了！

可是我仍然心存一线希望，那就是我第三志愿是河北师大地理系，也许不定哪天上着课就会有老师进来宣布我被河北师大地理系录取了呢！所以我上课时神情是恍惚的，什么题都做不上来，回答问题也是一塌糊涂，老师们感觉我怕是脑子出问题了，同学们看我的眼光也是怪异的。我就这样从一个学霸变成了一个一问三不知的学渣。我甚至想，即使最终是师专，我也去上，我实在忍受不了这些目光了，我还要在这样的目光中生活半年，到 1978 年夏天，万一我的状态恢复不过来，弄不好我连师专都考不上。还有，谁知道 1978 年会不会取消高考呢，那个年代的运动把人们都闹怕了，感觉前途实在太莫测了。

就在这恍惚迷惘的时候，终于传来决定我命运的消息，而且是个大冷门，出乎所有人的意料：我被河北大学英语专业录取了！直到接到录取通知书，看到白纸黑字，我才相信，世界上随时都会有奇迹发生。于是又是一通忙碌，老师们托人去河北大学打听这是怎么回事，是不是搞错了。最终也没有打听到确实的消息，那边只说，发现中文系转过来的我的档案，四门课再加上俄语成绩，总分超过了英语专业录取分数线 20 分以上，符合在校生录取标准，就补缺录取了我。原来外语专业是按照五门总分录取的，而我的俄语成绩在中文系不算入总分。我这才想起来，非外语专业都只算四门成绩，外语分再高也一分不算。最终让我上了大学的竟是我最没当回事的俄语。

这个结果令所有人大跌眼镜，但我的韩老师很高兴，因为他的一着险棋救了我，我没有落入师专，而且实现了他的愿望——他的学生考上了大学，而且是考俄语读英语，1978年俄语已经沦为小语种了，英语开始成为全民外语，这个时髦让他的学生赶上了。

这个不好不坏的结局让我欲哭无泪，因为我要跟所有英语考生一起读英语，可我连 26 个英语字母都认不全，是零起点，还不知道能不能跟上班，或者说即使跟上应该也是垫底的差生。但我还是平静地接受了这个出乎意料的现实，勇敢地去读英语专业了。

上学后，我听到了各种传言。有的说我是靠强硬的后门硬塞进英语专业的；有的说是录取到收尾阶段，忙乱中没注意我的卷子是俄语，把我错当成英语考生录取的，回头发现了又不能退，只能让我进来撞大运，万一跟不上班再做退学处理也名正言顺；还有的说是因为那年英语专业没有招满，我总分又达标了，看我岁数小，就想拿我做个试验，看我零起点能追赶英语考生追到什么程度。总之，我谁都不认识，无从打听录取的过程，也没人告诉我真正的原因。我个人倒是相信最后一个理由，那就是反正空着一个名额，若降分录取英语考生，会有各种人走后门来争取，录取谁不录取谁麻烦很大，不如拿我堵住所有的后门，也做个试验，因为我总分够标准，只是外语成绩是俄语的。如果是这样，这个试验估计开始阶段很令人心惊胆战，如果失败，只能做退学处理，但三年半后试验最终是成功了，我毕业前考上了英语专业的研究生，那年全校考上了 20 多个，占 77 级总人数的 4%。

现在看我们那年的考试标准都有点可笑。大学停止招生 10 年，中小学从 1969 年开始"复课闹革命"，课基本就是凑合上，革命是主要项目，还有挖防空洞和野营拉练，不断去工厂和农村"学工学农"，所以那时的课本应该是十分简化的。记得每次考试我都是花 20 分钟就完成卷子交卷，成绩总是名列前三，不禁洋洋得意，我的班主任兼数学老师就瞪着眼睛说："别骄傲了，你这样的，在'文革'前仅仅算个中等，最多考个中专。"听后我就找来"文革"前的数学课本和俄语课本，一看果然深奥，吃力得很。但那个年代大家都没有学习压力，知道中学混 5 年早晚是要上山下乡的，所以我明知自己是混，但也不觉得惭愧，因为自己毕竟还是名列前茅的。所以我这个按"文革"前标准算中等生水平的竟然在没有太多复习准备的情况下一把就考上了大学，总分还不低，就说明了那次考题容易，更说明 10 年中坚持学习的人不多，这样的考题居然很多人都不会做，本校录取率只有 4%，具体到招生少考生多的文科，录取率据说是 1.5%。考虑到当年考生的实际水平，非外语类考生干脆免考外语。从 1978 年开始，外语类考生干脆免考数学。二者都免考了好几年。

我中学念的是俄语，高中毕业应该念完十册课本，但我们只学完了六册初中课本，因为那个时期学生学外语没有动力，俄语又难学，如果要让大多数人能及格，就根本学不完十册。所以我是以六册的俄语底子考的大学，可想而知考试题目不会太难。

我们学完字母后就是学"毛主席万岁"之类的句子。听说英语课本开始也是这类句子，但学英语的同学把"毛主席万岁"完全用中文注音念成"狼离屋前门毛"，就觉得英语简单又难听。最近看到一个当年的纪录片，是广州一个中学老师教学生逐字逐句背诵"伟大领袖伟大导师伟大统帅伟大舵手万岁"，老师很费力，学生们念得十分吃力。那个纪录片算是真实记录下了当年的英语课。

上大学后我不得不从头学我认为难听的英语。拿到的课本印刷粗糙不算，句子居然和初中课本差不多。一段短课文内容是："这是一张地图，一张中国地图。请看中间的红星，那是北京。我们的伟大领袖华主席在这里工作和生活。"那个 Hua 字本来是 Mao，老师让大家用笔改成 Hua。原来这是前几年的"工农兵学员"用的课本，他们当中很多人没有英语基础，所以启蒙课本就这么简单。这给我这个连英文字母都不会的人当扫盲课本倒是很合适，但对考英语高分进来的同学就很小儿科，他们抗议说这样读大学等于浪费青春。于是系里很快就给大家换课本了，换的是"文革"前的大学课本。但用现在的眼光衡量那课本也是比较简单的。记得有一课是马克·吐温的短篇小说选段，很简单，是儿童小说，但还算有趣，讲孩子们怎么粉刷墙壁。没想到这样的课本竟然一用好几年不变。毕业后我读研究生做教学实习，给大二（80 级）上英语课，碰巧教的是这一课，带着学生们蹦蹦跳跳排练刷墙的话剧。足见那时教学的呆板与节奏之缓慢。

大三时的课本录音竟然是 50 年代苏联专家录的，她们的英语带有俄语口音。问老师，老师说早期中国大学的英语课本是苏联专家按照苏联大学的英语教学标准审定的，一直在用，"文革"后来不及换。于是我明白，我们前几年先是学工农兵学员的教材，然后是重走"文革"前的一段路。

还好那时开始改革开放了，大家不因循守旧死学旧课本了，开始学英国的《灵格风》和美国的《英语 900 句》，各显神通找来很多国外的教材，英文水平高的同学干脆直接读英文小说了。听力和口语练习的教材没什么新意，我们干脆大量时间抱着收音机听英美电台广播，边听边跟读，听完根据记忆查字典，互相交流收听的内容，这等于是活教材。头几年的大学竟然是这样在混乱中匆匆忙忙摸石头过河赶过来的，直到大四才完全用上英美国家的教材。

读英语专业，自然必读英国文学史。但竟然发现中国出版的权威英国文学史不是中国人写的，也不是英国或美国人写的，而是苏联人写的，由中山大学教授戴镏龄主持翻译的。多少年后我采访戴老，他说是50年代"一边倒"，他们这些留学英美的学者都被要求专门花时间学习俄文，学习苏联的文学研究方法，学习的结果之一是几个人合作翻译了这本《英国文学史纲》（阿尼克斯特著）。这书一直用到"文革"前，而"文革"后我们进大学自然也只能读这本翻译过来的文学史了，那是人民文学出版社1979年的再版书，老封面，"史纲"的"纲"还是繁体字"綱"。原书名的俄文其实是"史"，中文为什么翻译成"史纲"，不得其解，估计还是觉得这本史写得算是"提纲挈领"的那种吧。

但是英文专业的人用翻译成中文的苏联版英国文学史总令人觉得隔靴搔痒，也不甘心。后来我们总算读到了纯英文的英国文学史，是美国人威廉·约瑟夫·朗恩所著的版本，是从我们的外文书店后门进去的"内部书店"里买的影印本。那时因为版权问题我们不能正式出版很多外文书，就靠这种办法满足读者。这位以给高中学生编书著名的作者写的教科书还是相对简单了些，于是我们那位50年代留美回来的老师就推荐了《人民的英国史》给我们作为辅助教材来读。现在看，这两本书一起学，倒有点"语境英国文学史"的读法了。如今上网查那作者的背景，方知人家是老牌的英国共产党马克思主义理论家，写了很多"人民的"这、"人民的"那之类的普及读物，开启英国人民的觉悟，可谓鞠躬尽瘁也。

70 年代末河南师范大学的中年教师刘炳善写了一本英文的《英国文学简史》，可以说是中国人用英文写的第一部英国文学史，曾风靡各校英文专业。但毕竟是出自实用的教学目的教材类写法，读了感觉不佳，就没再细读。很多年后读到刘先生翻译的英国古典散文，文笔老到，字字珠玑，堪称大家。

后来读研究生，就不读文学史类的书了，但看到有新书出来还是会买，我买了一套四本的皇皇巨制《英国文学史》，人民文学出版社版，却还是从俄语翻译过来的，原著是苏联科学院高尔基世界文学研究所编的，1958 年版，不知道中国学者们翻译了多少年才在 1983 年得以出版。那套书一共 10 多元，花去我三分之一的月助学金，我还是很舍得的。

没有注意到的是，就在我上研究生的 1982 年，商务印书馆出版了南京大学陈嘉教授所著的四卷本英文版《英国文学史》，还配有一套英文的英国文学选读，成为很多高校的英语文学专业教材。这次写此文时，负责的编辑提醒我我才发现这些年竟然不知道这套大作，应该为此惭愧。

一直到 1996 年前后才读到了王佐良先生独立撰写的单卷本《英国文学史》和王佐良、周珏良主编，大批北京外国语学院教师参与编写的五卷本《英国文学史》（那套书我没全读，只读了劳伦斯部分，发现这一部分难脱编译窠臼）。王佐良先生还同时推出自己独立撰写的《英国诗史》。这个结果确实来之不易。

说到我自己，在 20 世纪 80 年代还差点促成了另一部苏联学者所著的单卷本《英国文学史》的翻译出版。我因为翻译了苏联学者米哈尔斯卡娅的《1920—1930 年代英国小说的发展道路》中论述劳伦斯的部分，作者就送我一本她丈夫米哈尔科夫所著的单卷本《英国文学史》。我抽看了里面关于劳伦斯的部分，发现其看待劳伦斯的角度是我们当时所不具备的辩证角度，就请人写了选题审读意见，把它列入了我所组稿的一套给青年学生读的《外国文学史话》丛书中。但那时正赶上 20 世纪 80 年代末出版业不很正规的时期，这种文学史教育类的书征订不上印数来，书稿请一位俄语教授翻译好了却只能以千字 3 元的稿酬标准退稿，很是遗憾。

这些就是我读过的一些叫"英国文学史"的书。直到现在我才真正读一本英国人写的英国文学史，可是它已经叫《语境英国文学史》了。

# 1978年开始"呆"在书中

2018 年可以说是中国大学校园里校友返校最为轰轰烈烈的一年了。媒体上和微信朋友圈里到处是 77 级和 78 级大学生纪念入学 40 周年的返校活动，因为这两批学生分别在 1978 年的春季和秋季入学，是中国教育史上绝无仅有的两个年级学生在同一年入学和同一年毕业的现象，时间相隔只有半年余。几乎人人在回忆"我的 1978 年"，可谓五味杂陈，每个人的 1978 都是刻骨铭心的。

但 1978 年是 18 岁的我最懵懂的一年。

我是 1977 年 12 月以在校生身份参加的高考，一直到 1978 年春节后才接到录取通知成了光荣的 77 级的一员。18 岁男儿的远行梦破灭了，不能去外地上一流的大学，只能到离我的中学一公里远的省大学去上学，所读的英语专业我根本没有填报，因为我中学念的是俄语。上了大学，我自然是被分在"慢班"。听着那些年长我几岁的师哥师姐用英语对话、读文学名著的原著,我几乎绝望了。于是我写了申请要求转系,随便哪个文科专业都行,但我遭到了系领导的批评,其中一个领导是中国著名女排运动员杨希的母亲,她父亲是我们的校长。他们对我恨铁不成钢,连呵斥带哄,命令我坚持学下去,说若将来能当翻译,可以出国周游世界。

于是我的生活就完全被那26个字母组成的世界占据。头半年我早起晚睡,吃饭时都与自己用英语对话。每天早晨醒来看到的是枕头上脱落的一大片头发,我估计很快会秃顶。还好,仗着年轻力壮,我没有秃顶,而且因为那段时间超快的新陈代谢,可能激发了我的生长激素,40年后我的头发依然是黑的。

半年后是78级学生进校,他们又给我带来压力。因为77级是"省考",各省出题,而78级是"国考",是全国统一招生,那些师弟师妹进来后隐约有点看不起我们,一进来就挑战性地用英文直接和77级对话,而对77级里"慢班"的我,他们是同情与不屑的。我要追赶的不仅是77级,还有78级。所以那一年我是在疯狂状态下懵懂地走过来的。国家发生了什么,学校和年级发生了什么,甚至同宿舍的人如何了,我都置若罔闻。灵魂出窍的我,彻底被那一段时间的埋头苦读改变了,变得务实、踏实,一心向往学术生活,连性格都变了,往好里说是清高超然,往坏里说是书呆子。从那以后我就一路"呆"在书中。

所以现在让我回忆改革开放的标志年——1978 年，我的记忆似乎是空白的，除了读书还是读书，除了英语还是英语，那是我这辈子真正焚膏继晷精读课文的一段日子，任何一页英文都是一字一句念并背下来的，一直到现在，我翻开英文的书报，都会情不自禁叨念出声，在英文面前永远是个羞涩的学生。

如果说还有点别的什么记忆，那就是因为我在考大学前是中学里的红卫兵干部，算是先进青年，所以入大学后被任命为年级团支部组织委员。天知道，我的师兄师姐们当中居然还有不少不是团员的，据说都是因为"家庭出身不好"一直没能入团。上大学后，他们入团前的一个必要程序是找支部组织委员谈话，表达诚恳接受组织考验的态度。而我那时正焦头烂额心急如焚考虑怎么在学业上追上他们，他们却每天晚饭后来找我谈话表达进步愿望，我就要用固定的套话安慰他们说：团组织的大门永远向所有进步青年敞开，家庭出身不能选择，但进步可以选择，多写几份思想汇报，一定有机会入团。一边说一边觉得自己可笑：我比人家小好几岁，在中学里人家都能当我的老师了。可这样的角色还要演。后来我们找到了令双方都自在的谈话方式，那就是用英语交谈，他们像老师一样对我说英语，我则有了机会同那些优秀生练习英文对话。谈话就变成了他们带我学英语，真是美妙。

随着时代的进步，学校里再也不用"家庭出身"问题来卡大家入团了，好像很快全年级没入团的都入了，我这个组织委员也就没什么用了，又改当文艺委员，组织大家练习大合唱。后来痴迷文学，一心要考研究生，对什么都不关心、不参与，就悄无声息地"退场"，真正一头扎进学问里去了，在毕业前考上了研究生，从此就真的吃上了英国文学这碗饭。

我因为底子薄，为了走学术的路就只能苦心孤诣，心无旁骛。而人家有本事、有家学的，则是全能选手，一专多能，学业精通，社会活动照样显身手。对那些长我几岁的能人，我是望尘莫及的。所以回忆起1978年，我似乎无言。但我知道，我被历史进步潮流裹挟着一直往前蹭着，而且我是改革开放的获益者：没有改革开放，急需人才，我们的大学不可能在1978年就开始招收研究生。是那些人到中年的人考研进校，在校园里成了别样的风景，成为我的楷模，给了我一线希望，我知道，只要我努力，我也能成为研究生，而在这之前，我这个小城大杂院的野孩子几乎没听说过"研究生"这个词，听说了也觉得遥不可及，便如风过耳。可那几个寥寥可数的研究生的身影出现在校园里后，我就立即明白了自己以后要走的路。我们的命运都在1978年开始了彻底的改变。

对于20世纪70年代中期那段中学生活，与其说怀念不如说悼念。那段后"文革"时期的中学生活基本是充满喧嚣与躁动的，懵懂的荷尔蒙的驿动。因为中学生基本不用学功课，每天上学就是按时按点去一个地方打闹胡混，中午回家吃饭，下午再去那里，再回家睡觉，与大幼儿园没什么不同。而这个大幼儿园又完全受着大社会潮流涌动的影响，因此就变成了我们走向社会之前的一个培训基地。

前不久突然被告知我的两个同年级的班干部英年早逝。一个叱咤风云几年的人物，后来也是在社会上闯荡的商界人物，头天还在与大家高兴地微信聊天，第二天清晨出恭时就倒在马桶上了。另一个是能干的女生干部，永远不服输，一直边工作边读业余大学获得了学位，也一直叱咤风云，竟然很早就心脏搭桥，然后突然就走了。

而我，一直"呆"在书里，什么都是别人告诉我才知道，错过了很多很多，只有书本变得最为真实。

# 民国报纸里的直鲁豫大学（河北大学）

　　2020 年的春天注定是不平凡的季节，因为疫情，很多网站都免费开放下载资料供大家居家防疫时学习。保定学者大瑛知道我对民国时期曹锟在保定创办河北大学的历史感兴趣，就慷慨地把下载的很多民国报纸电子版截屏发给我让我学习。于是透过当年的报纸，这所大学从创办到解散的整个过程就清晰地呈现在我眼前了。我终于借助报纸像乘坐一辆时光穿梭机一样回到了 20 世纪 20 年代的保定，走进了那所已消失的大学，而这之前的 20 世纪 70 年代我曾几次进去过，当时那里是一座中学校园，让我感到气场与周围迥异，但就是没人告诉我那里曾经是直隶最高学府——河北大学。

　　这不是传说，是 1921—1931 年前后保定城郊一亩泉河畔的一所真实存在的大学，孕育时为直鲁豫大学，最终出生问世名为河北大学。不要用现在的眼光审视它，认为"直鲁豫"听上去比"河北"要大气磅礴，实则那个"河北"是直隶改为河北之前的"河北"，当时"河北"这个词为河北大学专有，是建在直隶省的河北大学，其气势远超直鲁豫三省概念，是黄河之北的大学的意思，与江南相映成趣，或许还另有深意也未可知。那是北洋时期的 1921 年。河北大学的成立事实上早于很多现在的名牌大学，是京津之外的直隶省唯一的大学。

直到 1928 年国民政府将直隶改为河北省，"河北"这个词才由河北大学与河北省共有。所以，是先有河北大学，后有河北省。这个河北大学只存在了 10 年就解散，文科并入北平和天津的大学，农科改为河北省立农学院，医科改为河北省立医学院。从此河北省无综合性的"河北大学"，直到 30 年后的 1960 年，以天津师范大学为主体，合并河北天津师范学院等院校的部分系，成立了新的河北大学，河北省又有了自己的"河北大学"，但这个河北大学的意思似乎仅仅是"河北省的大学"，不可能有更大的寓意了。后来这所河北大学随省会从天津迁到保定，于是保定拥有了第二个河北大学，一直到今天。

第一个河北大学成立前几年，保定在担当了 244 年的直隶省会后失去了省城地位，省会已经于 1913 年正式迁到了天津。但因为直隶督军曹锟驻扎保定，保定成了北洋军阀的大本营，即使曹锟后来成为直鲁豫巡阅使，他还是驻扎保定。曹锟的直系甚至在保定控制了北京的北洋政府。因此不是直隶省会的保定实际与天津平分秋色，甚至其政治地位要高于天津。这样的政治和军事布局看上去十分奇特，保定不是直隶省会了，却成了直鲁豫三省的军政中心。而在文化教育方面，保定的发展也不比天津逊色，早在19世纪末就拥有了自己的畿辅大学堂和高等院校如直隶高师及农、医、法政专门学校，到了1920年，曹锟奉政府之命在保定创办一座新的大学，以其直鲁豫巡阅使的身份办大学，该大学资金主要是直隶高师和农业专门学校的办学资金组成，其余资金自然是由三省共同出资，为大学取名直鲁豫大学也就是自然而然之事。这一点，《京报》于1921年4月7日的报道说得很清楚了。

但到5月份，《中美日报》等报就传出，该大学定名为河北大学了。确切的改名理由则出现在5月10日的北京《益世报》上，以《直鲁豫大学改称》为题目称"直鲁豫三字范围太狭"，故"略为扩充"改定为"河北大学"。足见这个"河北"是大于直鲁豫三省的，至少泛指今日的华北地区。6月份就有报纸传出河北大学已经成立，在曹锟的督军府（直隶总督署）举行了成立仪式，校长由直隶省长曹锐（曹锟之弟）兼任。

这所大学选址在保定"西刹秋涛"的灵雨寺旧址，那里曾经是畿辅大学堂和直隶六中的校园，大门风格颇似燕京大学校门，临水而建，依傍着古城墙，小桥流水，风景如画，校园内也是古色古香的校舍和花园，后又扩充了校园。河北大学是直隶最高学府，起点不低，但后来发展并不顺利，历经沧桑，社会的动荡不安自然是主要原因。到 1931 年解散，共有 11 年办学历史。解散之后社会上不时有强烈呼声，希望河北大学复校，主要理由是河北的青年学生去平津（今北京、天津）求学经济负担难以支撑，不利于贫家子弟成才。但很快爆发连年的战争，复校也就一直拖延下去了。

抗战胜利后，很快又有了强烈的复校呼声，这次是以官方为主，准备推动恢复河北大学，理由就是全国各省都有一个国立大学，唯有河北省没有，于是在 1948 年 6 月的省教育会议上做出了决定，准备将恢复的河北大学建在石门（石家庄旧称），但前提是要在"收复石门"之后。此时的河北省省会在北平。北平之外的广大地区早就易主。石门自然是没能"收复"，很快北平这座河北省省会和平解放了。石门的河北大学就此无果。

1960 年在省会天津成立的河北大学与第一个保定河北大学没有任何接续，不是"复校"，而是新建，但似乎也不排除有复校的意思暗含其中。国内很多省份都没有用省名命名的大学，不一定必须有个"河北大学"不可。比如广东有中山大学，湖北有武汉大学，甘肃有兰州大学，福建有厦门大学，江苏有南京大学，似乎代表了本省的最优教育机构，不必再有"广东大学"之类。同理，当时天津是河北省会，有南开大学和天津大学足以代表河北省的高等教育水准。但当时的省政府还是把天津师大改为河北大学了，或许是有恢复老河北大学的含义，毕竟恢复河大的呼声一直不断，而到 50 年代末，当年的河北大学学子中很多人已经成长为各级领导了，如果这些人呼吁恢复河北大学，其呼声自然是很有分量的。

于是河北大学正式重建或恢复，几年内发展势头很猛，表现突出，很多学科都与南开有一比。但出乎意料的是河北省会再次搬迁回到保定，河北大学也随之搬迁。可等河北大学正式搬迁到保定时，河北省会又搬迁到石家庄了。这样河北大学就成了少数不在省会城市的省大学之一。

新的河北大学与旧河北大学唯一的交集就是新河大的一小部分占用了老河北大学旧址的一部分，不过大多人只知道那是已搬迁去石家庄的《河北日报》印刷厂的旧址，很少有人知道那之前的20世纪20年代那片地方曾经是老河北大学的校园西片，后来是河北省立农学院校园，又成为省委大院，又成为《河北日报》印刷厂，老河北大学的地之灵早就销声匿迹了。但两个河北大学确实隔了40年在这里交汇了。这就是直鲁豫大学到两个河北大学的简单故事线条，颇值得玩味。这线条勾连起来的会是一部沉重的历史，自会有后人来写。

# 故乡起大城时

从 2014 年那个春天开始，京津冀协同发展上升到国家战略，到 2017 年春天，整整三周年过去，在这样的"整日子"里，一本较为全面梳理这片大地上几百年物换星移、沧桑巨变的文史论著以某种纪念与展望的姿态面世，可谓迎时当令，无论有意无意，"踩到点上"就成了一个大家对这本书的共识。用两年多的时间悉心打造一部《幽燕六百年：京津冀城市群的前世今生》，这样的努力值得赞赏。

但时势又是那样瞬息万变，图书相对稳定与长效的特征似乎难以紧跟其变。就在大家翘首期盼这本大作之时，京津冀协同发展的重大战略举措雷鸣电闪般轰然落地，白洋淀畔起大城，无籍籍名的雄县、容城和安新这三个普通县一举成为雄安新区，将扮演一个前所未有的世界级新城的角色。

这样翻天覆地的历史巨变所带来的始料不及感对一本刚

刚付梓的书来说似乎难以言表，已经印发出来的书，来不及补上雄安这一宏伟的历史篇章了。所以我去天津的问津书院参加这本书的研讨会时，内心欣喜与惋惜交加。我更关心这本书本身而不是它写什么和怎么写的了。我就想，现代的印刷术还是落后，为什么非要有几千的起印数才开印，为什么非要一印几千册不可？为什么还不能研发出少到一本也能印而成本并不高于规模印刷的机器？那样的话，一种书不仅可以根据征订数来精准印刷发行，更可以根据形势的变化随时修改增删篇目，随时推出最新版本来。如果是那样，这本书完全可以马上增加一章雄安的内容，迅速再版发行。但现实中这是不可能的，首版不售罄，就难以出修订版。于是我们的讨论会似乎是在讨论一本转瞬间成为"旧书"的簇新的新书。

当然说"旧书"是一种对印刷术恨铁不成钢的调侃，对于书的内容与春秋笔法还是要盛赞的。如果不是雄安因素，这本书堪称完美，当然也不能因为雄安因素的闪现而有遗珠之憾。

问津书院设在天津的河北区，马路上的各种牌子都写着"天津市河北区"，1970 年前应该都是"河北省天津市河北区"，它紧邻的武清区其实是 20 世纪 70 年代才划给天津的河北省武清县。在这个特殊的坐标上感受京津冀各地的分分合合与相互依存无疑更加刻骨铭心。这片广袤的"直隶"大地上出现真正现代意义的城市是很晚的事，更何谈"城市群"呢？那些个府、卫、州，不过都是战略意义上的拱月之星，是卫所之城，拱卫的是京师。甚至京师也算不上现代意义上的城市，只是帝都所在，所有的经济消费活动都围绕着官府，第三产业畸形发达。那些拱月之星的小城市也如京城一般靠官府和军队拉动经济，因此现代工业、科技一直落后于江南和沿海，只有天津得天独厚有了完整的城市格局。待到民国迁都南京，竟然出现北平与天津、保定争夺省会的闹剧，原因很简单，是为了失去首都地位的北平人的生存：大批达官贵人和富人南迁，这座故都缺了强大的消费人群，将面临经济崩溃，失去首都地位要降格以求，靠省会地位来维持生存活力。而承德这样的"夏都"一旦失去夏都的地位，就一落千丈，与普通小县城无异。

自民国开始，河北省会就在北京、天津和保定三地轮转，直到"文革"中落到石家庄为止，该省是全中国省会搬迁最频繁的地方。而且在计划经济年代里，省会搬迁出一个城市，这个城市地位就会骤然下降，具体甚至表现在每个市民的食油供应量从半斤下降到三两，细粮供应从 70% 降为 30%，人都沦为二等公民，各种公共服务投资更是如此这般。缺乏真正意义上的现代城市，各种不平衡的发展都来自这种畸形的布局。到了城市现代化阶段，旧的布局和城市定位完全不适应新的经济和社会发展，于是终于出现了首都"大城市病"：首都圈外的断崖式贫困带，出现了畿辅大地上粗放型的发展模式，畸形的污染产业空前发达，据说该省钢铁产量超过了美国，而且各个城市同质化竞争愈演愈烈，环境恶化，导致几个城市位列全国空气质量最差之前茅，这种布局已经不是拱卫而是危机四伏。终于到了必须协同发展的最迫切的时候了。俗话说风水轮流转，这次不是风水，是雾霾。

雄安这座新城，虽然还是"拱卫"，但意义与形式完全不同以往。京津之外一个新的稳定极和增长极的出现是这个城市群从无序走向有序、从不平衡到协调发展的关键。雄安或许是一部新的大书的书写起点。从这个角度说，《幽燕六百年：京津冀城市群的前世今生》没来得及加入雄安的篇章倒是必然，因为雄安本身将会独自成书。

# 我仍在阅读中成长

2019 年的世界读书日，北京出版集团的纪念讲坛在前门老火车站东边的北京城市规划馆举办。作为演讲人躬逢其盛，不胜感慨。很久不来这一片熟悉的地方了，这一来就像回家。因为从 1985 年到 1990 年的 5 年多，我就住在这里的正义路，来天安门广场散步，来前门楼子下逛街购物乘地铁是日常生活的一部分，习惯上我们称之为"祖国的心脏"，生活在那一带确实难得。5 年多里的大量时间都用来翻译和写作，应该说我早期为自己日后打下坚实基础的一些小说、论文、译文都在这里"诞生"，甚至我的两部长篇小说《孽缘千里》和《混在北京》的最初底稿也是在这里完成的，两部小说里的各色人等都在这附近的一座"筒子楼"生息繁衍，尤其是《混在北京》里，我甚至把我挚爱的崇文门和前门一带的街景及胡同风情直接写了进去，当时是为了营造小说的"都市"氛围，但不经意间为自己的生活领地做了纪念。这次纪念活动的主题是"阅读与成长"，我就想我毕业后最初的 5 年在这片"祖国的心脏"位置上阅读、成长，还成长为一个青年翻译家和作家，这里是我的福地，对我文学上的成长至关重要。

但来到"祖国的心脏"之前，阅读和成长的故事曲折艰难，没有那 24 年的底子，我是无法毕业不久就出版译作和创作作品的。于是我在随后的六一儿童节那天回到故乡保定的直隶尚书房，将自己打回原形，借助故乡老城的旧照片，一切从头说起。

童年和青少年的我应该说是先野蛮生长，无规则生长，然后才开始阅读，因为开始阅读的时间太晚了，日后永远在补阅读课中，也因此似乎一直在成长，而且没有完成我的成长。

因为 1966 年爆发的政治运动，我在该上学时全国的大中小学校都停课不招生了，小学和中学停招了 3 年，大学则更久，停招了 10 年。

我就在保定城西北地带的延寿寺、半亩园、法院街、双彩五道庙、达五道庙、和平里和玉清观街上疯跑了 3 年，直到 1969 年才上一年级。和多数孩子一样，那个疯跑在胡同串子的我 3 年里基本是野蛮生长。后来街道干部看不下去了，就把我们几条街失学的孩子组织起来，指定一个高小毕业无法升中学的女学生开办街道幼儿班，教我们识字学文化。最初那个班是在废弃的玉清观鲁班庙的大庙堂里上课，一身沧桑的老庙和石头台阶给我留下了永不磨灭的印象。后来有工厂要占用老庙，我们班就搬到了延寿寺街14号后院的一个带花园的大房子里。那是一个资本家的房子，闹起运动来被抄了家，全家被赶到一间小南屋，三间大北房就空了。拆下隔断用的高大木板用砖头架起来当板凳，我们就在那里上课了。

我在幼儿班里读到了有生以来第一本书，那就是小红本的《毛主席语录》。其实当时不能说是学文化，旗号是“学习毛泽东思想儿童学习班”。我们不是读，因为还不识字，是小姐姐老师领着我们朗读，我们跟着一遍遍大声背诵，一句句背诵，直到把一段语录完全背下来，然后按照背诵的顺序用手指头捋着逐个儿认字。没有黑板，没有纸和笔练习写字，就是凭背诵记忆按顺序纯粹认字，所以认字前的背诵准确率必须是100%，否则就无法按顺序认对字。半年下来，语录基本都会背了，连蒙带猜地认了很多字。

幼儿班解散后，靠这些字，上街看大字报，渐渐认了更多的字，竟然能读报纸了。但从来没有读过唐诗宋词，没有读过任何外国童话，中国古典文学也没有学过。直到9岁，1969年“复课闹革命”时小学重新开始招生，才开始正式学课本，但那时的中小学课本里是没有外国童话和外国文学的，中国现当代文学基本也没有，有的仅仅是简单的古文和唐诗绝句如《望庐山瀑布》，还有就是《小英雄雨来》这样的斗争故事。

一些我的同时代杰出人士回忆那个年代的读书情景，都说他们在"文革"时期中学停课了，但有时间偷着读了不少外国文学名著，对他们的三观形成影响很大，多是一些大户人家被抄家后的书被封存在仓库里，他们偷出来读的。我没有那份运气。小时候跟着祖父母生活，是在劳动人民住宅区的大杂院，那里没有任何外国名著，没有古典诗词曲赋和元杂剧，谁家都没有书。我们课外的阅读经常就是老师组织读报纸，小孩们之间传看很少的一些小人书，有时街上有租书摊，花1分钱可以看一本。上中学后保定三中有个图书室可以借到一些书，但似乎借书的人很少。我和那个一口福建口音的图书管理员搭上了关系，他借书给我，让我写书评，贴在学校的玻璃阅读橱窗里，记得我满怀激情评论的那本书叫《新来的小石柱》。

那时外国文学和古典、现代中国文学都被打上了"封资修"的标签，一律不许出版和借阅。能读的是高尔基的《童年》《在人间》《我的大学》和奥斯特洛夫斯基的《钢铁是怎样炼成的》，中学后期还读到了《青年近卫军》。最令我难忘的是语文老师偷偷借给我的一本写苏联中学生生活的小说《在我们班上》，1958年版。多年来一直怀念它，它似乎是真正启迪了我的文学作品。那本小说一点说教都没有，仅仅是讲述莫斯科的男校和女校同学的交往，暮色中滑冰、坐地铁、买面包，还有家庭生活，那是我能了解到的唯一的外国中学生的窗口，与我们70年代中学里的生活形成巨大的反差，很是令我羡慕和向往。多少年后我写了一本比它长五六倍的长篇小说，回眸我的 70 年代小城市里蒙昧迷惘的中学生日子，里面还提到了这本苏联小说。40 多年后我终于在旧书网上买到了一本，每次讲到童年的读书，我都会向大家展示这本书，它是一粒文学的种子，种在我心田，多少年后发芽开花，成了另一部长篇小说。现在重读，如同找到了 40 多年前的知音，竟然还如同初见。足见少年时读到一本打动自己的书，能存留一生的美好。

关于《钢铁是怎样炼成的》，我专门写过一篇回忆，感觉和那个年代的人一样，最终留给我们美好印象的是书里的那个漂亮的冬妮娅。那个年代的人只能读到这一本苏联小说，因此每个人心中都有一个自己的冬妮娅，这是一代人的集体感觉。

但 70 年代还是读了一些当时少数能出版的作家作品，当然包括"文革"时期"唯一的作家"浩然的作品，无论内容如何，至少在文学叙述语言上还是有收获的，毕竟他也是 50 年代就开始写作的基层作家，功底还是有的，冀中一带的农民方言运用得纯熟自如。记忆最清晰的是广西工农兵作家们的一本小说集《南疆木棉红》，内容无外乎写阶级斗争，但那个书名和封面上一棵漂亮的木棉树吸引了我，令我向往温暖美丽的亚热带。还记得读那本书是在下着飘泼大雨的时候，我坐在向阳街 14 号的那个广亮大门洞里读的，大雨中对木棉花的想象十分美好。

1977 年 10 月突然宣布恢复高考，我正好高中要毕业，就以在校生的身份参加了高考，幸运地靠薄弱的文化底子进了离我二里地远的省大学。从字母开始学习英语专业，感觉自己真的是个文盲在读大学。这才开始一边学英语，一边恶补中外文学。不知道莎士比亚，不知道狄更斯，不知道托尔斯泰，甚至连《安徒生童话》都没读过，是在英文课上读了《安徒生童话》，根据作者的名字 Andersen 的发音，还跟别人说读的是安德森的童话，遭到耻笑，方知中文里一直叫安徒生。

从没有童年和童话的时代走过，在外国文学和古典文学两个系统之外东读西读中成长，上大学后开始猛然进入一个完全不同的文化语境中，只能一边学一边补，所以一直补到现在。我的阅读是不系统的，成长之路也是曲折，甚至是歪打正着的那种。但想想，毕竟在全民不读书的年代里我还是尽自己的可能读了一些书，那些并非经典甚至干脆是普通作家写的风行一时的作品毕竟还是有文学成分在其中的，学了总比没有学要好得多。所以在恢复高考的第一次难度不大的考试，570 万人参加，只录取 20 万，录取率只有近 4% 的情况下，我还是考上了一个大学，应该是对我那些年懵懂之中坚持读书学习的奖赏，尽管读的不是现在的学生正规读的古典文学、外国文学，知识结构也有很大缺陷。为了弥补这个结构上的缺陷，上大学开始就一直在业余补课。但补课与从小自然阅读成长毕竟是不同的，经常是在工作和写作、翻译时急用先学，或带着问题找答案，因此补得焦头烂额，总是感到没有到位，也因此估计是要活到老补到老了。

命运似乎无比怜爱我，给我特殊的补偿。首先是在 1981 年，上大四时，我们新来的美国教授给我们讲授英国现代派文学时详细讲解了劳伦斯的作品，那个时候劳伦斯在中国的外国文学圈子里几乎是鲜为人知的，只在苏联学者的《英国文学史》里简单提到，还被贴上了"颓废作家"的标签，因此国内没有人研究他，甚至在好几年内研究劳伦斯还是心照不宣的部分禁区，因为那要冒着发不出论文、拿不到学位的危险。我大学毕业时考上研究生，就在 1982 年选择研究劳伦斯了。这意味着我是这个领域最早的开拓者，是从零开始。在这个领域里大家都没有基础，谈不上谁是权威，起点都一样，即使是教授也是从零开始。而且因为我有两年多的时间作为研究生专门研读他的作品，我应该说是在起点上起跑早于他人。这样，我的研究既有风险也有优势。因此在劳伦斯翻译和研究领域我一直没有放弃，多年下来的积累足以让我颇有成就感。

还有一个补偿就是，命运竟然让我在成年之后接触了国际安徒生奖历年获奖作家为国际儿童图书节写的献词，我将它们都翻译出来，还把历年的安徒生奖得主的获奖致辞也翻译出来，结集出版了。半个世纪中最优秀的各国儿童文学作家们的作品，翻译起来就是一个补外国童话课程的过程，让我学习到了很多。西方文学的两大基础就是《圣经》和童话，在翻译中学习，是最好的补课，也因此它让我感到我一直在成长中，因为我还在补习西方童话。

书人书事

# 冯至故乡考

　　闲来搜寻一下故乡早期的西学前辈写点文字，也算寻寻觅觅、冷冷清清，不过还是找到了齐如山、张若名、田德望和许君远。有人就说，还有冯至啊，你有这么著名的同乡前辈，他可是保定的骄傲啊。我就跟他们解释一番，说明冯至先生是"直隶涿州人"但不是保定人的道理，虽然涿州现在是在保定区域内。考察一下冯先生的故乡，就是对京津冀这一片区划的历史回顾，不断的分分合合，看上去委实有趣，也更加说明了京津冀剪不断理还乱的历史渊源。

　　简言之，涿州在新中国成立后划归了保定，但在冯先生生长和离开故乡后的很多年里，涿州属于顺天府，也就是"大北京"。京津冀这一大片区域在几十年里东拆西划，经常是邻村突然就成了"外地"，令人眼花缭乱，摸不着头绪。某地划归不同的省市后，其经济发展的速度会明显不同，区域间的贫富差别也随之拉大。于是一个甲子之后，又开始了京津冀协同发展。看看冯先生的故乡在区划中的演变，就是一个活生生的例子。

冯家是天津盐商，祖上是否天津人待考，八国联军侵华后逃难到了涿州，冯至就在涿州出生，在那里小学毕业后考入北京四中，后又考入北大，成为著名的诗人，随后在国内几个地方教书，再负笈德国，成为大学者，回国后成为著名教授，直至新中国成立成为中国社会科学院外国文学研究所第一任所长。一路下来，可谓风光无限，在自己成名成家的过程中，他的故乡涿州却经历了地域重组，已经从顺天府（北京）的涿州演变成了河北省保定地区的涿县。我记得八十年代有一次听冯先生的讲座，从他的口音里根本听不出是哪里人，回来查阅当时的《中国翻译家辞典》，上面记载是河北涿县人，还觉得奇怪，从来没有听人提起冯先生的河北背景，更没有人说冯老是保定的骄傲这样的话。原来他是直隶顺天府人，但这个顺天府早就不存在了。

当年的直隶顺天府掌管的是京畿治安和行政事务，从乾隆八年（1743）开始辖五州十九县，北起延庆，南至大城，东临渤海，山水壮美，地域辽阔，是直隶最为富庶之地。顺天府大堂就在京城，保留至今。那时顺天府尹的职位显赫，"品级为正三品，高出一般的知府二至三级，由尚书、侍郎级大臣兼管。正三品衙门用铜印，唯顺天府用银印，位同封疆大吏的总督、巡抚。顺天府所领二十四县虽然在直隶总督辖区内，但府尹和总督不存在隶属关系。但北京城垣之外的地区由直隶总督衙门和顺天府衙门双重领导，大的举措要会衔办理。北京城垣之内，直隶总督无权过问"。用现在的话说，顺天府尹就是北京市长。但北京城垣之外的事务又置于直隶总督和顺天府尹的双重管辖之下，可见那时的京城与直隶之间是你中有我我中有你的关系，比较"一体化"。有趣的是顺天府下辖的保定县，是当时全国最小的一个县，现在是河北文安县的一个镇。那个保定县在北京正南位置上。

　　这个顺天府的大片地区是真正的"京畿"，成了拱卫京师的缓冲地带，雍正曾为顺天府御书训辞："畿甸首善之区，必政肃风清，乃可使四方观化。非刚正廉明者，曷可胜任。"民国之后，顺天府被撤销，改为"京兆特别行政区"，也叫"京兆地方"，直隶于北洋政府；民国十七年（1928），南京成为首都后，直隶改称河北，京兆地方又撤销；后经过中共抗日政权、日伪政权、国民党政权并立、交错的历史阶段，在新中国成立后这些地方又经过了频繁的地区重组划归，才各自有了新的归属，分属北京、天津、保定和廊坊。

　　冯至先生的家乡涿州经历房涞涿联合县和涿良宛联合县的重组和拆分，最终以涿县的名称划归河北保定，后又成为县级市涿州市。

　　在这样的历史语境里，如果说冯先生是河北保定的涿县人确实比较牵强，还是定位为"直隶涿州人"更符合实际。所以我们也就明白为什么很多民国的文化老人简历里不说自己是"河北某地人"而说是"直隶某地人"了，他们是历史的人，与现在的地名无关。

# 大儒齐如山

多年前《光明日报》要发一组老翻译家的访谈，特邀我去采访梅绍武先生。我们谈的是翻译和文学，一个下午的采访，梅先生侃侃而谈，我们都沉浸在梅先生的文学翻译生涯的回顾中，似乎忘了他是梅兰芳先生的二公子，我也没有"节外生枝"问些梅兰芳先生艺术生涯的问题，因为我实在对京剧艺术一窍不通，否则我是可以一次访谈写出两篇完全不同的采访录来的。这次采访都是聚焦在梅绍武先生艰难坎坷的西方戏剧翻译研究之路这个主题上，我甚至都没问梅先生为何没有像他的弟弟梅葆玖那样从小学戏，何以在如此声名卓著的京剧大师之家却走上了一条完全不同而孤独的道路。

但我没有想到的是，梅先生在送我几本译著之外又加了一本他整理编辑的梅兰芳谈艺随笔集《移步不换形》。他告诉我，作为梅兰芳之子，他是有责任整理相关资料并弘扬梅派艺术的，他晚年在翻译和文学研究之外还义不容辞地做了一些这方面的工作。只是在那时我才完全意识到我的采访缺失了多么重要的一个内容，按说这是很多记者求之不得的机会，我却因为不懂京剧艺术而匆忙错过了。本来我想我或许还有机会采访梅先生，请他谈谈梅兰芳和梅派艺术。但这个愿望是永远实现不了了。梅绍武先生不久就去世了。他在接受我采访时看似健康，其实刚刚做了一个"肠手术"，我都没往严重的病症上想，以为是个普通手术。所以梅兰芳这个话题就永远错过了

不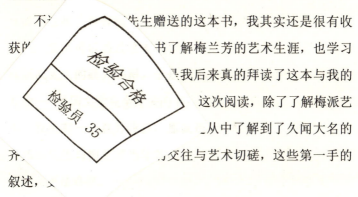先生赠送的这本书，我其实还是很有收获的书了解梅兰芳的艺术生涯，也学习我后来真的拜读了这本与我的这次阅读，除了了解梅派艺从中了解到了久闻大名的齐交往与艺术切磋，这些第一手的叙述，

我对齐如山大师的了解，还要从他的女儿齐香教授说起。因为我们研究外国文学的人都会读到著名的法国文学研究翻译大家罗大冈的作品，从而了解到罗大冈的夫人是著名的北京大学法语教授齐香。而后知道了齐香的父亲就是齐如山先生，从此才把这三个名字联系到了一起。更令我惊喜的是，齐如山竟然是保定高阳人，是保定最早走出故乡走向世界的文化大儒，而这正是我在寻觅从保定走出的西学大师的事迹

过程中的一次不期而遇，并且一下就遇到了齐家父女，二人都是早期留学欧洲又回到祖国为祖国的文化发展做出杰出贡献的巨擘。这个发现令我欣喜若狂，我的"早期保定西学大师"名单上一下增加了两个人，达到了六名，他们是齐如山、冯至、张若名、田德望、许君远、齐香。

这本书里很多地方详尽描述了当时围绕在梅兰芳身边的"梅党"成员们身体力行帮助梅兰芳排戏的情景，颇有趣，引发了我的浓厚兴趣，进一步了解当年齐如山先生与梅兰芳先生联手创下了梅派艺术高峰的过程。

当年的报刊上有过翔实的报道，齐如山先生亲自披挂上戏服，与梅兰芳共舞，传授舞技。那样的场景实为罕见。无怪乎他们的朋友专门为此赋诗说齐如山在不惑之年"结想常为古美人，赋容恨不工颦笑。可怜齐郎好身段，垂手回身斗轻软"。他帮助梅兰芳排舞蹈，"恰借梅郎好颜色，尽将舞态上氍毹；梅郎妙舞人争羡，苦心指授无人见"，足见齐如山的导演才华很不得了。

齐如山家学渊博，自小接受了全面的传统文化教育，但在大变革年代听从父命进同文馆习洋文，后赴欧洲游学几年，迷上了西洋歌剧，回国后一边教书，一边经商，但心系艺术，一心要革新中国的国剧。恰好遇上初出茅庐的俊彦梅兰芳，视为璞玉，将自己的一套戏剧革新理念寄托其上，苦心雕琢，为他写戏、导戏，甚至披挂上阵传授舞蹈技艺；甚至奔走募集资金带梅兰芳越洋去美国演出，为他编写宣传资料，还当翻译。齐如山对梅兰芳的艺术培养可谓呕心沥血，但他完全是义务做这一切，分文不取不算，还亲自买票请亲朋看梅兰芳的演出。有人问他，研究戏剧能当饭吃吗？他幽默地回答是吃了饭来做研究的。齐家兄弟合伙经营买卖，实力雄厚，因此有财力支持业余艺术工作。齐如山多才多艺，能绘画，因此可以把各种角色和服饰画得栩栩如生，既能帮助梅兰芳，也令自己的国剧研究资料图文并茂。他的确是少见的一代全才。

齐梅二人珠联璧合，亦师亦友，十分融洽。但最初齐如山就是难下决心面授机宜，为的是避嫌。当年梅兰芳身边出没着各色人等，有钱有势的不少，有一心为艺术者，也不乏别有用心者，"争风吃醋"则为常见。齐如山是高级知识分子，对此避之不及，开始时采取的是写信方式，蝇头小楷，落笔三千言，一写就是百十封，详细指点梅的表演，梅则言听计从，回回表演上有改进，齐如山在台下都看得真切。这种交往也是令人感慨。齐如山住崇文门，离东单北边的梅宅可说不出三里地远，却一直单向书信指教，很长时间后两人才见面，从此成为至交，梅派艺术从此蒸蒸日上。

这对相差二十岁的师友最终是被一道海峡隔开，相互惦念。听到梅兰芳的死讯，齐如山老泪纵横，写了长文悼念。齐如山最终是倒在看戏的剧场里的，可谓与戏曲艺术相伴始终。他被誉为"近百年来在戏剧学术上最有贡献的第一人"。

齐如山因为海峡的阻隔，多年里几乎销声匿迹。好在近些年大陆出版了他的文集，开始有人专门研究他了。我买了《齐如山回忆录》作为学习的入门书，其行文语句幽默风趣，深入浅出，令人如闻其声，这书是选对了。齐如山的外孙女贺宝善所著《思齐阁忆旧》，书名一语双关，也是一部不可多得的了解齐家生活的好书，看后顿生"见贤思齐"之向往。

可惜的是齐家在崇文门内的一片宅邸全在城市改造中被拆除了，这是最令人唏嘘的遗憾之事，所幸齐家后人将那个大宅院（高阳齐寓）的户型草图和一幅当年的外景照片放到了网上，我们得以从中领略其几分风采，借此想象当年齐如山先生和家人在此其乐融融的生活场景，那是迷人的老北京胡同大宅门生活的最美好的景象。

# 同乡先贤苏叔阳

20世纪80年代看了电影《夕照街》，那电影京味儿足，演员也好，挺感动，就情不自禁骑车跑到龙潭湖北边去看夕照寺街，以为电影是在那里拍的。当时这条大街就是传统的北京大胡同儿，离护城河最近的一条街。这里肯定是类似棚户区的地方，但也有古街老院的特有温度，那时的老北京街区景观太丰富了，"穷崇文"却还是很招人爱。不知是否这条穷街陋巷启发了苏叔阳写出电影剧本《夕照街》。后来那里全拆改了，成了现代街区，但比较安静。我特喜欢时不时开车从这里沿着龙潭湖走，从左安门回家，尤其晚上，静谧安然，感觉是喧闹的北京外一座园林小镇。今天又过那里，居然找到了夕照寺！那个雅致的古寺庙竟然还静静地安立于高楼大厦之间！当初一片平房大杂院里也有这样一座号称"金台夕照"的老庙，庙前有一座大红影壁墙，将夕阳反射到老庙院子里，那老北京风味可是真够足的。但电影里没有这座老庙。据说是在另一条街上拍的。但我们都因为这个电影而知道了夕照寺街。

那之前，1979年苏叔阳是以话剧《丹心谱》闻名的，那个话剧红遍全国，北京人民艺术剧院演出之后，很多话剧团都排演，我当时正读大学，学校文工团的话剧队也排演了这出话剧，看得我们很是感动。从那以后，剧作家苏叔阳一炮而红，又在电影剧本之外开始写小说和散文，很快就跻身京味儿几大作家行列。其实他努力了好多年，人到中年才突然崭露头角，一亮相就已经是中年作家，不知道的还以为这之前他积累了很多作品，他确实写了很多作品，但都没有发表和上演，因此《丹心谱》应该说是处女作，是厚积薄发，从此一发而不可收。

大学历史教师出身的苏叔阳是全才大家，剧本、小说、散文全面开花，能塑造大知识分子形象，也能写普通北京人的生活，还能写些非常市井的故事，有时写女性人物还能用第一人称写，把北京女性的言语方式表现得活灵活现，这是需要很深的文学功夫的。虽然他的中短篇小说并没有风靡流行，但他一直坚持着自己的创作特色，那就是用京白写当代北京普通人的生活，他所写的作品颇有年代感和生活气息，是他所熟悉的普通人生活，对那个年代的北京熟悉的人读起来还是很亲切的。现在看，他塑造的那些普通的北京市民形象还依然生活在这座现代化大都市的各个角落里，只是从大杂院搬进了楼房，那些当年的小青年，如今老了，很多还像他们的父辈一样在老旧的居民区里悠闲地逛游或发愁着家里的日子，那些在小区里跳着广场舞的老人，与苏老写的更早的老一代父辈毫无二致，他们是沉默游荡的大多数。对于这些普通人，如果还在小说里写他们的生活，写出来基本还是苏老当年写的那样，苏老的创作并没过时。就这么30年的光景，很多精神面貌其实还是一脉相承的。

我在电视上看到过苏叔阳，他与央视的女主持搭档主持一场影视颁奖典礼，还有一些电视专题片里也有苏叔阳的身影。一头雪白的头发，但面庞依然像个中年人，谈吐文雅，与他小说中塑造的知识分子如出一辙。

可以说苏叔阳是一个独特的文学存在，他的几个电影剧本和长篇小说《故土》取得巨大声望之后，其小说创作并未达到与这些作品同样的高度。90年代后标榜为"京味"作家的接二连三地出现，老中青都有，而且势头很猛，有点雨后春笋的感觉。似乎打那时起，苏叔阳就避开了各种新潮时髦的京味写作，开始转向大文化写作，特别著名的是《中国读本》和《西藏读本》这样的著作。《中国读本》被翻译成几十种外语行销世界，充分展示了一个传统文人的文化实力，其成就令人仰视。同时他作为一个老作家在写作上一直保持着很好的状态，涉猎各个类别，有诗歌、散文、中短篇小说等，一直比较引人注目，这在文学创作新人辈出、新潮翻涌的近20年里实属不易。很少有剧作家和小说家能像苏叔阳这样在大文化写作上取得如此骄人的成就。苏叔阳是一个文艺通才。

对这样一位盛名不衰的老作家和文化学者，我一直抱以高山仰止的心态，身居文艺界高位的他让我觉得高而远，只闻大名，很少再读其作品了。但前两年偶然知道原来他是保定故乡人！这自然让我觉得有了某种亲近感。我注意到苏叔阳先生在我尚未出生的1958年就在保定念完中学到北京读大学了，然后又在不同的大学里当教师，后来成了京味作家。苏老应该是新中国里最早在北京立身扬名的保定文人。虽然对他的情况知道得晚了点，但总算知道了，就觉得有一种责任，应该写点什么，谈谈我学习苏叔阳作品的心得。当然，还有一种好奇，那就是想知道他离开保定又近在咫尺地生活工作在北京的半个世纪里，他与故乡有过哪些文字上和行为上的互动，毕竟在保定度过了青少年时代，保定对他后来的文学活动有没有具体的影响呢？这也是一个同乡人的必要关切。

这方面我很是得益于苏老在河北北京师范学院（今河北师范大学）时的学生郑新芳老师的回忆，郑先生后来从天津调到保定教中学，成为河北省著名的作家和教育家，前几年开始担任保定新莲池书院院长，在书院里开辟了苏叔阳作品展馆，对弘扬这位从故乡走出去的文化大家的风范起到了难以估量的作用。郑先生写了苏老在保定度过的颇有文艺范儿的少年时代，他写道，那时的苏叔阳"从1950年上小学，是个凑合着读书的小淘气，小机灵鬼。十一二岁就开始写戏。他说他戏剧的启蒙老师是说评书的、唱大鼓的、变戏法的、拉洋片的，乃至敲着牛骨头数来宝要饭的。上中学写的小剧本，在班里公演"。

后来我在苏老的随笔《我的独白》里读到他的自述，他也说过打小就有做演员的梦想，戏剧令他神魂颠倒，就是要演、要写剧本才过瘾。如果他当了演员，那肯定是要自己写自己导自己演的那种创作型演员。但他从艺的理想受到了挫败，大学被保送中国人民大学的党史专业。但他依然在专业课之余"从写小剧本到写大剧本，一有机会就登台亮相，一心想过戏瘾。1958年，全国建设社会主义积极分子庆祝大会演出戏单上，就赫然印着他的名字，他还曾在北京中山公园音乐堂与侯宝林、郭启儒、高元钧等大师一块儿登台献艺。""在学校他被视为不务正业，历次政治运动中，都是挨整的角色"（郑新芳语）。苏老的自述里讲到他被抄家，自己的习作被抄走当废纸卖了，他还被捆起来批判，劳动改造，被视为漏网"右派"，遭到歧视。这些都因为他热爱戏剧艺术，但在那个年代他就是另类，是有"名利思想"的人，于是遭到残酷批斗。

这些简单的叙述为我们勾勒出了一个文艺青年的大致轮廓。这是一个深受民间文艺影响，不忘初心一门心思要走艺术道路的党史专业大学生的生动写照。如果在今天，他可能会如鱼得水，但在闭塞僵化的年代里，他的初心和为初心进行的艰苦奋斗就会轻而易举被不务正业等罪名整得灰头土脸。从这段经历能看出苏老确实很先锋，在那样的年代里竟敢无视周围的环境，依然故我公然从事文艺创作，这得需要多大的勇气和毅力啊。

而到了"史无前例"时代，苏老又遭遇命运的作弄。一直在北京办学的河北北京师范学院被一声令下迁往塞外的宣化，在河滩上办学。而立之年的青年教师苏叔阳没有随学校去宣化（也许是因为被当作坏人，没有资格跟学校迁去继续当老师），而是回到了故乡保定，但那时保定还在运动余波中，可能大学和文化单位没有接收他，他去的是一家工厂，履历上简单写着"当工人"。他那几年的历练一直语焉不详，但偶尔听人说起，似乎苏叔阳干的不全是车间工人的活，而是在工厂做些宣传工作，也许是当时流行的"工人作者"，也在车间当工人，但经常被"抽调"去"搞宣传"。毕竟他是北京的大学教师，又有文艺文学特长，做宣传工作自然是非他莫属。听说厂里需要他创作诗朗诵作品还是小话剧，他几天不动，最后熬了一个晚上一气呵成，传为佳话。又据说这位北京来的文艺范儿大学教师喜欢和普通工人打成一片，经常给大家讲文学名著的故事，无拘无束开玩笑聊天，大家都爱听，颇为丰富了大家的业余生活。当了两年工人加"业余作者"，后又调入当时的北京中医学院当教师，这个过程中他熟悉了医学和医务工作者，文学的种子找到了一块生根发芽的热土，那就是医学界。一俟运动结束，恰逢文艺思想解放，他就如久旱逢甘霖，很快写出了话剧剧本《丹心谱》，经曹禺批准，在北京人艺上演，与当时上海的话剧《于无声处》南北呼应，形成了思想解放开始时期的新局面，拉开了"一个文艺新纪元的大幕"。

　　苏叔阳在不惑之年红透文艺界,进入北京电影制片厂(后文简称北影厂)当专业编剧,终于开始了职业创作生涯,这样的辉煌成果确实来之不易,他为此艰苦卓绝"业余"奋斗了20多年,有时几乎是冒着灭顶的人生灾难的风险。苏叔阳前辈是文艺文学青年们的光辉榜样,甚至是所有"业余"作家的榜样。我以前不了解苏老的创作道路,最近不仅了解了,还知道他是我的故乡前辈,我们在那段"史无前例"的岁月里都生活在保定这座城市,而后来我们又有30年时间都生活在北京,因为语境上有大致的共鸣,这让我更能深刻地理解苏老,从而更加敬佩他。虽然我至今是在业余从事文学事业,但我从苏老的奋斗史中汲取了无穷的力量,坚定了自己的信念,那就是不忘初心,将"业余创作"进行到底。

　　现在看来,保定不仅是苏叔阳的生长之地,也是他被调回北京开始文学事业前的最后一站,他在保定"当工人"的那几年,仍然坚持文艺写作,一回北京就创作出电影剧本《战马驰骋》,受到了北影厂的重视,请他去内蒙古体验生活,修改剧本,虽然最终没有拍摄,但这已经是一个业余剧作家的一次成功实践了,这应该是他经过多年的摸索,最终将自己定位为剧作家的关键时刻。几年后红遍全国的话剧《丹心谱》最初其实是一个很受北影厂重视的电影剧本,但没拍电影就先改成话剧上演了。

　　如前所说,苏叔阳的文艺实践起始于少年时期的保定。

他读小学时就迷恋上了阅读，成为其小学隔壁古莲池公园里河北省图书馆中阅读最勤奋的小读者，以至于图书馆奖励他一张借书卡，他一周可以借阅20本书。他说河北省图书馆是他的"圣地"，他在那里读了很多中外名著和很多虽不是名著但就是喜欢的书。从小学五年级起就爱上了话剧，竟成了一种"毛病"，经常独自在旮旯里自说自话，学习名角的做派，"如同鬼神附体"。中学就开始读斯坦尼斯拉夫斯基的《演员的自我修养》，在教室里朗读剧本，在晚会上演出，还去电台做广播节目。就这样从小学到中学一路演到大学，快板、相声、舞蹈、小合唱样样都有他，直到在中山公园音乐堂与侯宝林大师等人一起登台献艺，这些与他在保定古城里的阅读和业余演出是一脉相承的，他就是为艺术而生，尤其钟情话剧。保定是他进行艺术排练的场地，他之后的艺术成就都萌芽于保定，他的艺术实践底子是在保定打下的。虽然他日后作品中很少专门写保定的生活，但从他有限的叙述中，我们能感到一个从小父亲就离家的孩子，在贫穷的家里靠母亲拉扯大，成长是艰难的。恰恰是阅读和艺术照亮了他的生活，让他从中获得了乐趣，更获得了启迪，直至获得了终身为之奋斗的目标。这就是在保定的生活与他的未来之间的关系。所以苏老谈起保定，美好的心情总是溢于言表，谈那条城墙外奔流的大清河，河上舳舻相继；谈小学边上古莲池公园里古香古色的河北省图书馆，那里有寂静的读书时光；谈古城墙下中学的篮球场，他们在城墙下龙腾虎跃地打球。保定古城孕育了一颗文艺文学的优秀种子，去北京生根开花去了，继而走向了更大的世界。这就是他心中全部的保定和故乡，美好但狭小，他命中注定是要写作更宏大的题材，干更大的事业，有更高的使命，所以当年只有十几万人的城池仅仅让他感到美好而没有在他宏大的文学世界里占有一席之地。

这是个不小的遗憾，但苏叔阳在他晚年用自己的行动为这个遗憾做了弥补。他多次回到故乡参加文学活动，举办讲座，为很多文化设施题写名称，在保定留下了很多墨宝，留下了一代大儒的音容笑貌，苏叔阳与故乡保定，有始有终，留下的都是美好的故事，他说故乡有《润泽一生的春雨》：

> 我小时候，总想飞出她的怀抱，去往更广阔的天宇。如今，我懂了，哪怕走遍天涯海角，故乡的小河还在我心里流淌。虽然我常常没有意识到那是哪一条河水，但河水中总是浮出母亲的影子，于是我恍然，那是故乡的河。于是，我又听见从河边我的母校中飘出的少年的笑声。于是，我知道我永远飞不出故乡的怀抱，飞不出我母校的院墙。

这番话简直是至理名言，说出了多少代故乡游子的心声！少年的我们不都是这样向往着更大的远方和舞台，以为生活总是在别处，其实心灵永远沐浴在故乡的春雨中吗？

# 被埋没的大翻译家张友松

一

中国翻译界有一位翻译美国大作家马克·吐温作品的"专业户"，翻译了几代读者耳熟能详的名著如《汤姆·索亚历险记》《哈克贝利·费恩历险记》《王子与贫儿》《镀金时代》《密西西比河上》《傻瓜威尔逊》《赤道环游记》等，其中著名的《竞选州长》还被选入中学语文教材。这位老翻译家叫张友松，他曾经是鲁迅的学生，《鲁迅文集》里一百多处提到与张友松的交往。20 世纪 50 年代他与大译家曹靖华、傅雷、汝龙齐名，但他就如同中国文坛上划过的一颗璀璨夺目的流星，因为在"反右"运动中被错划为"右派"，作品改用笔名"常健"出版，从此张友松这个名字就从著名译家的行列里消失了。"文革"中受到迫害，到"文革"结束，错划得到改正，这位 1903 年出生的民国老人年事已高，又出于种种历史原因无单位、无工资、无养老金，仅靠北京政协资助的少量生活费，与同样无工作的老伴偏居成都陋巷，远离中国的文化中心，因此没能像一些同样被错划为"右派"的文化老人（如当年的同事冯亦代、荒芜、符家钦等，他们比他年轻、身居京城）那样错划改正后再度崛起，重享盛名。

我在 20 世纪 90 年代前后很长一段时间里追访译界老人，甚至像李景端先生告诫我的那样"进行抢救式采访"。写了几十位老译家，可竟然对张友松这位曾经如此耀眼的译界巨星一无所知，估计很多人都像我一样吧。这是历史的误会和耻辱，是该让广大读者重新认识和了解张友松这位富有传奇色彩的民国文人了。

因为被埋没得太久，想在网上查找张友松的资料基本属于大海捞针，但我还是很幸运地通过各种关键词搜索到了一些零星的资料，其中老诗人和翻译家、张友松当年的同事荒芜先生的女儿林玉的博客进入了我的视野，里面有她回忆"张友松伯伯"的散论，我就冒昧给她留言请求帮助，后来得到了她的一些对历史的解读高论。全保民先生为我提供了《新文学史料》1996 年第 2 期里张老的女儿张立莲撰写的《怀念我的父亲张友松》一文，这是张老亲人唯一的回忆文字，情理交融，十分宝贵。我在微博上谈论起张友松时，素昧平生的康拉德作品译者赵挺为我复印了老翻译家符家钦的散文集，其中一篇就是回忆老师张友松的文章。我还通过人民文学出版社前副总编任吉生找到了50年代开始在人民文学出版社工作、后任该社外国文学副总编的秦顺新老人，电话采访了他，耄耋之年的秦老是健在的唯一一位在人民文学出版社与张友松有过书稿交流和日常来往的老一辈了，但他还是告诉我当时他太年轻，没有与张友松有深入的接触，那些对张老了解更多的人都不在了！

所有这些网络搜索和电话采访都让我感到是在浩瀚的夜空中穿越历史，在脑海里借助一二张老照片重构张友松的形象，这种重构是与历史的雾霾和血泪交织在一起的。一个民国老人，曾与鲁迅有过不少交往，经历了各个历史阶段的人间惨剧，依然刚直不阿，顽强地独自支撑。贫病交加，在陋室寒屋里依旧辛勤，笔耕不辍，借助放大镜翻译着他钟爱的马克·吐温作品，他是用生命在翻译，直到92岁于贫病中撒手人寰。

他的一位当年的学生在1998年曾写了《翻译家张友松穷死成都》一文，描述他所居住的陋巷穷屋，说他经常忍饥挨饿。有人对"穷死"一说表示质疑。严格说，那是一条普通劳动者居住的陋巷，他下岗的女儿只能居住在那样的地方。城市低收入者在此生老病死，似乎也平常，但人们并不知道同他们住在一起的这个同样普通的风烛残年的老人竟然是著名翻译家，在那样的环境下还带病苦苦地进行着文学翻译这样似乎是十分风雅的高尚工作，他曾经锦衣玉食、西装革履，在50年代是月入300元的大文学家，享受预支固定额度版税的待遇——这样的待遇仅次于周作人。似乎是缘于这种"落差"和历史悲剧，才说他是"穷死"的。

## 二

1903 年 11 月 12 日，张友松生于湖南省醴陵西乡三石塘，自幼家境贫寒。12 岁随大姐到北京半工半读求学，1922 年考入北京大学，课余翻译英文小说。受大姐影响，张友松在北京读书期间，先后参加过五四运动和五卅运动。除李大钊外，他当时还与邹韬奋、冯雪峰、柔石、邓颖超等人有过许多接触。其间，他还跟随大姐去当时荷属苏门答腊做了一年的小学教员，试图以此挣一笔较大的收入奉养母亲和弟妹，但不仅没挣到钱，连回国的船票都是同胞们给凑的。后来，张友松同大姐回北大继续半工半读。不得不说的是，这位具有先进思想的大姐就是后来成为革命家的张挹兰。军阀张作霖入京后，拘捕杀害李大钊等革命家，与李大钊同时遇难的唯一一位女性就是张挹兰。

大姐张挹兰牺牲后，他的家庭负担加重，无法继续在北大的学业。鉴于他勤奋好学，读书期间已发表过不少英文翻译小说，鲁迅便推荐他去了北新书局做编辑。出于对鲁迅先生的敬仰，张友松仗义执言为鲁迅追讨出版社所欠的稿费，因此失去了自己在北新书局的工作。"别看鲁迅的文章写得泼辣不留情面，可是现实生活中的他，却在版税这类问题上往往抹不开情面，所以被人欺负。"张友松曾回忆说。

据统计，鲁迅的日记里 114 次提到张友松，说明他很器重这个年轻人。甚至在一次聚会中，林语堂先生因不知情提到张友松，语气可能略带调侃，引起鲁迅反感，两位文学大家当场反目。

张友松失去工作后，鲁迅先生在经济拮据的情况下还垫付 500 元帮助他开办春潮书局，还帮他组稿，策划出版文艺丛书。但张友松是一介书生，并不善于经营，书局很快倒闭。为此张友松很内疚，认为这是他"毕生莫大的憾事"。

春潮书局倒闭后，张友松陆续在青岛、济南、衡阳、长沙、醴陵和重庆等地做过近 10 年的中学教员，并在抗战期间于重庆创办过晨光书局。在颠沛流离的日子里他仍然勤于笔耕，翻译了很多文学作品，包括契诃夫、屠格涅夫、普列沃、歌德的许多名著。

重庆解放后，张友松先生正是年富力强的中年人，以党外民主人士的身份积极参与重庆市文联和西南文联的筹备工作。本来有关领导要安排他当一个出版社的社长，几所大学也请他去任教，但他谢绝了这些出人头地的机会，一心留恋文学翻译事业。最终在 1951 年，他应邀到北京参加宋庆龄女士创办的英文刊物《中国建设》的编辑工作。

# 三

这个时候张友松已经是年近半百之人，积累了丰富的文学翻译经验和大量的翻译作品，还是想全副身心投入翻译工作，而新杂志的编辑工作是忙乱的，他一时难以适应。恰好当时文化部的一位领导金灿然同志是他的老朋友，对他很了解，就安排他去人民文学出版社当了"特约编译员"。这个职位其实是业余的专业翻译，人不属于出版社的编制，没有八小时坐班的时间约束，但事实上出版社包了他所有翻译作品的出版，给予其很高的稿酬标准待遇，按月预付每月300元的稿酬，预付费从未来出版的稿酬中扣除。这样的安排其实是极少数文化人的待遇。据说周作人先生的月预支稿酬是400元。所以说张友松先生当年的待遇是很高的。但这种安排也埋下了一个不幸的伏笔，那就是张友松等于辞去了一个"铁饭碗"，一旦有不测，他的生活就会受到难以预料的影响。但这位民国文人以前也没端过"铁饭碗"，对辞去一份工作毫无感觉，对专业翻译的向往令他对未来充满信心，一派憧憬和感到幸福。同一个时代在上海，有一位热爱德国文学翻译的医生钱春绮，他因为一本德国诗集挣到了8000多元的高稿酬而相信自己可以靠翻译过上自由幸福的美好生活，便辞去了医生的职位，变成了自由翻译。后来稿酬标准的上涨速度远远低于工资的，他的生活陷入困境，对自己辞去公职大为后悔。

张友松先生对这样的安排是非常满意的，感到了党和国家对他的器重，觉得自己是世界上最幸福的人，工作热情高涨，新作迭出。当时是他的好友萧乾先生提出建议，希望他专心翻译美国幽默大师马克·吐温的作品。他接受了萧乾的建议，埋头苦干，成了翻译马克·吐温的"专业户"。他应该是继朱生豪之后第一个以"一对一"的方式翻译外国作家作品的翻译家。这个模式在以后的几十年中得到了一些人的继承和发扬，成为一个优良的传统。

这段时间里张友松不仅翻译了八部马克·吐温的作品，还翻译了几十万字的其他作家的作品，可谓译著等身。

那些年里张友松如鱼得水，心旷神怡，不仅购置了几套新的西服和呢大衣，还在兵马司胡同租了一套别墅式院落，在此安居乐业。他在文学界已出人头地，声名显赫。优厚的稿酬待遇下，那个年代著名的文化人用一两本书的稿酬在京城置办一个四合院，成为风气，也成为当今看来的传说和神话。但这都是真实的情况。兵马司胡同在明代是北京西城兵马司所在地，1913 年中国地质调查所在此成立，是西单附近的一条著名老胡同。

# 四

但 1957 年风云突变，"反右"运动开始。作为文学家，也出自对党和祖国的热爱，他积极建言献策，发表意见，却被打成了"右派"，从人民艺术家一落千丈，变成了人民的敌人。1957年9月2日的《人民日报》上刊登了新华社记者袁木的文章，把张友松划入"右派集团"，说这个集团有一个"大阴谋"，其实这个"集团"的定性是一个莫须有的罪名，不过是因为张友松以自己的名人身份替山东的两个老友打抱不平，结果就被诬陷为"右派集团"了。

他没有工作单位，就回街道接受监督改造，定期写思想汇报检讨。不能再以张友松的名字出版作品，就用了"常健"的笔名，但至少还是有工作可以做的。不过他的稿酬待遇大大下降了，每月发给他一小笔"生活费"算稿费，日子还算过得去。他的子女却因为他的"右派"身份遭到了不公平的待遇，一儿二女大学毕业后不能留在北京，都被分到外地。

但更为悲惨的遭遇发生在几年后的"文化大革命"中。那时他没有任何工作可做，一分钱生活费都没有了，全靠儿女接济。他的住房也越来越逼仄，甚至被迫住进与人合住的一套两居室房屋，他只能住阴面12平方米的一小间，还是五楼。那时他已经70岁了。老两口就在那间阴面的小屋子里生活了多年。

一直到1977年，他才得到了"摘帽"，不再是"右派"，可以堂堂正正做人了。可是他已经年逾古稀。他一直误以为自己是有单位的，直到这个时候才弄明白，当年的安排其实是让他成为一个"自由翻译家"，不必坐班，享受优厚稿酬待遇的方式是按月预支稿酬，但并非单位的正式职工。多年后他成了一个"无单位""无工资"的人。他要完全靠"文革"后大幅下降的稿酬标准生活了。

由于他不明白先前与人民文学出版社的约定关系的性质，他把版权本来属于人民文学出版社的马克·吐温翻译作品转到了别的出版社再版，导致人民文学出版社停发了给他的每月100元的生活费。这些都是历史的误会，但这样的误会也是令人痛心的。

即使是在诸事不利的古稀高龄，张友松还是借助放大镜，翻译了很多优秀的作品，直到81岁，与老伴离开了居之不易的京城，迁居成都陋屋，由下岗的小女儿照顾度日。这段时间北京政协每月发给他近200元的生活费，还报销医疗费用，最后一年多他坚决不报销了，说："不要报了，政协对我够好的了。"他就是用那笔生活费供全家几口人生活的，在那样的穷屋陋巷，直到92岁去世，没有讣告，没有"单位"为他举行告别仪式，悄然远行了。

如今，张友松翻译的马克·吐温作品系列全新推出，这应该是对这位体验过人间富贵也惨遭过人间悲剧的民国老文化人最大的告慰吧！

# 学徒期遇上冯亦代

网购旧书时偶然与我 30 多年前参加工作后编辑的第一本翻译小说《"复仇号"决战》相遇了，这书早就被我忘在了脑后，但遇到这书的一刹那我还是感到一股暖流涌上眼眶，时光流水翻江倒海竟然令我夜不成寐。

我上班的第一件事就是跟老编辑去冯亦代先生家谈稿件，那时他和夫人郑安娜（笔名郑之岱）正给中青社翻译两本通俗小说《年轻的心》和《青春的梦》，都是有关国外青年探险和爱情故事的书。主要是夫人郑安娜按照出版社的要求找素材，老两口儿一起翻译。那时冯先生正晚年发力，忙着在报刊上写各类"书人书事"和"西窗漫笔"，在"文革"结束后突然像个文学新人一样名声大噪，但他们也抓空儿翻译点这类小儿科作品挣点外快。那两本书由老编辑负责，我主要是跑校对科和出版科处理些手续，然后是统计字数，开稿费单，搬样书，最后是蹬自行车给冯家送书，基本是体力活儿。

这两本书发行挺成功，领导随后就交给我一包同样题材的稿件让我担任责编。那十几篇内容也不错，但与我要做的现代派文学要差之千里，我就当成练手。改错，用毛笔蘸了红墨水抹掉错句，补上我改的句子，批上字号交差，就算出徒，可以放单飞了。其实这些译者里面也不乏大牌：董亦波的地址收件人是"董乐山收"，似乎是儿子翻译，老子给修改的。译者里的大名人如黄宏煦教授，本科时的我们觉得近在咫尺却遥不可及。他的公子黄开来当时在历史系，后来成了美国一大学的历史学终身教授，那时他却差点跟我换专业来读英语，但没换成，如果换成了，我们俩的命运就都得重写。还有大名鼎鼎的周珏良，当年在厦门的一次会上巧遇他，向他要地址电话说给他稿费，老先生高兴地对赵萝蕤说："你看，白捡，白捡！我请客。"译者里还有夏衍的女儿沈宁，有著名翻译家沈苏儒等。学徒时那两年经过我的手处理了三本这样当时我并不当一回事的小说，算中青社出的外国青年三部曲，可译者竟都是这些大牌，现在看是不可思议的。

但我没有想到的是从此与冯亦代有了长期的交往，我还写过他的访谈录。后来冯老和黄宗英热恋时鱼雁传情，往来书信结集出版了一本厚厚的情书集《纯爱》，里面还谈到包括我在内的几个年轻人，说我们是他的"小朋友"。也就是在那之前，冯老为拙作小说《混在北京》写了书评。那是我的长篇处女作，出版过程费尽周折，被好几个出版社和杂志社退过稿。出版后能有冯亦代这样的名家写书评提携，实在是有福。第二版前我请求冯老书面授权同意此文作为代序，冯老欣然同意并客气地称"以为荣"，令我非常感动，以后只要这本小说还再版，我还会把冯老的代序放在最前面，以纪念与冯先生的交往。

此前曾给重版的 80 年代名著《富人，穷人》写序言，这是我大学课余时间读得最为酣畅淋漓的美国当代小说，拿到新版样书发现第一译者竟然是冯亦代先生。那是冯先生"解放"出来翻译的第一本长篇小说。读这书时没有注意译者的名字，或许那时还根本不知道冯亦代是谁人。现在重读他的译作等于再次学习他的翻译风格，这样的缘分真是天赐。

# 郑克鲁的道路

我们崇敬的老翻译家郑克鲁教授在 81 岁仙逝，我竟然恍惚觉得他是英年早逝，就他的成就而论，似乎他该是一位百岁老人。

但他就是在 80 岁时取得了彪炳史册的巨大成果。前两年刚刚出版了先生的文集，包括他翻译的法国文学名著和撰写的文学史、评论集，共 38 部皇皇 46 册！看到那整齐排列的绛红色文集，感觉就是一道巍巍长城。就是说先生从 1965 年研究生毕业后至今 50 多年中在教书育人之余平均每年出版一册，有的著作是要花上几年时间才能写完的，有的小说至少也要翻译两年方可。这样的巨大产出在外国文学研究和翻译界应该是绝对第一了。前些年有几位翻译和研究大师陆续出版了文集，最多的有 20 余册，已经令吾辈叹为观止。郑先生却后"出"居上，创造了纪录。当然大师们的成就都是卓著显赫的，不能简单用数量来进行排名，但无论如何郑先生硕果累累，跨越教学、研究和翻译三界，著译并举，卷帙浩繁，跻身一代大家当之无愧。

与他去世时我感到的他的年轻形成对比的是，我最初读到郑老的著作时却感到他年纪应该很大了。那还是 1983 年，我在福建师大小书店里花一元钱买到一本装帧颇为素雅的郑著《法国文学论集》，20 多篇论述法国各个时期名著的论文，标注的写作日期竟然都是 1978—1980 年之间，就是说都是在改革开放后所写。而这之前郑克鲁几乎没有什么名气。其实他已经人到中年，之前的十几年等于研究生一毕业就赶上了十年动乱，没有机会出成果，运动过去后，他和柳鸣九、李文俊等一批中年研究人员在社科院还算"小"字辈。但这批"小"字辈在被耽误的十年中积累了无比强大的能量，遇上改革开放就厚积薄发，很快就以超常的加速度硕果频出。现在我还保留着这本文集，里面有不少读书时用钢笔画的线条和标记。因为不了解他的过往，仅看那高屋建瓴、波澜老成的行文，我感到这似乎是一位老先生的著作。

几年后我进了出版社，开始注意翻译界名人动向，发现郑克鲁先生所供职的是当时的上海师范学院，当年一些地方院校确也是藏龙卧虎之地，有不少大学问家，但似乎郑克鲁的水平和名气与一个师范学院过于不成比例了。后来才知道他是从社科院外文所调到武汉大学，又从武汉大学调去上海师范学院的，他是上海人，估计是恋家的缘故吧，去师院主要还是师院能解决郑夫人进上海的户口问题。那时的上海户口可是金不换的。

郑先生等于走了与常人完全不同的学术路线，按照世俗的观点，他是一步步"向下走"的，无论出于什么样的原因，恐怕都会对他日后的学术地位有些不利影响。但郑先生就是在一个师范学院创造了奇迹，他在法国文学研究和翻译界一直享有盛誉，乃至成为大师，被誉为"学高为师，身正为范"。

郑老逝世后，媒体上一下出现了很多关于他的报道和介绍，让我们集中学习了一次。也是通过这些报道我才深入了解到"郑克鲁的道路"。这是一条生命不息、著译不止的最为专业的外语人的半个世纪跋涉攀登之路。他的很多译著都是在退休之后完成的，而且因为翻译了晦涩高深的波伏瓦《第二性》而获得傅雷翻译奖。没有想到的是，郑克鲁北大法语专业毕业、社科院研究生毕业后，依然感到自己法语基础不够雄厚，就利用被下放河南农场"劳动改造"的时间，在艰苦的劳动之余坚持自学，在无休止的开会时间，手里拿着法语版《毛主席语录》背单词，同时在背一本法语词典！就是说郑先生的农场时光没有蹉跎，他一直在提升自己的法语水平。所以运动结束后，一有机会重返科研阵地，郑先生就如鱼得水，举重若轻地发表学术论文、出版翻译作品，所以他能在不惑之年就与戈宝权等名人一起出版论文集了。80年代初突然崭露头角的一批外国文学翻译研究新锐大致都是在十年动乱中暗自努力，不坠凌云之志，一有机遇就很快脱颖而出且文章老到隽永。这也是当初我读郑先生著作感觉他应是老先生的原因吧。

而在他81岁离世时，看到他红光满面站在城墙一样的文集前的照片，我自然会觉得他年轻，似乎这个年龄与这样的成果不相匹配，似乎该是90多甚至百岁老人才能有的成就。这说明什么？一个道理，郑先生这辈人历尽磨难而又在磨难中打下了厚实的底子后，从中年开始不断冲刺，一路冲锋，以超常的加速度在前进，这样的速度只能看得我们目眩，难以望其项背。这就是郑老他们那辈人与我辈的区别。我们因为揠苗助长，一边努力出成果一边还在不断补课，经常感到底气不足，根本做不到那种加速度的奔跑，即使跑了也跑不出那样优美的姿态。

玉树凋零，足音犹在，音容笑貌犹在，我们的前辈是这样优秀，虽不能至，心向往之，有这样光辉的榜样激励鞭策，我辈自当步武前贤，努力不懈，无愧于自己。

# 我们都相信来日方长，但是……

我亦师亦友的褚钰泉老师突然病逝，才71岁，正值一个成熟文人最好的时光。他一直在为出版事业呕心沥血，在把自己创办的《文汇读书周报》拉扯大后被迫离开，又开创《悦读》杂志的新天地，主编了44期，经手1000多万字的稿件，创出了一个文化名牌。在事业的巅峰期就身不由己撒手而去，还有多少未竟的事业在等着他，可他来不及做了。谁能想到，在人的寿命大大延长的现在，在我们周围70来岁的大哥大姐们都享受着快乐退休生活的时候，褚老师却默默地一个人远行了呢！对褚老师来说这就是英年早逝。错！错！错！

褚老师是"文革"前的老大学生，长我十几岁。我们读中学时有很多他这样的年轻老师，和学生们情同兄弟。我自然尊重地称他老师，可他却是非常和蔼，非常平易近人，偶尔见面也像高中的小班主任那样亲切地待我们；每次写信都称我冰宾兄，令我无地自容，强烈要求他直呼我名，但他一直那么文雅，坚持不改，所以在我心目中，他一直亦师亦友。虽然我也有 70 多岁的兄姐，但我还是不敢称他兄，毕竟他还是培养了我的师长，所以那声"兄"一直埋在心底。

我从 1988 年开始给《文汇读书周报》写稿，至今也快 30 年了。弱冠之年的我写了很多外国文学界名人的专访，几乎成了该报不在册的驻京专访记者。也因为有了这个令我愉快的工作，我出差到外地时也会自作主张去访问些名人，如广州的戴镏龄和厦门的杨仁敬等先生。那几年的访谈，其实也是我这个非重点大学毕业生在工作后拜访名校名师补课的绝好机会，毕竟在普通大学里能见到名师的机会少得可怜，更无缘被他们耳提面命，采访他们就是一箭双雕，"假公济私"地"读"名校了。在当时的工资水平下，每篇稿费差不多是我月工资的三分之一，对我的小家也是个很好的收入补充。我后来感叹，今生不会有比这再好的一份"工"了。这得益于《文汇读书周报》（后文简称《周报》）的年轻编辑对我的信赖，当然也得益于主编褚老师的宽容和扶植。回过头去看，当年那些文章真成了那些文化老人鲜见的采访录，因为在大众文化圈里，这批从事文学翻译的名人是相对边缘化的，而采访他们还需要采访者也是出身外国文学领域的青年学者。我有幸成了这样的人选。在那个青春年代里，骑车去采访听讲，回来写稿，邮寄，见报，然后拿着稿费单去邮局领稿费，是我最幸福的时光。

但我没有想到的是，当褚老师开始主编《悦读》时，他想到了我的专业是劳伦斯翻译和研究。那时我正值中年，积累了足够的翻译经验和研究资料，正准备向更专业的方向发展，准备写长篇文化随笔。就在这个时候，几年没联系的褚老师找到了我，让我写一篇有深度的关于劳伦斯作品进入中国的历程的评述文章。这个契机，让我回忆、思考的洪流冲开了一条河道，开始一篇篇地踏实地写下去，因为我有信心，只要我写得好，一定能发在《悦读》上。几年间，竟然在《悦读》上发表了六篇很长的劳伦斯专文，这些文章成了我一本叙论劳伦斯的随笔集中的重要组成部分。

更难能可贵的是，褚老师百忙中还浏览我的博客，发现我写了些萧也牧的议论短文，就立即向我约稿，说我作为中青社文学室出来的编辑，一定对萧也牧更有了解，一定能写出一篇好文章来。可见褚老师平时该是怎样呕心沥血、辛苦地寻找着好的选题和作者，挖掘作者的潜能。通过写萧也牧，我认真研究了他的生平和作品，受到了一次真正的精神洗礼，写起来就如同写自己最亲密的朋友。这之前一年我偶然发现了翻译界老前辈张友松的悲惨经历，奋笔疾书，写了长文，发给褚老师，他也是第一次知道张友松催人泪下的悲剧人生，马上给我回信说就在最近一期发。"再不发，就没人知道张友松了"——这是他给我的最后一封电子邮件。褚老师于匆忙中写下这寥寥数语，我能感受到他的大爱和大慈悲情怀，很是感动。果然，这篇文章发表后就有报刊转载，博客和微博点击也很踊跃，很多人都写下了饱含深情的留言。但我怎么也想不到这是与褚老师最后的交往。

我们都相信来日方长，都相信随便哪天就能在上海或北京再见聊天。前两天还看到老朋友在微信上发与褚老师在黄浦江边喝茶聊天的照片呢，感觉我也置身其中似的，可谁知道他会这样遽然离世？！他一定有很多很多话没来得及说就驾鹤西去了。

幸好看到张秋林社长发出来的褚老师的绝笔短文，他终于说出了憋了多年被命令离开《周报》主编岗位回家"休息"的过往。壮年的他，这等委屈竟然隐忍十几年，何等不易！他肯定是带着更多的委屈与不平走的，也是带着这样的压抑心情，精心办杂志和培养我们的！褚老师，您安息吧。让我第一次也是最后一次称您一声"兄"吧！

# 我们的小徐和徐老走了

小年刚过，武汉那边似乎在闹传染病，最初感觉离我们十万八千里，举国都在准备过大年，而此时人们突然意识到这是一场类似SARS（即"非典"，重症急性呼吸综合征）的疫情。大家开始惴惴不安地搜寻网上的各种消息，开始戴口罩严防疫病，一时间口罩难求。就在这样的慌乱中，我一直到1月21号晚上才有空浏览一下朋友圈，不承想就传来了噩耗，我立即如同中电一样呆住：是老朋友徐坚忠的微信上传的讣告，可那是他自己的讣告，是他女儿用他的微信号在群里宣布的！他已经走了一天了！独自一人在家里突然走的。仅仅在上午给办公室打了一个电话说不舒服请了病假，晚上他兄长去他家时，他已经悄然离去了！

小徐——多年里我一直这样称呼他，后来他开玩笑说小徐已经老了，他在工作圈里早就被称作徐老了，虽然他比我还年轻好几岁，于是我们也都开始称他徐老。他竟这样因为"不舒服"就驾鹤西去了，在56岁的黄金年龄里。

他不知道，追悼会第二天武汉开始封城，整个世界进入了一个艰巨的时期。也许再晚一天，防疫措施严格了，他的追悼会都无法开了。一切都进行得这样匆匆，匆匆之间他留给世界最后的只言片语只有给单位的那个请假电话。

那之后我翻看着之前几年中我发的微信朋友圈里他时不时留下的玩笑，还有大家的互怼，一切都是那么欢乐开心，有时干脆就是"损友"的恶作剧式玩笑，但明显最近一年这样的留言越来越少了，只有偶尔发的一个表情。本来前年我去上海开会前都跟他约好见面的，结果他突然发短信说江苏一个老伯伯去世他要去奔丧，我们就没有见成，否则那应该是我们最后一次见面。人生真是无常，阴阳之隔往往就在一瞬间。

可他还那么年轻，还有很长的路要走，还有很多想做的事没做，至少我偶尔听他说过他要以终生供职的《文汇报》为切入点写一部史书。他还有外国文学方面的随笔写作计划。仅我知道的，他都没来得及完成。但从他偶尔发出的几篇片段，已经能感到那些作品的分量了。他留给世界的最后一条简短履历发在漓江出版社的《春潮漫卷书香永：开放声中书人书事书信选》里，是刘硕良老师让我向他要的，是书里他的一封书信附注的作者简介。他发给了我，我建议他写长点，他说毫无必要，这就够了。"徐坚忠，1960年代生人。1985年毕业于上海大学文学院文汇报新闻班。《文汇报》记者、编辑,《文汇读书周报》副主编。"

这个时候脑子里都是回忆,恍若昨天——1986年秋天的厦门大学,他来美国文学年会采访。一个黑皮肤、瘦小精干的上海人,穿着规矩的白衬衫,似乎不善言谈,也不活跃,估计是刚参加工作不久的原因。会后我时不时把我们出版社的新书寄几本给他,偶尔附上一篇豆腐块书讯发一下。一直到两年之后我们又在桂林相见,那是漓江出版社组织的一次青年翻译家组稿会。仅仅两年,他变得十分开朗健谈,见面后我们"二见"如故,会下活动中聊得火热,并且像老朋友一样开起玩笑甚至"互损"起来,这种变化之快出乎意料。就在那次会上他对与会的傅惟慈先生产生了浓厚的兴趣,认定这个"老傅"很有人生故事,并认定以我与傅老师的熟络程度,一定能写出一篇出彩的傅老特写。

我就领了这个任务,很快就写出了有生以来第一篇人物特写,据说效果很好,从此徐坚忠与我之间就有了口头约定,"你就看着给我们写吧"。我可以自由地以《周报》的名义专访著名的翻译家,在《周报》的头版人物专访栏目发表。甚至出差到北京之外,我也会自觉地采访当地的翻译家。我无形中成了《周报》的一名编外记者了。当这样的记者我很心甘情愿,还很主动,后来我的采访录出书时,我坦诚这是我研究生毕业后上的一个最有价值的名牌大学,等于我在领受一场场学术专场的授业,而且是中国最负盛名的名师给我单独授课,这样的机遇不会再有了。

当时徐坚忠与他的两个同班同学在褚钰泉老师的带领下把《周报》办得风生水起，我和他们都成了好朋友，除了人物专访，我也会写书评和文化短论，我的稿子基本都得到了他们的采用，有时会在头版和二版同时出现我的稿子（我开始使用笔名了）。《周报》让我在图书编辑之外练成了一个报纸专题记者和随笔作家，这是我从来没有想到的，而且还是那么年轻的时候，有成就感，也结交了那么好的几个上海朋友，实在是人生的幸事。因为有了他们的帮助，我那时就萌生了以后写多了就出版人物专访集和随笔集的想法，这个理想因为他们而萌发得很早，在我不该想的时候萌发了，是他们催生的。有人打趣说我是《周报》的"御用"记者，其实那是因为我的写作与《周报》的风格十分契合。记得小徐收到我的某篇稿件后回复说他也正想谈谈这个话题；有时我们说到某个文化现象，观点出奇一致，小徐会说那你就写一篇吧。可能这也算"御用"吧。有时长稿件我会写前先报一下，思路一致就行，如"法兰克福书展观察记"，整版的对世界知识产权组织总干事鲍格胥的访谈——中国于1992年正式加入《伯尔尼公约》，第二年鲍格胥来北京开会，我是唯一单独采访他的央视记者，在央视国际播出了专题片，那时人们对《伯尔尼公约》的认识还比较有限，央视只在新闻里做了简短的会议报道。而我因为是从图书编辑转行当电视记者的，早早就做了准备，通过国家版权局约好了采访，然后再写成长篇专题发在《周报》上，小徐认为这很重要，慷慨地辟出一个版面来。如果说御用，我记得采访英若诚那篇是徐坚忠要求的，因为英若诚出版了自己的译文集，这是新鲜事，采访著名翻译家正好属于我的专长。

再后来，每次《周报》进了新的大学生，徐坚忠都会在派他们出差来北京时把他们介绍给我，这些年轻的才俊都是那么才华横溢，朝气蓬勃，我们都一见如故，成了朋友。其中一位后来去了一家大的出版公司，还把我的劳伦斯译文介绍过去，我因此得以在著名的上海文艺出版社出版自己的作品，号称"打进上海滩了"。《劳伦斯论美国名著》首次出版是在上海三联书店，出版人也是徐坚忠介绍的朋友。本来我对上海文化界是完全陌生的，就因为有了徐坚忠和他的领导、同事、朋友，我的作品慢慢"打进"上海了。这些我都永志难忘。

一晃30多年下来，我们就这样很少见面，平时主要通过微博和微信交流，且是胡开心的那种"损友"式的交流，笑过就忘，自然地从编辑与作者到好友再发展到微信"损友"的关系，无论线上线下的互动总是开心快乐的，虽然各自有各自的烦恼和近乎残酷的人生际遇，但我们的交往从来都是少年朋友般美好，似乎就没有长大，似乎是小学就开始的同学关系。所以他走后不久我梦到他，背景竟然是我少年时期的故乡中学宿舍家里（那时我家就在中学宿舍里），和我的中小学同学与逝去的家人一起快乐地相聚。为此我写过一首诗，题目是《与逝去的亲朋欢聚》，写到徐坚忠时场景是这样的：

那天在故乡中学宿舍家里

进来了上海的小徐

刚刚莫名死去

说我没死刚活了过来

看看你因为从来没有来过你的故乡

我们还是弱冠的朋友那样

穿着八十年代的朴素衣裳

嘻嘻哈哈畅谈东西南北互黑互损

他有点正经地说给你带了点心

我说你没事儿吧干吗干吗

他非说要谢谢我

在他死后发表了文章夸他

觉得就是真夸因为他都死了我还夸他

年轻的母亲过来说你朋友来啦

我还有事忙着

就匆匆去办公室了她总是比谁都忙

……

就是这种惯性让我做了这样的梦，梦中我和逝去的人们在
故乡的家里欢聚，后来我想起来，徐坚忠曾问过我保定是个什
么样的地方，他从来没有去过河北，尽管坐火车来北京总路过
很长的河北路段。或许是因为这个，我跟他梦里相见就在我的
故乡，我们还是像中学生一样嘻嘻哈哈。他去世后我竟然与他

快乐地相聚，似乎有悖常理，可我就是无法不做那样的梦，因为事实上是比我年轻的他作为报纸编辑和主编一直在帮助我，挖掘我的潜能。他曾想在他的报纸上给我开个专栏叫《马鸣萧萧》，写过两次，但我感到受之有愧，就说还是给《三味书屋》之类的版面时常写点随笔为好，别给我个人设置一个专栏，因为《周报》毕竟是《文汇报》的子报，《马鸣萧萧》有点过于扎眼了。这也说明了他办报的天真心态。后来他终于正式交给我一个任务，让我发挥我的英文专长，把"文汇读书周报"的拼音字头 whdszb 扩写成一句完整的英文，还要与书和文化沾上边。这是我义不容辞的。我就在纸上东涂西画，终于拼凑出一句与《周报》格调相符还与其报名拼音字头一致的英文来：We Have the Divine Scholarly Zest Blessed（保佑神圣的学术热情）。后来的《周报》微信公众号上就出现了这句我编写的英文，我为此感到荣幸，作为一介书生，我也只能做点这样的事了。

那天我在凌乱的书桌上翻译时，伸手去拿一本英汉大词典，我突然意识到那是徐坚忠来北京时拎来送给我的，他说他家里有人参与词典编纂，有几套，就分给我一套。想来这套词典在我书桌上陪伴我也小 30 年了，以后还会一直放在我书桌上。他给我词典的场景还历历在目，我就记录在一首诗里：

**最好的礼物**

网络词典终归是靠不住，当

多义词过于层次繁复

于是伸手去摸大词典，猛然

指尖一阵痛楚，那是一个人

留在词典上永久的温度

北三环某个过街天桥，下面车流汹涌

震动着桥面和我们微颤的脚步

走下阶梯，他扔给我个塑料袋，沉乎乎

是新的英汉大词典，"太专业，你用吧"

这二十多年就在手边离不开又可有可无

每月总会翻上几回，早忘了它的来路，直到

此时此刻触到，像久别的握手

不辞而别三个月，就在新冠袭来的时候

他不是死于新冠而是死于未知

上午打电话告诉同事不舒服

晚上就在家西去没有留下任何痕迹，上路

竟然可以这样干净迅速，这样孤独

那个电话就是最后的雁鸣，飞渡

彼岸，三个月应该到了，知否

这套词典会一直在我桌上

永远是一份最好的礼物


　　我相信他最后那几年里应该是遭遇了很多人间磨难，但像往常一样，他在与我的交流中是不会流露丝毫的。后来只听他说就当当责编，管捉捉错别字，自由的时间里要写他想写的史书。估计工作之外他给自己增加了很大的压力，就是不知道没有发表出来的那些都写了什么。我们能给他的安慰也就是微信上嘻嘻哈哈而已，有时他会自己包一篦帘优美的馄饨晒出来，被我说成是"阅兵方队馄饨"，因为他的馄饨包得薄皮大馅，排列得整整齐齐，一丝不苟，就像整齐的阅兵方队。很多上海男人都有这样的厨艺，他除了严谨细致地工作，对生活质量的要求也是很高的，还能亲力亲为，尽善尽美，颇有情调。但唯一可惜的是，听说他从来不参加单位组织的体检，只相信自己的主观感觉，认为自己没有大病。可能这是他潜伏的病情暴发让他猝不及防、遽然西去的主要原因。我一直说羡慕他会吃、会做美食，能吃还不锻炼，可就是吃不胖，此乃最大福气。现在想来，其实这可能是隐秘的病患在起作用，他自己都毫无意识。听说这事之后，大家都难以相信，那样一个对工作和生活都细致入微的上海文人，怎么就在体检这件事上如此轻视甚至固执呢？不该，不该！

关于这样一个多年扶助过我的文学事业的人，我的回忆里都是他的美好，所以即使梦中相见，也还如同他在世时充满了快乐，说明我们的友谊是多么单纯，这样的友谊确实不多见。我希望我以后再与他梦中相见，我们还是那样无忧无虑的快乐少年，希望他在彼岸不再有烦恼，不再遭遇那样多的不公。

# 刘凯芳与他那代精英

"《午夜之子》译者午夜凋零"的新闻让人们知道了刘凯芳与一本小说奇特的命运故事。这样一本英国小说名著的中译本被雪藏了 13 年，这种雪藏对译者本人简直如酷刑折磨，这位厦门大学的英文教授为这书的出版从 60 岁一直煎熬到古稀之后，待书终于出版了却撒手人寰，对一个文学翻译者来说命运还要怎样残酷！

唏嘘之余，我发现这位本该是长辈的教授竟然属于我经常开玩笑称之为"师兄"的那一批学术精英，令人回忆起那个传奇年代里的一代天之骄子。原来刘凯芳也是"文革"结束后第一批大龄研究生之一，这批人在外国文学研究和翻译界以杨武能、张隆溪、赵毅衡和盛宁等为代表。他们中年长的如杨武能生于 30 年代末，年轻的则生于 50 年代初。命运好的在"文革"前就大学毕业了，恢复高考后拖家带口在不惑之年远赴外地读研。命运不好的则是因为大学停止招生 10 年，在艰苦环境中靠勤奋自学，到 1977 年恢复高考已经超龄，干脆在 1978 年奋力一搏考研究生，这里命运最为多难的应该是刘凯芳这样的，50 年代末就因为家庭出身"不好"而被剥夺了考大学的资格，完全在社会底层挣扎但仍勤奋自学，苦熬 20 年后终获良机以高中学历一举金榜题名成了"进士"。法国文学专家吴岳添就回忆说，当时自己带着木箱子进京读研本以为是最寒酸的了，结果出了北京站发现广场上无数个背着草席和化肥袋子装行李的人都是来报到的社科院"黄埔一期"研究生。一次划时代的研究生招考为这些蹉跎多年、绝望中的寒门子弟铺就了通天路，彻底改变了命运，这些人后来都成了学术界的栋梁。但直到现在我才知道，厦门大学里的刘凯芳也是同一批人。

那年我刚进入故乡的大学念英文，这样惊天动地的大事似乎没引起我的注意，我只想毕业后能留在故乡工作，不要被分配到县城去教书就好。却在某一天发现楼梯口朝阳的那间教室里坐着一女二男共三个中年人，有老教授给他们上课，他们是本校第一批研究生。三个人占一个朝阳的大教室，吃教工食堂，而且说他们一毕业就叫硕士，就留本系当老师了。似乎就是这些晃动的身影触动了我，也就开始蠢蠢欲动，一边应付考试一边开始了解考研的路数，然后大言不惭地声称自己也要读研究生，走学术道路。

在那批研究生毕业的时候我也考上了研究生，对那些本来是老师级的前辈也就经常"失敬",开玩笑叫人家师兄,动辄对他们比我小10来岁的儿女说我跟你爸是同学。但在内心我深深地感激他们,就是他们那晃动在校园里的别致的身影改变了我的心性和懵懂心态,也知道虽然比他们仅仅晚了三年毕业,但差距超过10年。不过,称他们为师兄是很开心的事。

时光就在玩笑和故事中飞逝,那些离我最近的楷模"师兄"都到了古稀甚至耄耋之年,他们都有自己独特的人生道路和精彩的人生故事,很多人还在这个领域里领跑,我们唯一要做的是继续喘着跟跑。

# 回望力量

　　一位翻译界朋友来信，说他在山东大学求学时的导师王誉公先生过世十周年了，同学们要为导师出个纪念专集，问我能不能回忆一下与王老的交往。这封朴素的来信很令我感动，对遥远的 20 世纪 80 年代的记忆突然变得清晰如昨日一般，有感激，也有感伤。

　　那时我是个刚毕业不久的图书编辑，按照出版社计划向山大美国文学研究所约一部给青年读者用的《美国文学史话》。王誉公老师回信说所长陆凡先生责成他负责通联工作。王老师来信的口吻非常随和，干脆利落，恍惚中让我感到是一位 30 多岁的青年教师。我们不仅没面晤，连电话都没通过。偶尔他也会抱歉地表示老先生们对这类没有太高学术价值的通俗读物热情不高，他作为晚辈也不好催促，进度很慢，让我跟领导解释，口气就像个老大哥那样。后来很快就赶上 80

年代后期第一次出现的图书大萧条，吃惯"大锅饭"的出版社十分惊慌，一本书起印数几千册就觉得惶惶不可终日，因为那之前随便一本书都能印几万册。像《美国文学史话》这样的普及型文学读物根本就不被市场看好，领导就对我说，山大也不积极，就别催他们了，不交稿子最好，真交了稿子，无法出版还得付退稿费，大家都尴尬。就这样，我不催，王老师也为难催不动，中国青年出版社与山大美国文学研究所的第一次合作无疾而终了。

但我没有想到的是，王老师对我个人的翻译很看重，不仅接受了我翻译的一篇美国作家薇拉·凯瑟的小说在他们的《美国文学》杂志上发表，还推荐我为他作为编委成员之一的一套《外国著名文学家评传》写了劳伦斯评传，那套书的作者大多是当时国内的外国文学研究大家，仅仅因为我具备专门研究劳伦斯的资质，他就没有论资排辈，让我参与了写作，那应该是我最早的一篇较长的劳伦斯评传。直到现在我才得知，王先生那时已经年近半百，是恢复高考后1978年的第一批精英研究生。但他的来信总是平易近人，没有架子，让我误以为他是个年轻老师。

那批精英研究生大多是不惑之年考上的，很多人拖儿带女重做学生，十分辛苦，但他们日后都成了外国文学研究界的栋梁。想到这批人，我似乎就回到了1978年的校园，刚上大二的我们突然发现进来了一些大龄的研究生，他们的身影成了校园里十分抢眼的风景。这之前仅仅听过"研究生"这个名词，因为凤毛麟角，所以感到高不可攀。而我们身边这些研究生大多也是平民子弟，有的来自边远的农村中学和厂矿子弟中学，有的甚至因为"文革"被耽误多年，参加高考超龄了，干脆横下心直接考上了研究生。这在我看来简直接近神话。"我也可以吧"的想法竟然就在那个时候萌生了。考上研，就可以上另一所大学，去另一个城市，还可以自由选择工作。当年的流行语是"榜样的力量是无穷的"，1978 年从天而降的那些研究生身姿就是我无穷的力量。

但我没有想到，这批精英中有好几个后来真给了我力量，如王誉公先生，这样扶助了我，却是以君子之交淡如水的方式。我后来又把翻译的劳伦斯《美国经典文学研究》一书书稿交给他们的《美国文学》杂志，由同所的郭继德先生负责编辑发表，发表一半后因为办刊经费问题这个杂志停刊了。我翻译的这些随笔后来在漓江出版社结集出版了，是国内最早出版的劳伦斯论美国文学的作品译文。我希望这本书对国内的美国文学研究可以起到某种他山之石的作用。

回忆 30 年前的美好往事，那是我前进的力量，可惜给我力量的王誉公先生与我缘悭一面，很早就病逝了，而我现在才有机会知道他的精英出身。其实那批精英早在我接触到他们 10 年前的 1978 年就给了迷惘中青葱的我力量。

# 劳伦斯与福斯特

读《福斯特散文选》，其中一篇谈论英国人的性格并拿法国人做对比，行文波澜老成，机智隽永。这种简洁隽永的英文是"全知全能的大一生"不屑一顾的，但会令"全然无知的大四生"望而生畏。英文写到这等令人可望而不可即的境界，需要纯净的心态和睿智的修炼。

欣赏之余，不由得产生某种"专业"联想，自然想到他与我所研究的劳伦斯的关系。虽然劳伦斯不是我专攻的"术业"，但毕竟是我唯一翻译的作家，所以看到有关他的同时代文人的雪泥鸿爪，都会想起劳伦斯来。这两人同被誉为20世纪前半叶最具独创性的小说家。他们过从并非密切，但缘分不浅，款曲相通，是罕见的灵犀莫逆。但他们之间的金兰交谊也颇为令人扼腕。

他们在英国文坛上相互比肩又相互仰慕，这在文人相轻的作家圈中本属难得，而他们偏偏还会打破文人的矜持而将钦敬之情溢于言表，这就更是难能可贵。福斯特嘉许劳伦斯为"在世作家中唯一有狂热诗人气质者，谁骂他谁是无事生非"；劳伦斯则夸奖福斯特"或许是英国侪辈作家中佼佼者"。劳伦斯逝世后，嫉恨者大失英人绅士风度，恶语鞭尸者有之，痛泄私愤者有之，何其快哉！平日里大气磅礴的《泰晤士报》仅吝啬地发了两行简略的文字报道其死讯。倒是久与劳伦斯分道扬镳的福斯特，站出来公然赞美劳伦斯为"侪辈最富想象力的小说家"。

这两位大家曾彼此一见倾心，但止于龃龉，绝非因为福斯特出身剑桥曲高和寡而劳伦斯脱颖于"煤黑子"难以附庸风雅。在理性绅士的福斯特这边，恰恰是出于感性原因；在感性狂放的劳伦斯这边则是出于理性的原因。匪夷所思，而细思量又觉得在情理之中。

两人是在"布鲁姆斯伯里"文人圈子的女主人莫雷尔夫人家的晚宴上相识的。福斯特年长劳伦斯 6 岁，在劳伦斯刚刚出道时，福斯特早已闻名遐迩。但福斯特在对劳伦斯毫不认识的情况下就对其长篇处女作《白孔雀》评价甚高。已近壮年的大作家福斯特与刚刚出版了《儿子与情人》、声誉正隆的而立晚辈劳伦斯相见，一个是温文尔雅的绅士文豪，一个是桀骜不驯的矿乡才子，若非是莫雷尔夫人这位文学的施主苦心安排，他们或许永远也不会面晤。

他们之间巨大的阶级鸿沟因相互倾慕彼此才情而立时冰消瓦解。福斯特是个温和的费边主义者，一直倡导他的阶级融合信念，表现在文学上，此时正以名著《霍华德别业》中的警句——"Only Connect"（唯有融合）而广为人知。莫雷尔夫人确信他会同情劳伦斯这位寒士天才，福斯特果然纡尊降贵，与劳伦斯相见甚欢。在这之前，劳伦斯一直身处社会主流与文学主流之外，理性上又背弃了劳动阶级的价值观，是名副其实的边缘人。但他从不妄自菲薄。即使接触到"布鲁姆斯伯里"文人圈子里这些英国文学艺术精英，他的态度也是不卑不亢，对福斯特和罗素这些名人也是如此，这种姿态是符合他的性格的。于是，他初见福斯特便无拘无束，甚至对这位兄长大发一通诛心之论，试图"挽救"福斯特于歧途，令福斯特避之不及。

彼时的"布鲁姆斯伯里"文人圈子中，"南风"颇盛。福斯特身体力行，当事者迷，并未意识到这种生活作风与文化人格对其文学创作和世界观形成了局限。面对这个圈子的各色人等，劳伦斯对自身的断袖取向有了清醒认识，为此痛不欲生。但他在道德上一直严于律己，理性上努力与这种风尚决裂并升华自己的力比多，创作上方才有所平衡，不至于在"小说的天平"上失之偏颇——劳伦斯的小说理论认为小说家在小说中流露出的"不能自持的、无意识的偏向"是小说的不道德之所在，而很多小说家往往因为把持不住自己的偏好而让作品流于偏颇。《儿子与情人》至少做到了"平衡"，才令世人刮目相看，也教文学泰斗们感到珠玉在侧。此刻他正潜心润色修订其心灵的史诗《虹》，这是他将自己苦心孤诣摸索出的小说理论付诸实践的一次伟大实验，为此正感到将凌绝顶览众山之小，事实证明这部小说是英国现代小说的一座高峰，可见他当初踌躇满志有其充足的理由。相比之下，福斯特就有年岁徒增之虞。尽管他以文思恬淡、寄意深远而显雍容，但与劳伦斯作品的生命张力相比，他的作品就相形见绌了。或许因为惺惺相惜，劳伦斯出言率直，劝福斯特扩展视野，"不要仅仅从《看得见风景的房间》向外张望"。他还抱怨伦敦文学圈子里的人鼠目寸光，只顾满足自己"immediate need"（眼前私欲），皮里阳秋暗示福斯特自顾贪欢、不求进取。私下里他则直言不讳：福斯特不可救药，因为"His life is so ridiculously inane"（他的生活如此空虚荒唐），如同行尸走肉。

或许福斯特堕入空想，把劳动者全然理想化，认为他们阳刚的体格中必包蕴美好高尚的灵魂，其阶级融合理想因此带有非理性的乌托邦色彩。而劳伦斯在这一点上却持十分理性的立场，认为福斯特纯属异想天开。这是因为劳伦斯深谙其生长于斯的阶级之劣根，指摘他们"视野狭窄，偏见重，缺少智慧，亦属猥狎"。对劳动阶级感情上的同情与理性的拒斥，令劳伦斯的作品达到了相对的"平衡"，更符合小说的"道德"。这估计是他自认为比福斯特这个中产阶级小说家高出一筹的地方。所以他凭着直觉就对福斯特出言不逊，还自以为是古道热肠。

福斯特的隐私与自尊为此大受伤害，但仍不失绅士气度，写信绵里藏针将似苦口良药的劳伦斯拒之千里。他认为这是劳伦斯缺少教养、无事生非，还把劳伦斯的过失归咎于他的德国女人弗里达。这一点上，福斯特与很多英国中产阶级人士观点相似，都认为弗里达让劳伦斯"去英国化"，失去了英国绅士的美德。

虽然在莫雷尔夫人的斡旋下两人的隔阂得以化解，劳伦斯一再表示自己有口无心并一再盛情邀请福斯特到家中做客，但福斯特还是心有余悸，对这个心直口快的管闲事者敬而远之。福斯特在给朋友的信中甚至不顾斯文，发指眦裂道："再让着他，我就不是人！"但他毕竟是性情中人，不念旧恶，后来不止一次称赞劳伦斯的文学造诣。劳伦斯也一直对福斯特深表钦敬，发自肺腑道："在我心中，您是最后一位英国人了。我则紧步您的后尘。"这等奇特的友情模式实属罕见。

以后的年月里，这两个"最后的英国人"竟在创作上殊途同归，均浪迹天涯，将自己的文学灵魂附丽于异域风情之上。福斯特缠绵埃及和印度，写了名著《印度之行》等；劳伦斯则如异乡孤魂，漂泊羁旅于南欧、锡兰（今斯里兰卡）、澳大利亚和美洲，每至一地，必有数种富有当地风情的著作出版，主要著作有《袋鼠》和《羽蛇》等。据说对他乡特别是欧洲以外的较为原始荒蛮地域的地之灵的膜拜与寄寓，是欧洲现代主义文学的一大特征，这些作家相信欧洲将进入末日，欲拯救之，其解药则来自某些较为原始的文明，由此很多欧洲文人均怀有深重的"原始主义旨趣情结"。这两个"最后的英国人"自然是更为典型的具有此类情结者。

最值得一提的是，与劳伦斯交往时的福斯特刚刚完成了他秘而不宣的"南风小说"《莫瑞斯》。他是早些时期拜访英国著名的社会改革家卡彭特时目睹了卡彭特及其龙阳君爱友的行为后受到启发才写出这部小说的，那个时候的福斯特还仅仅是在这方面有所萌动而已。福斯特坚持该小说在其身后发表，生前只给几位可信赖的朋友浏览过——中国人里只有萧乾有幸浏览过这部手稿，前几年该书由萧乾夫人文洁若翻译成中文出版。劳伦斯无缘享此殊荣，但日后劳伦斯的惊世骇俗之作《查泰莱夫人的情人》与《莫瑞斯》有惊人的相似：都是主人公与一位猎场看守私奔，区别是劳伦斯小说里是男女私奔，福斯特小说里是男男私奔。可以说在一定程度上两书是异曲同工的，但两相比较，劳伦斯的小说更有社会与现实感，其笔下的猎场看守梅勒斯扮演着对现代文明的批判角色，而《莫瑞斯》似乎更该归类为纯粹的言情小说，所以其在世界文坛上的影响是无法望劳伦斯之项背的。但从小说流露出的"真性情"角度看，无疑福斯特更为纯真，他没有赋予小说更多的功能，而仅仅是言自我之情，且是当时的社会所禁忌的爱情。这样看来，福斯特就更是性情中人，也更可爱些。也正是因为福斯特为人厚道，才对一再伤害他感情的劳伦斯无所怨恨，一再褒誉劳伦斯，甚至在 1960 年为他并不喜欢的《查泰莱夫人的情人》出庭作证，力挺此书昭雪解禁，这一切都说明福斯特是个仁慈宽厚的大文人。也正因此，疾恶如仇的劳伦斯在世时就很受感动，或许也自责。虽然不能与福斯特以现实的朋友身份交往，但他经常会写信问候，其感激与自责都在不言中了。

# 山水中，一个女人的童话王国

 

2018 年上映的真人动画电影《彼得兔》很是吸引观众，影片讲述了田园冒险大王彼得兔带领自己的伙伴，与麦格雷戈叔侄二人为争夺菜园主权和隔壁美丽女主人贝伊的喜爱而斗智斗勇，人兔大战，荒诞而令人捧腹。影片的成功绝非偶然，因为它有一个流芳百年的经典底本为基础，这个故事和绘画形象均来自英国女作家和画家比阿特里克斯·波特的系列绘本故事。那个系列有 30 多本，畅销全球。波特在当年的出版界开创了艺术与商业的奇迹，轰动效应可与今日的儿童文学大家罗琳媲美。而波特的艺术生命力竟然如此旺盛，其经典至今魅力不衰甚至在新媒体的时代大放异彩，她的身世和经历颇值得大书特书。

正襟危坐读英国文学史的人是不会知道波特的，从小没有接触过英国儿童文学的人也不会知道波特。所以我这个专业的劳伦斯学者那年去英国访问之前，对这位女作家几乎是闻所未闻，还是因为翻译过一本外国童话才模糊地记得有个叫什么"比阿特里克斯"的英国女画家，因为觉得这个名字发音很古怪，不像英国名字，仅此而已。那次从劳伦斯的故乡诺丁汉北上过兰开夏郡到著名的仙境英国湖区，本是去拜谒英国大诗人华兹华斯的故居的，脑海里满是他的《水仙辞》，想的是著名的"湖畔派诗人"华兹华斯、柯勒律治和骚塞的诗句和故事。

但很快我就被一个个不容忽视的现实场景所震撼，旅游景区的宣传品上除了印着《水仙辞》和湖畔风光，更多的是比阿特里克斯·波特的动物故事和她绘制的各种拟人化的小动物，她的童话画册有平面和立体的各种版本，根据她童话中绘制的各种小动物的图案制作的玩具、文化衫、瓷器、冰箱贴，遍布湖区大小商店和货摊，这里还建有她的纪念馆。她的笔下各种小动物和谐地生活在林间湖畔。走在湖区，满眼波特的小动物，丛林里时不时窜动着小松鼠、野兔、小猫和小狐狸；它们大摇大摆地穿越公路和人群，令人完全沉浸在真假难辨的小动物世界里。一句话，这里是比阿特里克斯的真实童话王国，游客们行走其间，上演的基本是一场真人与动物的动画电影。原来我误打误撞来到了这位著名女作家和画家的第二故乡，或者说是她真正生根于此的"心灵的故乡"，真是意外的收获。所以今天又有了这部电影，我一点不感到奇怪。她除了写和画兔子的故事，还有著名的老鼠杰瑞和汤姆猫等，我个人更喜欢汤姆猫，看它们身着各种花样的蕾丝裙和连衣裤，表情都是小大人模样就爱不释手，就买了汤姆猫图案的冰箱贴带回来，贴在冰箱上至今18年了，每次开冰箱看到这些猫心情都会很好。

我那次就住在温德米尔湖畔的小镇温德米尔，这里满街都是温馨的小旅店，让你分不清住家和旅店：石头墙，石板顶，明亮的小窗户，居室内布置得雅致大方而随意，如同自家的居室一样。本地的敞篷旅游车，翻山越岭绕湖而游，可随上随下，沿途的小镇子依山傍水而建，如精雕细琢的模型一般。一座座湖泊明镜一样倒映着小镇子和葱郁的山峦，云岚出岫，迷雾轻缭，扑面而来的林雾，令人神清气爽。山林里各种小动物出没。方圆几十里这样的山水，超凡脱俗，朗润空灵。若论何处更像天堂，当数这湖区了。

这样的地方吸引了波特定居并以此为基地和背景从事自己的艺术活动是再自然不过的了。她本出身于伦敦书香门第，父母双方的家庭背景十分显赫，但在妇女不被学堂接受的维多利亚时代，她也只能跟着家庭教师学习。对科学特别是真菌学感兴趣的她，完全是自学成才，养小动物，解剖动物做标本，绘制动物和植物图案，写研究论文。她本来可以成为一个动物学家和真菌学家的，但她师出无门，科学追求遭到学术界拒斥，转而利用自己的绘画专长绘制可爱美丽的小动物和山水画，制作节日贺卡赚钱。

这样的艺术创作得益于她每年度过暑假的苏格兰和湖区

的自然风光。她给自己的家庭教师生病的儿子写了很多信，都是用湖区的动物故事的方式，讲的就是四只兔子的故事。因而她童心大发，开始自编自绘动物故事画本，并自己印制了一本仿真样书，用来找出版社出版。故事迷人，绘画惟妙惟肖，但几经遭拒，最终得到一个出版商青睐，一经推出就出乎意料地大红大紫。有着科学和商业头脑的波特很快就懂得了知识产权理论，她将自己绘制的每个小动物形象和故事都申请了专利，应用到各种商品上，这些衍生的专利权获利甚至超过了绘本的版权获利，财富滚滚而来。她创造了那个年代女性创业致富的奇迹和文学艺术的奇迹。

可贵的是，波特没有挥霍金钱用于享受，而是用赚来的大量的钱财和她继承的一个姑姑的遗产购置湖区的房产和土地。她这个大龄"剩女"终于与自己的编辑产生了爱情并订婚，估计是要把湖区的房子当作度假房的。但未婚夫突然病逝，此后，她决定就居住在湖区并不断投资购置房产和土地，这是她的艺术灵感的源泉，必须保护好这片纯净的山水和生灵出没的圣地。

她不断购进农场并投身于农场的养殖和管理工作，其农场喂养了猪、羊、鸡，甚至培育了著名的赫德威克羊，她还担任了英国赫德威克羊协会的主席。她从养殖工作中又获得了很多的灵感，写出了更多可爱的动物故事。在从事农场管理工作中她与当地的一位律师产生了爱情并在40多岁时成家，从此彻底定居在湖区的农场。

她和丈夫在湖区农场度过了 30 多年美好的婚姻生活，在 77 岁时去世，没有孩子。她把大部分财产和土地捐给自然保护部门，丈夫死后又把余下的房产土地都捐了出来。所以在很大的程度上说，今天我们能看到美丽如初的湖区风光，这要归功于波特女士，归功于她的艺术创作和无私捐献。得益于这样的环境，我们来此地对"湖畔派"诗人们的诗歌才有更加感性的鉴赏。

# 她让我想起劳伦斯的画

2019 年 3 月，一位富有传奇色彩的英国女艺术家汉布林来到北京举办画展，一时间传为美谈。她的艺术人生与她狂放的外表令人惊艳和震撼。彼时她已经是一位 74 岁的老人了，但时间在她身上似乎是凝固了，她与艺术已经成为一体。"I'd like to die with a brush in my hand"（我愿手握画笔而死）——这位女画家、雕塑家玛吉·汉布林在接受记者采访时说出了自己的心愿。身为绘画艺术家，足见画笔真的成了她生命最重要的一部分了。

她是英国国家美术馆任命的首位驻馆艺术家，是少数几位同时在大英博物馆、英国国家美术馆、英国国家肖像馆等顶级艺术馆举办过个展的在世艺术家。这之前她还在俄罗斯圣彼得堡艾尔米塔什博物馆等地举办过展览。大英博物馆、耶鲁大学英国艺术中心、维多利亚与阿尔伯特博物馆、澳大利亚国家美术馆等世界级艺术机构均藏有她的作品。

年逾古稀还奔走于世界各地展出自己的作品，还在海边的村舍里听涛作画、创作雕塑作品，宝刀不老，老而弥坚，享誉全球的她说出这样的话，似乎已经不能用"豪言壮语"来形容了，因为她不是在发表宣言，而是在用行动表达自己。她是个纯粹的艺术家。她让我想起她的英国前辈，身兼画家与作家之职的 D.H. 劳伦斯。劳伦斯濒死之时，写不动大作品了，但仍一手著散文、作诗，一手执画笔作画，走前最后几天还在写，可谓杜鹃啼血到终了。由此我想到应该有一本书，讲述一些艺术家临终前仍然在笔耕和创作艺术品的故事，不是为了世俗的"励志"，而是告诉人们艺术之花可以绽放到人的最后一息，他们如春蚕吐丝，至死方尽，不是为了给别人励志，而是自己生命本真的喷涌。

汉布林这位满头银发的艺术母狮正是这样献身艺术的。她似乎也忙于各种展览、接受采访、进行演讲，但她说那些活动不过是身外事，是 show business（演艺），也可以说是无法脱俗时的必要公关，因为艺术还是要给更多的人带来享受，艺术家不得不浮出水面。多数艺术家浮出水面后就难以再沉下去回归自我，而她可以游刃有余地完成这样的切换，实属难得，她永远与自己的艺术之根相依为命，真正感到自在、感到物我一体的时候是在她的萨福克海边家中作画之时："只有画室里的时光是真正的时光，其他时间不过是装模作样。"汉布林如今依然保持每天起床后画一幅素描的习惯，她说这样做是为了激活自己体内所有与艺术创作有关的细胞。在她看来，艺术创作要比现实生活更为真实，也更加重要。这与劳伦斯所说的"Art is real, life is unreal"（艺术是真实的，生活则为虚幻）如出一辙。

看到照片上的汉布林，那头蓬松的银白鬈发和线条明朗的面部与表情，令人立即想起奔放、汹涌、咆哮这类与海浪相关的词，是一种惊骇的美的活生生呈现。她不是天人，这样的外表却又与她的绘画作品呈现形式形成了天衣无缝的内在一致关系。如果她凝固在那里，她就是一尊静止的海浪雕塑。这是令人一唱三叹的存在。是她师法自然，抑或她是自然的神赐？

汉布林的画展名为"美即惊骇之始"，取自奥地利伟大诗人里尔克的《杜伊诺哀歌》。汉布林的"水之墙"系列的绘画表现出惊涛骇浪冲击堤岸的穿透力，令人体验到自然力量的雄浑之美的同时又感到撼人心旌的惊骇，而她绘出的一幅幅肖像画也令人感到海浪般的波动，她甚至用海浪给自己描绘自画像，无穷的海浪、奔放的色彩构成的人脸，喷薄绽放，又看似无数渊薮在向宇宙深处交错旋转，这样的人脸真是美得令人惊骇。正如约翰·伯格对她的肖像画所评论的那样："世界上没有任何东西的颤动比人脸更复杂——颤动宛如波浪涌过一生的海洋，描绘的人成为观察者，站在水的边缘……"伯格还指出，汉布林的素描堪比伦勃朗。

汉布林的肖像画画的都是她深爱的对象：父母、情人、老师，亦包括自己。她说，"爱是所有艺术创作的基础"，她在用海浪的意象绘制一幅幅人的面孔，依此来表达她对他们的各种爱，有激情的，有混乱的，有温柔的，也有脆弱的。汉布林的画如同所有后期印象主义画派和表现主义的绘画一样，并非是对所绘对象的写实，而是她在绘制时自己内心的真实与对象之间一种流动的关系的瞬间意象，这种关系有时是与血肉之躯之间的，还有的是对象死后她与他们的灵魂进行交流时形成的。只是她比塞尚等前辈走得更远，她拥有了用海浪来表达人脸肖像的特殊标志。或许这与她长期居住在海边有关，她的内心与近在咫尺的大海已经形成了一种张力，海涛自然成了她艺术表达的介质。汉布林表达这种流动关系的方式很特殊，她要先用炭笔在纸上画一幅素描，刻画出面部的基本构图和印象，然后操起画笔浓墨重彩地挥洒一番，完成这种关系的表达。

正是出自这种对主客关系的呈现，她对照相写实主义表示反感，会大喊："我讨厌照相写实主义，它存在的意义是什么？浪费时间！无聊！死亡！"据说她是咆哮着结束这段话的，咆哮的样子"像极了一只正在狂吠的法斗"。这种极端的艺术观念恰恰是她与照相写实主义的分野。

据说她"绘制肖像是作为艺术家的她生发出来的对于痛苦、死亡和恐惧的抵御机制，是一种疗愈"。她对所爱之人的死感到恐惧，我们会变老，终将死亡，亲人、爱人来了又走了，似乎只有艺术能将他们留住，但留住他们的不是照相写实主义的绘画，而是作为爱他们的画家——她内心的有关他们的印象，当然是她对他们感触至深、刻骨铭心的那种印象，这种印象不是照片所能替代的，只有她的画笔才能呈现。

有评论家用近乎精神分析的方式来解读汉布林的作品，说在她年幼时候，父亲经常让她感到恐惧，因为她知道父亲会死。于是她在父亲死时和死后还在画父亲。她似乎是在尝试将这种恐惧转化为艺术之美，以此来对抗死亡。接受记者采访时她坦言："我想绘画是我处理恐惧的一种方式。艺术家是幸运的，你爱的人去世了，他们在你内心永存。我认为我是幸运的，因为我能够持续地画那些已逝之人，从记忆中，从想象里，这是一种让他们活着的方式。"所以，她的人物肖像注定不会是写实主义的，而是印象主义和表现主义的。劳伦斯在《作画》一文中这样说过："画一定要全部出自艺术家的内里，出自那里对形式和形状的感知。我们尽可以称之为记忆，可不仅是'记忆'二字能道清。那是意象，就如同活在意识中一般，活生生如同幻觉，但未知。我相信，很多人的意识中都有一些活生生的意象，将之付诸表现能带给他们最大的快乐。但他们不知道怎么做。"而汉布林不仅知道怎么做，还借以海浪的特殊媒介，来表达自己的内里的幻觉意象，她成功了。

汉布林对此这样表达自己："我从不考虑风格，那是让别人来评说的。我所在乎的是颜料的肉体性，你要知道，颜料是非常性感的东西。它是鲜活的，所以我活着，这幅画还活着。我总是站着绘画——也许我会坐下来素描，但是我总是站着绘画。它充满了动感，就像跳舞一样。也正是绘画的这种物理性、肉感，让它与平面的摄影如此不同。这种生命力是我工作的重要组成部分。"劳伦斯对于形式也有过类似的表达，说："画就全然出自本能、直觉和纯粹的肉体动作。一旦本能和直觉进到了刷子尖里，那画就形成了，如果那能成为一幅画的话。"伟大的艺术家是有共同之处的，有时隔着时空，却连表达的句子都相仿。

同样，大作家奥斯卡·王尔德也说过："When the critics are divided, the artist is at one with himself."（当批评者分裂时，艺术家还是他自己。）他们不在乎批评家不同的说法，只坚持内心的自我表达，别人对于形式的指摘都是外在的，只有艺术家才始终遵从自己的内心，他们的"形式"一定是自我内心的外化。汉布林作为一个当代的艺术家，其实践再一次证明了这一点。于是我们才有福气看到以海浪为媒介的反照相写实主义的奔腾咆哮的汉布林绘画。

而作为雕塑家，汉布林有两尊巨型雕塑最为著名，这两个作品也是出自这种内心的幻想，表达自我与客体之间的关系。一个是《与奥斯卡·王尔德的对话》，摆放在伦敦查令十字车站对面，其实是一张长凳，观众可以坐在上面，与一端的王尔德"交谈"；另一座则是在她的家乡萨福克海滩上竖起的一扇金色的扇贝，是向20世纪颇受争议的著名作曲家和演奏家本杰明·布里顿致敬之作。这两座雕塑都遭到不少人的反对，还有人威胁要把它们摧毁。它们让我想起诺丁汉大学里的与真人同高的劳伦斯铜像，劳伦斯赤脚，手捧一朵蓝色龙胆花，那也是大写意的劳伦斯，表达的是作者心目中的劳伦斯而非依据照片完全模仿的作品。正如劳伦斯在一首歌颂米开朗琪罗塑像的雕塑师的诗歌中所说，那是雕塑师"握了一把光"赋予了米开朗琪罗以眼神。所有的画家都应该手里握了这样的光才能创作出自己心中的对象吧。

# 一部被电影"拯救"的小说

2018 年 7 月，受文学爱好者关注的一个大事件是长篇小说《英国病人》在著名的小说大奖"曼布克奖"50 周年最佳小说公开投票中胜出，获得"金布克奖"。将过去半个世纪的全部获奖小说重新审读，五个评委各负责一个十年中的获奖作品，然后选出五部作品角逐最终的唯一的金布克奖，这样的举动近乎天方夜谭，甚至疯狂，这是只有文学界才能想象出来并付诸实践的事。最终在强手如林的竞争中，金布克奖得主是于斯里兰卡出生的加拿大作家翁达杰，他 1992 年的获奖小说《英国病人》在公开投票中击败了诺贝尔文学奖得主 V.S. 奈保尔的《自由国度》，成为半个世纪以来布克小说奖作品中的最佳。

不得不说的是，前些年台湾地区版本是把这个"English Patient"的书名翻译为《英伦情人》的，现在的新版本叫《英国病人》。其实根据小说的情境，应该翻译成《英国伤员》才对。因为小说的中心人物是一个参与了军事行动并在驾驶飞机的过程中被德军击落、浑身大面积烧伤形同鬼魅的人，并非普通意义上的"病人"。

看到翁达杰获奖的这个消息，我首先想到的是我前些年在英国看到的根据这个小说改编的同名电影，大漠黄沙，蓝天白云，阿拉伯的异域风光情调与趾高气扬的英国殖民者，那些令人震撼的史诗般的画面堪与大片《阿拉伯的劳伦斯》媲美。而残酷的战争背景，血肉横飞的血腥场景，又让我想到劳伦斯的诗歌《新天地》：

> 被杀戮的青年和成人，一堆堆
>
> 一堆堆，一堆堆，可怕的恶臭尸堆
>
> 直到堆成山，直到或许化作乌有；
>
> 成千上万破碎恶臭的死人
>
> 那是青年，成人和我
>
> 泼上油烧毁，化作腐臭的浓烟，滚滚

与这残暴的战争画面交织的竟然是一个美丽的爱情故事。第二次世界大战中，从北非撤出来的一个因严重烧伤而失去记忆的"英国病人"艾尔麦西，在一个富有爱心的加拿大籍护士的细心照料下，在意大利托斯卡纳荒废的别墅里渐渐恢复记忆，断断续续回忆起他在非洲与情人凯瑟琳经历的一场爱情悲剧，凄美动人、哀感顽艳。翁达杰谈到这个故事时说：
"我写小说就像进行考古发现，抽丝剥茧地呈现故事的过去，
再让它回到现在。"小说男主人公碎片似的回忆在电影镜头下
逐渐还原故事的真相，可谓情深似海，轰轰烈烈，最终以女
主人公惨死，男主人公几乎被烧焦的悲剧结束。是这个普通
的女护士每天给他清洗伤口，打针换药，才让他维持了生命，
并把一段凄美的爱情故事留给了后人。同在别墅里居住的还
有"一路寻仇"的卡拉瓦乔，他终于找到了他怀疑当了德国
间谍的艾尔麦西，也不断地想从"英国病人"的回忆中发现
故事的真相，从另一个侧面加强了这个爱情故事的叙述：原
来他不是德国间谍，仅仅是为了救自己在山洞里濒临死亡的
情人，用手中的地图换取了德国人的帮助，让他回到了山洞。
而美丽的护士汉娜，因为在战争中失去了亲人而对这个英国
病人倾注了无限的爱心，与此同时她超越了种族偏见爱上来
自印度的拆弹兵基普。病人回忆中的爱情故事与护士和拆弹
兵之间现实中的爱情故事交错上演，有评论家认为护士汉娜
事实上成了故事的中心人物，"而且作者以如此喜爱、关怀、
理解和复杂的方式塑造了她"。这与大部分曼布克奖获奖小说
均以男性为主形成了鲜明对比，是《英国病人》的独到之处。
这个故事更是让一流的男女影星们演绎得大气磅礴，淋漓尽
致，似乎爱情在炮火硝烟的死亡背景下更凸显其壮美，影片
获得多项奥斯卡奖是顺理成章的事。

　　有趣的是，当时英国各类报纸上只要谈到老少恋，就会

出现"toy boy"（小白脸男生）和"sugar daddy"（甜爹）这样的词，而《英国病人》里无比阳刚豪气的男主角扮演者范恩斯就被"隆重推出"，他是被冠以"toy boy"的代表人物。各类报纸有图有真相地讲述他与年长于他十几岁的一个女演员之间惊世骇俗的恋情，她是他弱冠之年排演莎士比亚话剧时的搭档，二人饰演母子，因戏生情，成为著名的"母子恋"。在各种活动中，范恩斯总是与浓妆艳抹的老女明星恋人手挽手出双入对，恩爱有加，这又令人联想起电影中那对恋人似乎也是存在一定的年龄差距，女方年纪稍大，是风情万种的上流社会知识女性，男方则是血气方刚的青年，这样的角色似乎范恩斯演得得心应手，很有本色出演的成分在其中。

一部如此成功的电影，又有各种花边新闻和魅力无穷的男女演员的衬托，是否会影响到公众对小说的投票？这自然是一个重要的因素吧。翁达杰发表获奖感言时就坦言或许电影对他的小说的胜出产生了重要影响，他甚至说电影中那些令人难忘的面孔已取代他头脑中具体幻想过的人物形象，如拉尔夫·范恩斯内敛孤僻却蕴含极大情感能量的脸，朱丽叶·比诺什感性多思、易受伤害的脸。同样成功的《少年 Pi 的奇幻漂流》和《辛德勒的名单》也都被改编成了影响力颇大的同名电影，但似乎战争加爱情题材的《英国病人》更容易打动观众，从而影响他们在小说评奖时的投票倾向。所以说，能够在 50 多部佳作中脱颖而出成为皇冠上的明珠是有多种非文学的因素在起作用的，50 多部佳作各有所长，没有哪一部具有绝对的优势，文无第一，这是历史的经验。《英国病人》以"综合实力"取胜，正说明了评奖因素的不确定性。

但无论如何，它是一部难得的文学作品，从媒体传播的角度说，一部小说获得了压倒多数的赞誉成为一个文学事件，"卖点"就突出，值得认真回顾研究一番。

待到离开了那部史诗般的电影回归小说文本，不得不说，我们会发现这是一部扑朔迷离、晦涩曲折的作品。如果没有这部电影，普通读者打开它能不能有耐心读下去并发现迷宫一样的叙述中惊心动魄的故事都是问题。可以说它是达达主义的拼贴小说，也可以说是多声部轰鸣的交响曲，现代和后现代小说的多种特质熔于一炉，作者的匠心独运、良苦用心背后，似乎在构筑一个看似无比松散实则疏而不漏的心灵的史诗结构。但也正如作者所说的那样："我猜想而且比任何人都清楚，或许《英国病人》仍令人困惑，带有节奏错误。"

令人困惑的是其奇崛冷僻与多变的叙述角度，这本质上是一个诗人型的小说家本身的特质造成的，他无法迎合线性阅读习惯的大众心理，纯作家内在世界的曲折展示方式不能为了线性的故事发展而改变自己内视的角度，他其实根本不是要叙述一个故事，他是在构筑自己的内心世界，故事仅仅是一个契机，一个偶然的素材而已。所以这等令普通读者产生的困惑就是不可避免的，要进入他的内心，是读者的事，而不是他要迎合读者。现实世界中的故事和骇人听闻的事件每天都在新闻里发生，小说的虚构功能甚至对此望尘莫及，小说家如果仅仅沦落为讲故事的说书人，他可以故弄玄虚一番，但他离不开线性的故事脉络。而一个特立独行的小说家要超越"故事"，要叙述自己的心灵世界，就不能让故事控制自己心灵的节奏，这是无可奈何的事。而所谓节奏的错误，那正是作家自己心灵的节奏与普通读者对线性节奏的追求之间产生的错位。作家要特立独行，就无法避免这样的"错误"。

但可贵的是，电影导演能够以惊人的洞察力从作家迷宫一样的叙述中敏锐地剥离一切反线性的障碍，准确地把控故事的发展节奏，从而最大限度地从中"拯救"出那个纯粹的故事，将它以视听觉的方式呈现给观众，在声色音画的世界中捕获了观众的眼球和脉动。

这就是一个电影如何以反小说的方式普及了一部小说的现实故事。因此力挺《英国病人》的小说家卡米拉·沙姆西说：小说本身是"让人心烦，但坚持让你一次又一次重新翻看、总是带来新的惊喜或喜悦的那类书"。还说："书中史诗感与亲密感无缝连接，语言精巧，结构复杂有趣，印度的拆弹专家、考古学家、旅行家、护士，等等，每一个角色的刻画都很饱满……书中每一页都饱蘸人文主义色彩，翁达杰的想象力在开罗、意大利、印度、英格兰和加拿大之间自由驰骋，没有疆界。很少有小说真正配得上'变革性的'这一称赞。但《英国病人》配得上。"

看来，电影留给人们的是故事的奇崛，而小说是需要读者去用心缓慢地发现风景和心灵的史诗。

# 曼布克奖：从布克到曼布克

由于 2018 年诺贝尔文学奖暂停评选，那最引人注目的就是曼布克奖了。这年的曼布克奖颁给了北爱尔兰 56 岁的女作家安娜·伯恩斯，获奖的是她的第三部长篇小说。在这个成熟的年纪里，以不多的作品积累量获得这个著名的文学奖，看似有点意外，但曼布克奖不是奖给一个作家的终身成就奖，而是每个年度的最佳小说奖，资历和作品积累量似乎都不是绝对重要的参考，重要的是作品的创新和独特性。这样的评奖标准给大量的资历不深的作家获奖提供了可能，而一旦获奖，5 万英镑的奖金之外，其作品销量会直线上升，有的销量会翻一百多倍，成为畅销书，作家本身在全球的知名度亦会大大提高，曼布克奖的很多获得者后来都获得了诺贝尔文学奖，足见曼布克奖的分量之重。

这部获奖小说的书名看似平淡无奇——《送奶工》，但这是这个小说大奖设立 40 年来第一位北爱尔兰作家获奖，作品定有过人之处。小说的时间背景是爱尔兰内战时期，被称为"麻烦期"（The Troubles），写了一个 18 岁女孩被一个准军事组织成员纠缠的故事。这部小说富有高度的实验性，最大的特点就是小说人物都没有名字，用的代称，如送奶工，二姐，大姐夫，等等。在内战的粗粝背景下，展现的是普通人之间发生的充满粗暴、性侵和反抗的故事，表现的是战乱中的城市里一个接近成年的女孩子可能遭遇的各种危险，这样的小说被认为是反乌托邦式的作品。

小说的人物从始至终都没有名字，这似乎是本作品的新鲜之处。是作家有意为之吗？伯恩斯这样说："人物有了名字反倒令小说写不下去了。人名让小说失去了力度，缺少了氛围，因此会令小说成为完全不同的另外一本书。开始时我试过了几次让人物有名字，可那样一来写不下去了。故事变得沉重，没有生气，并且拒绝发展下去，直到我删除了所有人的名字，才得以继续。有时是故事本身将这些名字从书里赶了出去。"这番话听起来貌似非理性，但很多小说家讲到自己作品的时候似乎都是这样众口一词，表示自己无法驾驭故事本身的发展。如劳伦斯谈到《查泰莱夫人的情人》的故事情节时就说过类似的话，他说他写起查泰莱夫妇的故事时"我根本说不清他们是怎么回事或为什么。他们就是那样产生的……故事是自己跑来的，我只能如此这般保留它。"

小说成功的另一大原因是其方言和口语的运用。评委们这样点评："这是一部朗朗上口的作品。阅读的愉悦来自其声音。我读了三遍，还想听其有声版。这是一部既适合阅读又适合聆听的书。"

令我感兴趣的还有这部作品的出版者竟然是规模不大但一直颇具特色的费伯-费伯出版社，该社出品曾六年获得布克奖，是获奖作品第二多的出版社。我清楚地记得，20 世纪 90 年代初，就是这家出版社一口气出版了叶君健先生描写中国土地革命的三部曲《寂静的群山》，叶老给我看的是三大本装帧精美的书。可见这家出版社是敢于标新立异的独立出版社，竟然独受布克奖青睐。

于是我们不得不对布克奖和曼布克奖的历史做一番回顾梳理，或许能更清晰地认识这项独特的国际文学大奖。

此奖肇始于 1968 年，英国的图书界人士立志设立一项能够与法国龚古尔文学奖、美国普利策奖相媲美的文学奖，每年奖励一部长篇小说。布克奖从 1969 年开始颁发，获奖人不限于英国籍作家，爱尔兰和英联邦国家作者都可以参评，如库切在获诺贝尔文学奖之前就曾两次获得布克奖，类似的获奖作家还有 V.S. 奈保尔、戈迪默和石黑一雄，都是后来的诺贝尔文学奖得主。2018 年来中国访问的英国"国民作家"伊恩·麦克尤恩，也曾在 1998 年以其《阿姆斯特丹》获奖。他坦承，自己对布克奖有着很复杂的感情：它很棒，拔擢了很多英语世界的小说，但它本身也有一种扭曲。整个颁奖仪式让人很遭罪。有一次他因入围了短名单参加晚宴，正好得了腮腺炎，感到不舒服就去了洗手间。在小便时，突然有人对他说："得奖的不是你。"他想，还好没像个傻瓜一样在那儿等着。

布克奖的命名来自其赞助商，一家食品供应公司布克，与诺贝尔奖一样，每年颁发一次，只颁予仍在世的人。2002年，曼集团成为布克奖的赞助商，布克奖的名称也因此变为曼布克奖。

2014年是曼布克奖历史上的一个转折点：从这一年开始，曼布克奖的奖励对象扩大了，包括美国作家在内的全世界任何用英语写作的作家都有机会参评，无关国籍，无关地理界限。改变规则至今（2018年），已经有两位美国作家获奖：保罗·比第（《出卖》）和乔治·桑德斯（《林肯在中阴界》）。其他两位获奖的作家是澳大利亚作家理查德·弗兰纳根（《深入北方的小路》）和牙买加作家马龙·詹姆斯（《七杀简史》）。2017年曼布克奖短名单中有3位美国作家，占据了短名单的二分之一。美国作家获得大量提名并获奖过半，引起了英国文学出版界的警惕。曾有30位出版界人士发表联合声明，希望曼布克奖放弃将美国作家列入评奖范围的决定。他们表示，评奖规则的改变，本来是为了将范围扩大，使其更加全球化，可结果却事与愿违，美国作家获奖机会更大，减少了其他国家作家的获奖机会，造成了获奖作品的"同质化"。

对此各界人士亦有相反的意见，如2017年诺贝尔文学奖得主石黑一雄（他是1989年布克奖得主）就说："世界已经改变，用这种调整评奖范围的方式再去划分文学世界显得很不合理。"2014 年曼布克奖评委阿拉斯特·尼尔也表示，英国的作家不应该害怕与美国作家竞争，他们应该敢于接受挑战。

倒是曼布克奖评奖委员会依然坚持评奖范围扩大化，称："从 2014 年开始，全世界任何用英语写作的作家都可以参加布克奖的评选，无关国籍，无关地理界限，只要他们用英语写作，并在英国出版过，就有机会参加评选。这个规则的设定不是针对美国作家的，而是针对全世界的。"还说四年的数据并不足以说明问题，评委的使命是发现每年用英文写作的最佳小说，不应该限制作家的国籍。

这个奖项还包括一个"曼布克国际奖"，奖励范围包括其他语种翻译成英文的小说（中国作家王安忆、苏童和阎连科作品的英文译本就曾经入围过曼布克国际奖），英文译者还能平分最终的奖金。这都说明这个奖由区域性的文学奖逐步扩展为全球性的更权威的文学奖，不仅仅与龚古尔奖和普利策奖媲美，或许还瞄准了诺贝尔文学奖，其发展态势值得关注和分析，文学地图的重新划分或许与国际文学大奖的势力范围重新划分不无关系。

# 阅读推广可以成为行为艺术

每年到了世界读书日和各种图书节举办的时候，社会上总会出现各种盛大的推动阅读的活动，报纸上会发表各种名人的文章，电视上会有各种名人演讲。而各种作家的朗读会和签售活动平常就有。这些都是看似轰轰烈烈的"一阵风"式推动，有时基本是靠公共投入，仅仅是造势，可能不会有立竿见影的直接效果，但应该说多刮上几阵或经常刮，就会成为风气，对整个社会的阅读很有促进作用。希望这样的风多刮。

我知道在德国，常有为一本新书，作家像剧团巡演一样走遍全国，一站一站推广，因为德国不大，坐火车走上几个主要城市，成本应该不会很高，效果也不错。但在我们幅员辽阔的国家这样就不可能，即使走遍大的省会城市，也会让出版社血本无归。但我确实发现有作家在走几个城市推广的，还有深入中小学的（估计是有作品选入了中小学课本，销量确实很高的作家）。作家这样身体力行推广作品确实值得提倡，很接地气，但出版社从成本上考虑，很少为一般的作家安排这样的旅行推销，基本就在本地搞个讲座和签售而已。

但在专业的文学出版和阅读领域内，这样的阅读推广活动似乎做得更加润物细无声，也更有"可持续性"，往往是以出版一系列的作品批评和解读类图书的形式进行。如前些年著名翻译家李文俊曾领衔翻译出版过《现代小说佳作99种提要》，先是20世纪80年代中期在《世界文学》杂志上推出的，当年影响非常大，后来又出版了，几乎成了青年读者们的必读书。之后这类书不断引进出版，印象中还有《现代主义代表作100种提要》《美国经典长篇小说阅读指导》和《欧洲小说五十讲》等。我也是受了这类作品的启发，想到劳伦斯曾写过一本《美国经典文学研究》——那其实也是他为到美国后进行文学讲座准备的十二讲，就将其翻译出版了，当时害怕没有什么销路，没想到一直在再版。

随着时代的进步，我们发现欧美有很多这样的经典导读类丛书，经久不衰，而且年复一年花样翻新地出版，似乎都比较受欢迎。其中最为著名的是美国著名文学研究大家哈罗德·布鲁姆作为主编出版的阅读与研究指南系列丛书，分为《布鲁姆的重要长篇小说家》《布鲁姆的重要戏剧家》《布鲁姆的重要世界诗人》和《布鲁姆的重要短篇小说家》四大系列，每册都是硬精装，但篇幅也就100多页，包括了当时每一个世界著名作家的主要作品内容提要、主要人物关系、作家自述、作家生平和重要的批评分析文章的摘要，文学专业的学生有这样的书在手，估计不用上课了，好好读，绝对能写出质量超群的论文拿学位。

如此深入浅出的导读系列丛书，应该说做得扎实到位，对推广阅读起到了重要的引领作用，而且导读品种逐年增加，丛书的生命力自然得到了延续。这其中，丛书主编哈罗德·布鲁姆的名人效应也是这类书畅销的重要因素，他的号召力本身也是对文学作品推广的招牌。所以说推广阅读活动本身要扎实细致，其中的名人效应也必不可少。在专业的文学阅读范围内，有布鲁姆这样的大师领衔，导读丛书的品质就得到了保证，自然会吸引读者按照布鲁姆的书单去读作品，其连环效应自不待言。

而要在全社会范围内进行阅读推广，如何利用名人效应就很有讲究和策略，既不能仅靠刮"一阵风"，也不能仅仅利用某个行业名人的名气。如何把名人推广的效应和细腻扎实的推广工作有效地结合，就成了成功的关键。

在这方面值得赞许的是加拿大著名作家、《少年 Pi 的奇幻漂流》小说作者扬·马特尔，他的一个举措把自己的名人效应与另一个社会名人效应相加，其结果是 1+1 无限大于 2 的。

一本畅销的关于书的书就这样诞生了。

起因似乎很简单和偶然，马特尔并没有刻意为之，但作为一个作家和号称"世界上最寂寞的读书会"的创办人，马特尔的双重身份的责任感让他产生了写这样一本推广阅读的书的灵感，这样的际遇可遇不可求。那是 2007 年在渥太华举办的加拿大文化艺术委员会 50 周年庆典。当时有 50 位艺术家应邀到场，应该说场面很大，气氛也很隆重，但文化部长仅仅发表了一个毫无文采的简短致辞，令艺术家们颇为失望，而到会的总理斯蒂芬·哈珀一言未发。这样的公事公办的姿态对政治家们来说似乎也算正常，他们只是来现身出席，其本身按照常理就算是一种表态，但对艺术家们来说这样的"遭遇"就难以容忍，因为它不符合艺术的标准。

马特尔敏感地意识到作为日理万机的总理的斯蒂芬·哈珀应该享受一些闲暇时光，宁静致远，也许读书会对他有所帮助。他完全出于一种关心和同情，竟然开始考虑为这个总理提供一份书单，因为他执拗地认为，只有受了人类文化遗产熏陶的人才能真正引领一个国家走向物质富强和精神强大。

于是，这个深感"天下兴亡，匹夫有责"的作家就开始了一个伟大的行动，他的做法是每两周给总理写一封信、谈一部文学作品，还将讨论的书籍随信寄给哈珀总理。为此他坚持了四年（当他因故不能继续这项工作时，有好几位作家接替他的工作，因此从未间断），共寄出 101 封信，赠书多于101 本。马特尔写给哈珀总理的其中 50 多封信结集出版，引起轰动，受到众多读者的追捧。这本书就是《斯蒂芬·哈珀在读什么：扬·马特尔给总理和书虫荐书》。后来他写给总理的101 封书信都结集出版了。

马特尔很天真地认为自己的行为不是借名人效应炒作自己，他仅仅是作为一个公民在参与一个国家的阅读推广，他

"绑架"的这个社会名人是这个国家的领导者，是公共人物，因此他读不读书或者读什么书就是国家大事。他甚至认为：一位由公民选出的公务人员理应像通告他们的财务状况一样向民众定期公布自己的读书情况。因此，"斯蒂芬·哈珀在读什么"或"斯蒂芬·哈珀不读什么"就不是一个简单的私人问题，应该公之于众。

从书单看来，马特尔为总理开列的书偏重人文性——当然也是为所有人推荐的，有小说、戏剧、诗集、宗教文本、插画故事、儿童读物，但没有一本是直接关于治国理政的非虚构著作。其实还是意在培养一个人的人文素养和情感思维方式。比如他推荐了两本列夫·托尔斯泰的书，其中，《伊凡·伊里奇之死》是寄给哈珀的第一本书。马特尔的系列书信里虽然只写了一封推荐中国作家，即鲁迅和他的《狂人日记》（是作家查尔斯·福伦代替马特尔寄送的，信中称鲁迅为"中国的托尔斯泰、中国的雨果"），但谈到了中国其他知名作家，如把老舍的小说《骆驼祥子》与约翰·斯坦贝克的作品《愤怒的葡萄》进行了类比。这说明他对世界文学作品都有所考量，准备工作做得甚是充分。

作为总理的哈珀依然是公事公办地让工作人员给马特尔回了信，客气一下表示收到，这也符合他的身份。但马特尔的荐书行为大获成功，获得很多人的赞许，大家甚至加入了荐书活动，使得这次活动成了一场影响深远的行为艺术，一举多得，为阅读推广开拓了新的思路，不能不令人感佩。

# 童话与现实中的世界读书日

如果说大作家的生日和忌日也扎堆儿，那肯定是不错的。4 月 23 日是英国文豪莎士比亚的生日和忌日，是西班牙文豪塞万提斯的忌日，是美国作家纳博科夫、法国作家莫里斯·德吕翁、冰岛诺贝尔文学奖得主拉克斯内斯等多位文学家的生日。人们说 1995 年联合国教科文组织宣布将这一天定为世界读书日肯定与此有关。其实这是巧合。联合国教科文组织早在 1972 年就向全世界发出过"走向阅读社会"的召唤，在全世界推广阅读，让图书成为人类生活的重要组成部分。到 1995 年，国际出版商协会在其第 25 届全球大会上提出"世界读书日"的设想，而这个方案是由西班牙政府向联合国教科文组织提交的，定为 4 月 23 日，则是因为这天是西班牙加泰罗尼亚地区的"圣乔治节"，节日源自西班牙加泰罗尼亚地区的一个传说：一位美丽的公主被恶龙困于深山，勇士乔治只身战胜恶龙，解救了公主；公主回赠给乔治的礼物是一本书，后来就有了这个地区的"圣乔治节"，节日定在 4 月 23 日。节日期间，加泰罗尼亚地区的居民有赠送玫瑰和图书给亲友的习俗。就是这样一个美丽的童话传说启发了西班牙政府的世界读书日方案。而这天又是那么多著名作家的生日和忌日，这样的因缘际会是多么美好！

但仅仅是美好的传说还不足以构成世界读书日的全部。据说是俄罗斯提出读书日还应该加上版权保护的内容，于是最终我们通常简化了的世界读书日就有了一个比较长的名字，即"世界图书与版权日"（World Book and Copyright Day），因此又称"世界图书日"。我感觉这个复杂的名称是理智与感情相结合的产物，也是对图书本质的恰当表达。

事实上，联合国教科文组织在 1972 年发出的"走向阅读社会"的倡议很可能是受了 1967 年由这个组织下属的国际青少年读物理事会创办的国际儿童图书节的影响，这个节日定在童话大师安徒生的生日 4 月 2 日这一天。这个节日与两年一次的国际安徒生奖一起成为世界儿童图书界的重大事件，一直持续到今天。于是我们在 4 月就有了两个与图书有关的国际性节日。当然儿童图书节还是非常单纯并富有童话色彩的节日，象征着爱和理想。世界读书日则似乎更是成年人的读书日，既有童话和理想的温暖色调，又有法律的理性冷色调，二者相得益彰。

高尔基说"书籍是人类进步的阶梯"，弥尔顿说"好书是伟大心灵的宝贵血脉"，莎士比亚说"生活里没有书籍，就好像没有阳光；智慧里没有书籍，就好像鸟儿没有翅膀"，苏轼说"腹有诗书气自华"。尊重知识，尊重文化创新，感恩于文学和文化巨人、思想大师，这些自然是读书日里我们能想到的与理想和恩典有关的一切。但同时我们不能不看到现实是骨感的，文化与文明的传播还需要刚性的法律作为剑戟来加以保护，保护的就是知识产权。只有这样，读书日才是完整的。

从童年到青年，我对图书一直抱有十分浪漫美好的想象和认识，单纯地做着自己的作家和翻译家梦并为此努力着。待到进入出版社当编辑并从事国际版权方面的工作，正赶上我们国家开始加入《世界版权公约》和《伯尔尼公约》。版权保护与知识产权保护的冷关怀开始令我认识到了图书的另一面。与国际突然的接轨开始时令我们无所适从，我们看中的很多外国书都需要外汇付版税买版权，但残酷的现实是出版社那时没有外汇，不得不忍痛割爱。

我在那不久之后出版的长篇小说就在德国出版，我是最早得到德国版税的一批中国作家之一。每次签长达 10 页的国际版权合同时，我感到的是幸运，似乎"接轨"和"知识产权保护"就这么轻而易举在我身上发生了。我的作家梦莫名其妙就与国际版权保护密切联系在一起了，这是以前从来不曾想到的。

但这么多年过去，盗版和抄袭侵权似乎仍然是个很大的问题，突然进入网络时代，作品的网络版权侵权和保护又以新的形式出现了。很多有文化的出版者依然理直气壮地干着这样的勾当，文明的传播经常是以反文明的手段进行着，他们以此发财致富，而每每盗版侵权被揭露并告上法庭，盗版侵权者往往毫无愧疚，甚至有各种抵赖和钻法律空子的行为，逃避赔偿，还有很多人依旧以盗版不算偷盗的调侃对待盗版侵权，真是令人心寒。这是十分讽刺和可耻的现实。

所以我们对世界读书日的理解在这个日子到来时应该是全面并冷静的，这个出自善良美好传说的节日，需要我们每个人用理性和刚性的法制手段来保护，我想这就是这个节日的全称需要被大声地读出来的意义，不要仅仅是用一个简单的"世界读书日"来代替。这个日子的全称是"世界图书与版权日"，虽然那个"版权日"冲淡了它的童话氛围，但没有它，童话就会变成噩梦。

# 万变不离其宗的版权

应中国文字著作权协会（以下简称"文著协"）的邀请，我作为作者和译者代表参加了"2016 剑网行动·原创文字作品保护月"启动仪式并做了演讲。我是在文著协的帮助下几个月前与某出版社就其 12 年前严重侵权抄袭我的劳伦斯译文一案（这年 9 月份无意中发现的）进行了严正交涉并追讨了双倍的赔偿。在这之前还通过出版署的中华版权代理总公司与另一家无限期拖欠稿酬的出版社进行了交涉，讨回了稿费。在过去十几年里，我通过官方或私下形式与不下 10 个出版社和个人进行过交涉，对他们盗窃我的作品私自出版的行为予以谴责，并按照著作权法追讨侵权赔偿。我是盗版侵权的受害者也是知识产权的受益者。

我来到北二环边上高大的知识产权交易大楼谈论知识产权和版权保护，其实我是从它身后的炮局胡同走过来的，那一带的胡同是我工作和生活了七八年的地方，本来是顺路怀旧的，但这个地理坐标令我突发感慨，感觉这是两个世界。那些传统的民居街道，不能说不好，但那里的生活与毗邻的知识产权交易大厦里的生活应该是近在咫尺却互相隔绝的。

20世纪80年代的我，也在出版社工作，但根本不知道世界上还有世界知识产权组织，不知道什么叫知识产权。那时仅仅因为做编辑懂得什么叫版税而已。我们与同一个世界上的很多国家就是这么近，但也是那样隔绝，我作为一个编辑尚且不知道版权为何，更何况那广大的胡同居民区里与出版毫无关系的人们呢？

所以我说我来这里的第一个感觉就是两个世界的错位。我懂得盗版侵权在中国依然不被当成什么弥天大罪是为什么，因为我们还在适应，还在学习中。如果谁说把别人的书拿来印一版赚点钱叫犯罪，多数人会不以为然的，因为"窃书不算偷"的观念还很强，很多人以为盗版抄袭然后赚点钱，与做午饭时抓了邻居一根葱一样。所以版权官司总是被轻描淡写地处理，轻微赔偿了之，基本被当成邻里经济纠纷处理。著名的马爱农译文被抄袭百分之九十多，为打官司出版社搜集证据，比对抄袭率，结果赔偿费减去各种费用所剩无几，聊胜于无。所以，盗版侵权的人做得心安理得，而且大多数情况下也仅仅是盗版侵权人赔付稿费，而出版社安然无恙。

我还意识到，我是刚刚打完纸媒侵权官司就来维护网络文字版权的。我们在纸质版权的维权之路上仍然步履维艰，同时要面对更复杂的网络版权侵权，我们在不断地寻找新的坐标，左右前后出击，应接不暇。

我们依然处在一个大错位阶段。

第二个感觉就是过山车。这些年在知识产权问题上我们一直坐着疾速飞驰的过山车，有点天旋地转，但是在向理想的方向前进。

1986年我作为严文井和陈伯吹的翻译去东京参加国际儿童读物联盟大会，会上苏联女翻译家托克马科娃找到我请求见严老，因为她在很多年前翻译出版了严老的寓言小说《"下次开船"港》，她说她非常喜欢那本书，苏联小读者也很喜欢。严老感慨地说，他的很多作品都被翻译成了外文，但他不知，也没有得到样书和稿费，因为中国没有参加很多国家都参加的《世界版权公约》和《伯尔尼公约》。

而在这之前，我作为一个文学翻译，"可以"不经许可翻译外国人的作品而不向作者付任何费用。我和很多人一样认为那是合理的，因为我们经过了翻译的劳动，出版的也不是原来的文字了，只是令作者在中国更有名气，对他没有任何损害，作为翻译我是两种文化的桥梁，我是高尚的。

然后我们在1992年迅速地加入了这两个组织，也成了世界知识产权组织的一员，"知识产权"这个名词从此在中国普及开来，从一个名词变成了法律和行动。但我们并不知道那是中国要加入关贸总协定即后来的世界贸易组织的先决条件，不知道那是中国加入全球化必须迈过的一个门槛。

那时我作为电视记者就此问题采访过当时的版权局副局长沈仁干先生。随后他亲自安排我独家采访了来华访问的世界知识产权组织总干事鲍格胥博士。这两个采访做成中英文两版节目通过卫星向全世界播出了。通过这两次深入的采访，我对中国加入国际版权公约的详细过程有了比较全面的了解，其中鲍格胥说他为中国的加入谈判先后访华十次，给我留下了深刻的印象。那些谈判肯定是艰难的。

随着中国加入国际版权公约，我们的著作权法也日臻完善，与国际惯例全面接轨，随之而来的是专利法、商标法等一系列与知识产权有关的法律的接轨，即使我这样一个普通的记者和作家与任何外国人谈起这些问题都不再陌生，不再有隔阂。

就在那之后不久，我的两本小说在德国出版。德国的出版社与我接洽时，我已经是一个加入了国际版权公约的国家的作家了，要签订国际版权合同，要以当时的德国马克结算版税。德方发来的是厚厚的几页纸的英文合同，我们约定一切以英文合同为准，既非德文也非中文。这个合同比国内的出版合同要复杂得多，措辞严谨得多，但因为我在这之前已经对版权的条文和规定有所了解，所以我们的接洽毫无障碍，来回两次就签订了合同。如果说有障碍，是因为那时我们还没有网络，合同需要通过传真发来发去，花费比较高。我应该是中国加入《世界版权公约》后享受到这个公约带来的利好的第一批中国作家之一。

再之后就是我的劳伦斯作品译文反复遭到盗版侵权，我都轻松地通过向侵权的出版社宣讲著作权法，说明利害关系，不战而屈人之兵，让他们承认了错误并做了适当赔偿。

但版权保护的形势是千变万化的，尤其到了网络时代，我们像坐过山车一样忽然发现，传统的纸媒版权保护尚存在很多问题，又置身于一个令人无所适从的网络版权时代，这个网络有时甚至是看得见却摸不着的事物。

记得我刚从英国结束学业回来的 2002 年，就偶然在一套光盘（CD-ROM）出版物里发现了我的一本劳伦斯小说被盗版，盗版者甚至是一家按理说绝不应该有盗版行为的大出版社。我与他们交涉，他们理直气壮地告诉我，有关光盘的出版，著作权法里没有规定，在没有规定的情况下用了你的作品，我们找不到你啊，不过你找来了，我们可以象征性支付千字几元的使用费，不存在盗版侵权问题。

这样的无知和这样的理直气壮并存于一个律师身上，令我大为惊讶，我不敢相信我是在与这样一个大出版社专门聘请的知识产权律师对谈他应该懂得的知识产权错误。我平静地向他们宣讲了著作权法和知识产权的含义，告诉他万变不离其宗，著作权法是根本，无论你以什么形式，无论什么ROM，那都是载体，是形态，根本问题是内容，是你不征得许可，私自使用别人拥有的知识产权，你就是侵权，如果你再改变译者名字，那就是盗版。没有征得许可和支付报酬，不得使用，如果是盈利商品，那就更是犯法。

我的解释估计在他们听来是呓语，法律面对常识就会出现这样的俳谐。

最终经过中国作家协会作家权益保障委员会的张树英主任调解，问题得到了解决，对方承认了侵权过失。

我记得我曾经对张主任说：您帮助我解决了这样一个超前的法律问题，可惜您不是一个法务机构，否则我应该给您支付一定的调解费用，您开个律师所就好了。

巧合的是，几年后中国文著协成立了，张树英女士成了第一任副总干事。我幸运地见证了她从主任到副总干事的过程。一定是作家维权问题过多，这样的机构应运而生了吧。当然肯定还有国家的更多布局，文著协的使命也不仅仅是为作家的文字作品维权那么单一。

总之，文字作品，无论是作家的，还是非作家的，都要先得到许可，再使用，否则就构成侵权。英文的作家就是"写字"（write）后面加个表示人的er，莫言得了诺奖，他也是个写作的er，是获得文学大奖的写作er。我们任何人写作的作品都有权利受到法律保护，侵权就要付出代价。

当我还是个小城市胡同里的孩子时，我树立了长大后写字当作家的理想，但从来不知道，写个字成个文之后，还有这么复杂的知识产权问题，这个问题关乎人类的文明程度，关乎人的尊严，还是个经济问题。是写作和翻译让我进入了这样一个知识产权的世界，它是陌生而复杂的。但万变不离其宗，版权就是一个写字人最基本的权利，你的字就是你的产权，不经你许可谁用之牟利，就是侵犯了你做人的权利，你就要维护。

　　我想我们的这个"剑网行动"，发明了如版权印等新的保护手段，保护我们的网络文字版权，这仅仅是版权的一种新的形式，它强调的还是那个不变的真理：无许可，不可用。保护文字创作的权利，就是保护写作人的最基本权利，无论什么形式的载体都是这样。只要我们牢记著作权法的基本原理，就可以无往而不胜。

# 想起香港的书店

那天在人民文学出版社书店里签售我的三套书，忙碌中抬头发现人群外有一穿红白相间格子衬衫、背双肩包的矍铄老者在独自悠闲地逛书店，眼熟，定睛看竟然是我们敬爱的沈昌文老先生，完全像个背包客在溜达。久违了，上次见到他还是七年前，这次竟然发现他还是那么神采奕奕。我赶紧把他介绍给在场的年轻读者们，大家一片赞叹。可惜老沈已经想不起我的名字了，因为我毕竟只算他的"远房亲戚"，多年没有叨扰他了。但我还是能想起20世纪90年代老沈主持《读书》杂志时我最初认识他的亲切情景。1993年我的小说处女作《混在北京》出版时，老沈还在《读书》杂志上刊发了书讯，是极少支持我的媒体人之一，为此我很是感激。1997年6月中旬，因为要去香港报道"回归"，打算采访香港的一些书店和出版社，两眼一抹黑的我就请老沈给我提供了这些人的联系方式。到了香港打着老沈的牌子一路采访下去，十分顺利地完成了采访任务，从三联书店、商务印书馆、中华书局到几个大学出版社，几天内绕着港岛的这些文化景点转，也等于把港岛逛遍了。

在那次采访过程中，我还走入一条条车水马龙的商业街，在人头攒动、摩肩接踵的中环和九龙寻找"商务"和"三联"优雅的店面，在喧闹的窄巷里寻找鳞次栉比的小书肆，汗流浃背地拍了大大小小的书店，拍完了就地淘书，别有一番乐趣。

最想念九龙旺角的"二楼书店"。所谓二楼书店，指的是那些租不起临街一层店面的小书肆。通菜街一带是香港本地人聚集的生活区，店铺林立，餐馆云集，其情形颇似北京的大栅栏和上海的四川北路。不同的是，这里炫目耀眼的密集招牌中夹杂着几十个书肆的招牌。

一人宽的小门，门口是理发店的红蓝白三色幌子，踩着吱吱作响的楼梯七拐八拐上了楼，战战兢兢拉开门，一腿在外张望，发现这种书店里是安全的，一个个规规矩矩的读书人在埋头选书，墙上是巨大的"全年八折"告示，老板正趴在门口柜台的书上小憩，等人来交书钱。问"学津书店"的中年老板生意如何，答曰坚守八折20年，全家三口靠它赚钱，日子也够上八折满意了。

不要以为这些书店卖的都是下里巴人书！环境简单，但空调量足，满目都是萨特、维特根斯坦、鲁迅、陈寅恪，小小店堂，川流不息。仅凭外观那糊了白纸的铁条玻璃窗，谁能猜出里面是个清凉的"田园书屋"？老板、店员和淘书者一样衣着朴素，在那个花花世界里，这里算得上净土了。

同样的高档书，到了这里就煞价二到三折，怎不让人心动！我竟然在这里淘到了一本当年内地发行量只有1000册的故乡地名志！如此看来，花上20元地铁钱，从港岛来旺角一次买它几百元的书，实在合算得很。

香港回归15年后我办了私人旅游签证去香港，没有任务，一身轻松地闲逛，自然要再去那条可爱的通菜街，再去当年拍过照片的地方拍张照片，发现那几家二楼书店都安好，连一楼的那个小银行也还在，而且招牌比上次鲜亮得多。再次纪念自己的记者生涯，感到十分欣慰。这次见到老沈，这些往事又历历在目了。

# 签名本的各种境遇

多年前听说过某名家趣闻：他逛琉璃厂旧书铺，发现自己签名送给另一名家的著作在书摊上出售，于是就买下，在旧的签名下面题上"某某再送"，然后把书送上门去。

在没有网络的旧时代，这种与自己被出卖的签名本偶遇的机会基本上属于大海里捞针，所以这个故事也就令人刻骨铭心，流传甚广。可是不出 20 年，我们忽地一下进入了信息时代，这类"艳遇"不期然成为常态，令人颇为唏嘘，感慨之余，就要调整心态，泰然处之，甚至要欣然调侃之。

作家沈东子兄又在报纸上旧话重提，说到他送某女士的书被连签名带随书的便笺一起卖了，后出现在旧书店网页上，便笺是整体拍照后上传的，被赠书者也是名人，而且好像还是我介绍他们认识的，所以沈兄当年也是最早向我发网店照片通告的。还好那便笺上仅仅是客套话，没有任何暗示。当时我就觉得我们这位共同的朋友过于粗心大意，无论如何处理旧书前该把签名页撕掉，当然也许是她搬家遗留在父母家中，被父母清理的。总之，出现这样的状况是令送书人寒心的。

没想到很快我也遇上了这样的事。那是国内开始出现几个大旧书网以后的事。原先我还沉溺在到一地就拿出半天时间逛旧书店的古老快乐中不能自拔，还兴致勃勃地写了逛伦敦等地的旧书店的经历，文章被反复转载，颇为得意。但几年后国内的旧书网就成熟了，上去搜书很方便不算，还可以点击价格键，让同一本旧书从低到高按顺序显示，只要标明九成新，一般品相都还可以。用信用卡或微信支付也很方便。网络时代就让我这旧时代的遗老遗少迅速跟上了步伐，开始了不出门，只通过旧书网购书做学问的新征程。

后来有同龄人或中年朋友向我抱怨，说去了很多书店都买不到我的某些书，我就想看看网上我的旧作销售情况，麻烦这些号称"粉"我的人上网店点鼠标买去，我这个岁数都学会用支付宝网购了，你们比我年轻，也应该学会。真喜欢拙作你就请上旧书网或网站去，以实际行动支持我一把。我也想，有的旧版本没有存货了，不如也搜几本便宜而品相好的买回来以备不时之需。就这样，在某年某月某一天某一刻赫然发现我送旧雨的签名本完好地在网上出售中，出价是原价的几倍。

这下我可伤心不已。也不知道我的签名本怎么流落到书摊上的，是人家真烦我，还是不小心整批扫地出门，还是家人不知道黑马还有点品位随便给我赶出来了？总之落到这个田地我是欲哭无泪。

再带着某种自虐的心态搜索，发现颇有几本，还有的是送给老先生的，老人走了儿女把他或她的藏书原封不动卖了废品的，但无论哪种情况，我的签名都在上面，了解我的书商还会在推介语里特别说明"毕冰宾就是黑马"，并说明黑马的主攻方向，等等，书价也比原价高几倍。

俗话说"虱子多了不咬"，这种事遇上几回感觉也就麻木了。我也不会学那位老名人，回购后签上"黑马再送"然后发给人家，因为确实不知道拙作流落旧书摊的真实原因，加之自己也不是什么名人，不必效颦，效颦反成东施。所以我很多年里改了雅兴，基本不签名送人斧正了——估计得罪了不少人。但我知道作为朋友人家还是希望你送本书并签上个名的。思量再三，脑洞大开，觉得还是要与时俱进，不能作茧自缚。现在我甚至签名送书时还顺便说一声：卖旧书时千万别撕签名页，完整地卖掉，那样识货的旧书商就会挑出来高价在旧书网上出售，不仅给书商带来利润，也方便了旧书的流通和再利用，是绿色环保的好事。任何促进商品和货币流通的旧书及买卖双方都是有功之臣。如果因为有我们的签名还能涨点身价，更是善莫大焉，何乐而不为呢？

# 藏书的人的书遗嘱

清早浏览朋友博客，在发现一套好书出版的同时也发现那套书的审校者、一位久仰但不曾谋面的老翻译家悄然离世。这让我心中的疑窦有了答案。因为自从发现拙作的签名本从当年的被赠书人那里流落到二手市场上出卖后就比较关心还有哪些我签过名的书被卖掉，不幸发现我的某本书签名本又在二手网出售中，标明出售者是这位老先生。我不解，因为我从来没有与其谋面，更不曾签名送书求教过。等点开详细介绍才发现是老先生在拙作上签的他自己的名字。那是表明老先生的藏书而已。随之我发现老先生很多签名藏书都在二手网上卖，其中还有著名译家主万等人签名赠给他的书。我就知道情况不好，估计是老先生不行了，家里人清理房间把他的藏书都卖废品了。但没敢想是他过世。如今得到证实，先生确实过世了。

由此想到我们每个人的藏书的下场。如果自己的家人确实不爱好阅读文学类的书，真要早点做打算，提前给某个图书馆签订协议，类似书遗嘱吧，定下身后哪类书归哪个图书馆囫囵收走，放在那里供广大读者借阅总比卖了废纸强。当然，卖了旧书还可以得到些小钱，到了二手网还可以给二手书商提供资源，需要书的人也可以廉价买回家，也算拉动了二手市场，活跃了经济，拉动了 GDP。但我还是觉得不如立个遗嘱，定向送给某图书馆的好。拿自己老家儿一辈子的藏书卖废品，总是令人感觉凄凉。

也许我是老脑子了，也许拿老人的藏书卖给旧书商去活跃市场、让个人廉价买回自己需要的书是比送图书馆更好的事呢？我是当年在国家图书馆幸运地借到了巴金的赠书即赫胥黎编著的那本著名的《劳伦斯书信集》，从中为自己的硕士论文找到了重要依据，那是我当时在国内找到的唯一的劳伦斯书信集。所以总觉得藏书最后献给图书馆好。但时代变了，也许给二手书商拿去在市场上廉价流通更好。

书遗产给谁，图书馆还是二手书商，这是我们做小辈的和将要成为老辈的藏书人的一个至关重要的问题。

# 私家史写作

　　傅惟慈老先生在养病期间一直忙着写他抗战时期流亡的经历，最终在一本杂志上发表了，占了那本杂志几乎一半的篇幅。他说他过去只忙翻译和旅游，到了望九之年必须把那段岁月讲清楚了，这个讲的过程也是他对过往忽略甚至不明就里的一些史实的调研过程，也是对自己的一个交代。文章发表后不久他就仙逝了。与此同时，他的儿女亲家叶君健的夫人苑茵也在 90 高龄推出了一本厚厚的回忆录，回忆的是她与叶老相识相知、断绝音讯几年后终于团圆、相濡以沫到白头的故事。他们的写作都没有任何指点江山、高谈阔论，都是把自己当作最普通的知识分子，讲最琐碎也是最细节的历史故事，读后没有那种传统的"传记文学"或悲壮或感伤或抒情的特点，纯属记录和叙述，让人记住的是生活的一道道痕迹。至于他们的事业成就几乎只字不提。这是最纯粹的私人写作，可以说是传记，不要"文学"，是真正的非虚构。

巧的是，有两年里，我收到了好几本这样的传记或回忆录。杨宪益先生外甥女赵蘅的《宪益舅舅的最后十年：2000—2009》干脆是流水账般的日记，就是真实再真实的记录。

另两本私人家史分别来自陆昕教授（陆宗达先生之孙）和林玉女士（诗人荒芜与名记者舒展之女）。陆教授的传记写训诂大师陆老先生生前的交友游历，鸿儒满堂，诗书丹青随处可见，几乎是一本陆老先生与启功大师等大儒的交往论学记录，令人高山仰止。自然是毫无抒情色彩，只有学问和记录。林玉女士的《舒家姐妹》看来是自费自印的，把安庆舒家六位如花似玉又才华横溢的姐妹花一一展现，同时将每位大才子夫君一并呈现，真是才子佳人齐聚舒家，令人艳羡，当然他们各自的悲伤经历也令人唏嘘，但林玉的叙述是冷静、内敛的，还收录了各位家长的作品，仅仅是记录他们的过往与非凡成就。

女作家郑建新联合兄妹四人所写的陪伴老父亲与疾病斗争走完最后一程的记录也是这样按照时间顺序如实写来，并没有流露过多的悲伤，而是令人感到温暖如春，甚至有照料病人的方法和饮食的搭配，是纯私人化的记录，没有那种"文学"笔法。

还有一本是我母亲的中学同学自费出版的私人家史。这位老阿姨在耄耋之年，战胜病痛，笔耕不辍，回忆了乡绅父亲苦难但乐观的一生，也写了自己一家兄弟姐妹从抗战时期到现在的迁徙漂泊生活，没有眼泪，没有哀叹，只扎扎实实地记录下家里的过往，满篇的生活细节，细到怎么淘井、怎么做鞋袜。

这样的私人家史写作读来真是翔实扎实，也亲切，读后的感动自然是生发于内心的，而不是被作者的抒情叙述所激发。我为此感慨，我们终于走出了 20 世纪 80 年代兴起的那种煽情的"报告文学"的窠臼，回归真实的私人写作了。这种写作在同样的篇幅内，几乎全是"干货"，无论是著名人士还是普通百姓，似乎对此都有了共识并且都以同样的方式写作，令人欣慰。"非虚构"这个词用在这些师友前辈的写作上可谓名副其实。

# 名人日记与俗人日记

2017 年岁末困惑我们本科同学的一个荒唐问题就是：咱们 1977 年 12 月几号参加高考的？居然众说纷纭。有伟人诗云："三十八年过去，弹指一挥间。"我们倒好，弹指一挥就轻易忘了。这么一件改变我们和多少代人命运的重大历史事件的日期竟然没人记得了，我们只记得那年录取率低于 5%。看来忘却和牢记都是有选择的。因为 5% 是高考史上最低录取率，所以我们选择记得，是潜意识里记得自己多么优秀而已。至于高考日期不值得骄傲，就忘了吧。看来连记忆也是势利的，该打。

网上也查不出，因为那年各省市自己出题，考试时间不一。惭愧之下，我想起历史系某兄在他博客里谈起过那年高考，就去翻他的博客，算是落实了，人家凭自己的日记言之凿凿说是 15 日开考的。这兄 40 年前当中学老师的日记还完好。

随之我就后悔，其实我70年代也呕心沥血写了好几本日记，那几个塑料皮和牛皮纸皮的日记本就在某一天里被我说毁就毁了，根本没有任何外力逼迫我，完全是我自己要洗心革面，与虚假的过去永诀，就用大铁剪刀咔嚓剪碎，像用铡刀铡草一样，再丢进垃圾桶里。

　　一个中学生的日记按说应该是纯真的，至少是记录些真事吧。可我的日记最多记点学工学农学军的事，表决心要"与工农相结合"，多是抄些报纸上的社论，批判"右倾翻案风"啦、"资产阶级法权"啦、《哥达纲领批判》啦，基本是我半懂或干脆一窍不通的东西，但抄录得很起劲。然后是写一些豪言壮语，如为什么奋斗终身，抛头颅，洒热血什么的。其实那些日记不是为自己写的，是准备给别人看的。准备什么时候给别人看呢？当然是幻想着某一天自己做了什么惊天动地的事成了模范。但随着一个荒唐时代的结束，我那几本苦心经营的所谓日记就成了一面哈哈镜，我毫不心疼地毁掉了它们。现在想想，如果我保留了，现在作为资料出版也应该很有审丑的价值，给后来人看看那个年代，一个本该纯真的中学生，竟然情不自禁每天假惺惺地写着这样的日记，给自己可能成为英雄或烈士的时候贴金。真该像鲁迅那样高喊："救救孩子……"

　　以我这等小人之心，对市面上出版的很多名人日记自然存疑。他们几十年的日记里除了基本的事件记述，凡对历史和时事人物的评论感想，在多大程度上可信？有没有一些时候是故作姿态的思想表演？因为他们知道这日记早晚是要公开的。根据某人的日记去断定其真实思想还是很可疑的。还应该以他们做了什么为准才好。

所以我倒喜欢看家里老人写的日志，记些人来人往，甚至记每日消费账，有趣又真实，绝对没半点虚假。估计我这是自欺欺人后产生的"历史虚无主义"吧。

# 《混在北京》混回北京

　　写《混在北京》之前，我主要以一个劳伦斯译者和学者的面目出现，翻译作品和发表一些专业论文。创作上则只发表过两三个中短篇小说，纯属练笔。以这等很不作家的身份突然就抛出一本长篇小说，其质量受到文学殿堂怀疑并屡遭退稿自然是再正常不过的了。因为我还忝在翻译家之列，人家退稿时口气还算不那么冷冰冰。在惨遭几家出版社和杂志社"婉拒"后，拙作终得东北一家出版社青睐而在 1993 年出版了。在这一点上我比一般的文学青年要幸运得多。

　　一本彻头彻尾写北京的 20 万字世相小说，从北京出去再从黑龙江运回北京就销遍了北京的书摊儿，黑马的名字不胫而走，很多老熟人都向我推荐"黑马的《混在北京》"。这自然令我偷着乐了半年，直至我的笔名败露，旧雨新知们恍然大悟，随之有的欢呼，有的皮里阳秋，有的割席而去。后者弄得我一头雾水。却原来人家以前一直把我当成一口洋文的雅士，未承想下海写这等世俗小说，从此不屑与我为伍。那年那季度的北京书市上，拙作混进了销售榜前几名，但终归是没有混入高雅的书店堂而皇之侧身文学柜台。

就是这么一本在地摊儿上风餐露宿蓬头垢面的小说，却被何群导演捡去拍了电影并获了大众电影百花奖三项奖，又被一个德国教授捡去交给年轻的教师译成德文出版在法兰克福书展上推出。德国电视报刊记者们轮番采访我，问为什么我的处女作就进了德国。我坦言：我给自己取了个"黑马"的笔名，它的意思是出人意料的赢者，我就是要干点出人意料的事。

处女作如此成功令我有些飘飘然，尾随而来的却是意想不到的打击。

因为这本书的责任编辑调走了，那出版社就将我的书打入了冷宫，对我像对待陌生人一样冷漠，一连三年不予再版。于是我吃起回头草来，找了当年退我稿子的一家北京的出版社要求再版。这次人家变得热情起来，甚至连我的第二本小说都接了下来，准备两本同时推出，并马上排出了校样、签了合同。可关键时刻人家提出要我"先出2万—3万元启动资金"，被我婉拒；又让我联系书商包销，我实在窝囊联系不上；又提出要我找影视导演敲定将第二本小说《孽缘千里》改编成影视作品，以此扩大发行量，否则就难以出版。据说现在全国有600多部作协会员的长篇小说等待"扶植"，本公司本年要出版北京作协资助的 10 部长篇，能赚上一笔钱。你不是作协会员，只能自己赞助自己了。我提出：公司不出书，就退还书稿，我另谋出路。不行，那算你撤稿，要赔款。还提醒我：我签了字的出版合同上面没有规定出版日期。那就意味着这家公司可以无限期地扣住我的书稿不出版，我也无权索回书稿。要索回，拿钱来！面对这位我敬重的优秀翻译家，我真是后悔当初自作多情，以为文人之间不会自相残害，签合同时只当是君子协议，未加仔细审看，实际等于无条件出卖了自己。最后我只能就范，答应付一笔钱"赎出"了我的书稿。

此后我又不断寻找《混在北京》再版的机会，但人家一看这书的外文版权和电影版权都已经出售，第一版又很畅销，估计没有什么油水了，便婉言谢绝了。

我是准备着《混在北京》成为绝版的。手里还有十几本书坚决不外赠，只拿出一本来作为外借书周转着东借西借，让人们翻得发黑发黄、卷了边皱了封面，有位同事甚至将它带到飞机上读，从美国打了个来回。

我相信昆德拉的话：书有书的命运。便安然地继续一本一本地翻译我心仪的劳伦斯小说，不停地将我那本烂兮兮的《混在北京》借给人们读，听人们赞扬、讽刺或者谴责。就是因为有了这些人，我还记得我是《混在北京》的作者，我不能放弃将它再版的权利。

终于有一天，我发现了一个名为"世界出版信息网"的网站，在上面可以向各出版社投稿。于是我决定不再托朋友熟人帮我找人家"再嫁"《混在北京》，我自己上网找婆家，便将拙作的情况如实招来，特别说明如果再版油水估计不多。

很快就有人读了我下的"再嫁"帖子，双方一拍即合达成了协议。于是这本流浪外省多年的小说终于混回了北京，由一家正正经经的北京的大出版社出版了。

本以为混回北京后能有个平本的业绩就不错了，却没料到弃妇再嫁魅力竟胜过当年。北京的书摊、地铁又一次"充斥"起《混在北京》。与上次不同的是，因为再嫁给了一家国家级出版社，拙作得以进入三联书店这类知识分子云集的大书店并进入了畅销行列，上了三联书店门口的畅销书墙展列。于是亲朋好友纷纷索要新版书，令我难以招架。

寡妇再嫁风韵犹存并引起第二波热潮，有点令人困惑。于是有人在互联网公告栏上贴文章讽刺说这是"出口转内销"的缘故，但私下以为仅仅出了一次口还没有那么大的魅力，中国的读书人绝不会这么浅薄。应该归功于出版方的销售策略。7年前出版社是把《混在北京》当作通俗小说主攻地摊，重点也不是北京。吸引的读者中北京人和知识分子不多。这次的出版社则把一本写北京知识分子的小说重点放在北京销售，放在知识分子成堆的大书店里销售，弥补了7年前的销售空区。看来销售定位实在很重要。我很幸运，第一次被当成通俗小说在地摊上平铺一气混了个"脸儿熟"，上了银幕出了口；第二次又当成京味知识分子小说混回北京、进了三联书店，赢得了更多的读者。

北京筒子楼的生活通过我的笔着着实实留下了纪录，给广大读者留下了深刻印象。从这个意义上说，我在北京没白混，那8年筒子楼日子没白过。感谢北京，感谢筒子楼，感谢支持我的前后两家出版社。2015年《混在北京》中文版又在人民文学出版社出版，其中的六幅水彩画漫画插图出自远在德国的中国画家王宝先生，那还是他在大学时代读到该书的德文版时根据小说情节画的，挂在了自己的博客里，被我发现后保存了起来，还保留了他的电子邮件地址，差不多9年后竟然凭着老电子邮件地址联系上了他，获得了授权和高清电子版。这几幅惟妙惟肖的插图实在是传神，为本书提气。再次谢谢王宝，这就是信息时代的传奇，我们至今还没有见过面。一定要见。

# 打死我我也抗不过生活

## ——关于《孽缘千里》

　　这本书毫无疑问是写给我的同龄人的——1960 年出生、1975—1976 年念初中三年级的那些人。小说的时间非常确定。如果它能触动我的同龄人的心灵甚至触动他们的老师、兄弟姐妹，那将是对我写作最大的肯定和安慰了。

　　这一代人在文学中一直是被淹没的，因为在社会上他们就是被淹没的——他们被别人甚至自己认定是 50 年代出生的兄长的思想附庸，或者与 1960 年以后出生的弟妹们混为一谈。总之他们没有自己的独立人格和形象。这是 1960 年生人的最大不幸。他们一直全身心为之准备的"革命"突然在 1976 年被宣告结束，兄长们屁滚尿流地大规模杀回城里成了闲人游民。于是他们战略转移奋起考大学，心里还不明白这怎么不对。而他们当中那些不成熟的人还是天真的顽童，迷迷糊糊就加入了恢复高考后的考大学热潮。考上的是极少数，因为他们和兄长们一样没上过几天学，蒙上的而已，考不上的就从此认命，糊里糊涂找个工作，迷迷瞪瞪结婚过日子，到90年代开始下岗。那些有幸考上了大学成为知识分子的人在80年代读的是"文革"前的旧课本，其实没学到什么新知识，毕业后安于现状，汇入了计划经济体制下分配、提升、熬职称、分房的怪圈中不能自拔，多数也就早早落伍了，在这个令人目眩的"新时代"里迷惘着、慌乱着，被历史裹挟往前挪着脚步。

这些人从70年代到90年代的迷惘、困惑、遭遇，似乎没有哪个作家能懂得，甚至不屑去了解，那就只有他们自己当中的人来写。于是我写了这本《孽缘千里》。主观上是为自己写的，为了释放自己从70年代至今的心理固结。但我相信，客观上起到了触及那个时代和那批人生活真实的作用。我的同龄人，从70年代到现在，他们的生活造就了这部小说。但我不是他们的代言人，我太渺小，无力描述更大的氛围，只能限于自己的生活圈子和轨迹。但我希望这个圈子足够大了：从一个北方古城，到广州、深圳，从北京的大学和文化圈到欧洲和澳大利亚，这些在小城成长后来走遍国内外的人，他们这二十几年的生活被我浓缩了。

因为有了这样的心理固结，长年积郁方寸之间，所以总是焦虑地寻找着最为适当的表达方式。80年代中期研究生毕业后，自以为研究了三年英国文学，懂得如何表达自己了，便操笔写作。但生活现实却不允许我潜心于写作，我陷入了浑水泛滥的北京筒子楼生活的挣扎中，开始目睹身经知识分子最庸俗的时刻。终于"愤怒出诗人"——我转移了方向，写出了自己的第一部长篇小说《混在北京》，被大家打趣为"筒子楼作家"。

《混在北京》之后，我考入了那个最大的"电喉舌"里当了一阵子记者，跑一些工厂、农村甚至国外，这段生活给了我体验我们这个"新时代"的绝好机会，包括结识了各行各业的同龄人。这样我的视野就不再只限于少年时代的同学和朋友的生活遭遇和感情体验。我小说中人物的职业和经历被我扩大的视野大大丰富了，感谢我的记者生涯！我可以把浙江的某个企业家变成小说中的方文海；把东北的某个书商变成我的吕峰，把某个留美教授的生活充实到我熟悉的风流才子李大明身上，因为那时我只去过德国和澳大利亚，便把李大明的故事从美国搬到这两个国家上演。在这方面我很笨，没去过美国就不敢想象美国——我写作时眼前一定要有我熟悉的场景和人物幻化着，以便将其他的灵魂附体其上。这就如同我执着地把故乡的一些街道和场景的真实名称写进小说中一样。那样我写着才特别踏实，像拍电视剧一样——可能这和我从事电视记者工作有关，我眼前没有镜头取景心里就没有着落，人物不在我熟悉的背景上活动，我就写不出文字。

就这样，这本在《混在北京》之前动笔的小说居然中途溜号了很久才写出来，笔法和内容与《混在北京》十分不同，如果不是用了黑马的名字发表，谁也不信是黑马的新作。这不是我在追求创新，而是生活使然，谁能抗得过生活？！

# 天马行空　十年一剑

　　2009年德国的魏玛-席勒出版社出版了一本《二十世纪中国小说佳作选：从郭沫若到张洁》，几十万字的书，编者和译者是同一个人，他就是鲁尔大学汉学讲师亚历山大·赛西提希博士。当时中国文学在德国的图书市场上基本处于低迷状态，在这个时候由一家颇具声望的出版社推出一本这样的作品专集，应该是很值得庆贺的事情。2009年的法兰克福书展上，中国是主宾国，中国很多出版社都赶在这之前出版了一些德文书籍准备参展，但是由德国汉学家翻译编选并由德国出版社出版的中国文学作品还是凤毛麟角，可见亚历山大的视角和眼光应该是十分独特的。

# 十年一人磨一剑

再往前推大约七八年，亚历山大还在哥廷根大学攻读汉学博士学位，他来中国时告诉我他打算编选翻译一部中国作家的短篇小说集，这类选集似乎在德国不多。选目已经定好，他让我帮他寻找一些已故老作家的版权持有人以获得授权。我不方便询问整部书的选目，仅听他提到的几位已故作家，就猜测入选的作家和作品应该很广泛，心想这或许是皇皇巨制，估计要按年代分几集出版。看着当时尚显稚嫩的博士生亚历山大，我有点为他担心，怕他完成不了这样一个浩大的工程，因为按照我的经验，从现代作家选起，选到当代，至少要有 50 个代表性的作家才算成规模，80 个也不算多。当然，我想，他可能只是编委会中的一个年轻成员，背后可能有一个庞大的专家组。

以后断断续续几年间，他得了博士学位，先后在法兰克福的歌德学院和波鸿的鲁尔大学工作，教授汉语和文学，同时在翻译巴金的小说《春天里的秋天》——出版前还联系张洁女士写序言。我不时接到他的来信，请求我与郭沫若、冰心等人的后人联络，以求得授权。个别通过作家协会都找不到的版权持有人，他也通过我与作协的版权保护负责人打了招呼，保证出版后把书寄赠作协，请作协代为收转。直到绝大部分版权持有人都联系上了，翻译工作才开始。不久后他又让我给一些版权持有人发信说明这本书因为在德国的销售前景不被出版社看好，出版社通过选题后提出让他自费出版，这又需要版权持有人们同意放弃稿酬，为此我们又忙了一段时间做这个工作。那些版权持有人对此都十分理解，痛快地签了协议书。直到这个时候我才知道，他是要以一人之力完成整部书的翻译工作，但选目几何，我还是不方便打听。只是等到书出版了，看到了样书，我才发现这部书的入选作家作品规模不是我想象的那样"浩大"，虽然仅这些作品就有厚厚一大本几十万字了，而且以一人之力，他忙了近10年的时光。

## 选目独特，苦心孤诣

我们来看入选的作品：《残春》（郭沫若）、《绣枕》（凌叔华）、《过去》（郁达夫）、《船上岸上》（沈从文）、《第一次宴会》（冰心）、《雾》（巴金）、《魔道》（施蛰存）、《来访者》（方纪）、《春之声》（王蒙）、《夏》（张抗抗）、《WPS 的〈花心〉》（黑马）、《四个烟筒》（张洁）。

我和对这本书感兴趣的报界同人都感到好奇：他遴选作品的标准是什么？为什么多是已故作家，为什么没有现在当红的那些中青年作家如刘震云、王安忆、王朔和苏童等一大批人，反而其中有一个我连听都没听说过的方纪？

一句话：选目怎么这么冷门？

对这个问题，亚历山大是这样回答的——他的来信是用相当地道的中文写的，我只简单顺了一下个别句子："本书以介绍中国现代文学史上的经典作家为己任。什么作家属于所谓经典作家？'五四'一代的作家可以说都是经典作家。关于他们的研究很多，每个中国中学生都会'鲁郭茅，巴老曹'这个口诀。每个中国人因为在中学时期看过冰心、沈从文或郁达夫的文学作品，对这些著名作家也很清楚。但也应该把方纪、王蒙的作品看作经典作品，因为对《来访者》与《春之声》当时有不少热烈的争论，所以在许多学者的心目中这两篇短篇小说就成了真正的经典作品。张抗抗的短篇小说《夏》从主题上说应该被称为经典。张抗抗80年代的代表作《爱的权利》和张洁的短篇小说《爱，是不能忘记的》那样的作品，都算经典作品：《夏》算是'文革'以后最早以爱情为主题（或触及爱情主题）的小说，因此受到当时读者的欢迎。她们80年代的代表作《爱，是不能忘记的》与《爱的权利》在德国的中国文学研究界是得到交口赞誉的。"

至于本书为什么没有选鲁迅的作品，亚历山大的回答则十分直率和简洁，这是他个人的译文集，"鲁迅的全部小说已经被翻译成德语（令人遗憾的是已经绝版），所以译者不想第二次翻译"。但作为对中国文学的全面评介的补充，"我在书的前言里对中国20世纪文学做了一个概述。这里很多比较重要的作家都有所涉及，在注释里读者能发现他们一些作品的德版或英版出处。比如说，鲁迅的《狂人日记》或丁玲的

《莎菲女士的日记》也提到了。所以本书也有中国现代文学读本的作用。前言介绍每个时代及其作家的特点，给读者提供机会了解中国20世纪的许多文学潮流。在小说集的最后一部分还有书中收入的每个作家的小传"。由此我们能体会到译者的苦心。

他在来信中更为现实地提到一个重要的初衷，那就是当年法兰克福书展的主宾国是中国，而收入本书中的这些作家作品基本上在德国已经绝版，"这种情况需要尽快改变。今年的图书博览会如果没有像郭沫若、郁达夫、冰心、巴金或王蒙那些中国著名作家的文学作品，真是太遗憾了。德国读者对中国文学的了解还是很有限的。不少德国人认为，像谭恩美那样的华裔作家属于中国著名作家。甚至有些人说赛珍珠是一个'典型的中国作家'。他们从来没有听说过鲁迅或者王蒙的名字。这些读者还没有意识到中国人的事由中国本土人来写最好理解。此外，大部分出版社只对所谓畅销书有兴趣。专门出版经典作品的一些出版者有时候认为'中国文学不属于世界文学'，在他们的心目中好像只有西方的文学是'世界文学'。有些人虽然不否认中国文学也'属于世界文学'，但是因为他们对中国文学不了解，他们不能判断一个中国作家真的是一个经典作家与否。他们还怕这些书可能也没有销路。对传播'真正'中国文学的译者来说，这些出版者的态度是另外一个问题。由于这些原因笔者最后决定自费出版这个小说集"。

# 天马行空的亚历山大

亚历山大·赛西提希之所以如此天马行空，我行我素，以至于不去翻译"畅销书"，宁可自费出版按自己的意愿和欣赏标准选出的中国小说作品集，这和他个人的学术追求似乎是一脉相承的。他 2006 年出版的研究郁达夫的著作，书名是《写作疗法：郁达夫以日本私小说的模式实行自我治愈的探索》，这是在他的博士论文基础上扩展成书的。这个研究角度似乎在中国的现代文学研究界也属鲜见。

他特别告诉我，他和一些汉学家都十分看重方纪的小说，这让我不得不上网查询方作家何许人也，原来是我的河北前辈"土"作家，我少年时代在故乡读了那么多河北著名作家的作品如梁斌、浩然、刘流、孙犁等，竟没听说过方纪，后来更不可能听说方纪了。足见出身革命队伍的方作家在我国的主流文学评论里都是一个冷门。但亚历山大告诉我，西方著名的汉学家麦克多戈斯说："From any point of view, it is one of the most bizarre stories to appear in the 1950s."（从任何角度考量，这［方纪小说《来访者》］都是 20 世纪 50 年代出现的最奇特的作品之一。）他们认为它是独特的心理小说。看来，拉开距离，客观地读远方的作品，反倒会有出其不意的收获。这些洋人念了中文，能埋头玩出这么些我们想不到的名堂来，应该对我们理解自己的同胞作家很有好处，对我们换个眼光看中国文学有帮助，从而充实了我们的文学视野里的风景。

对于巴金和张洁、张抗抗的作品，他特别欣赏，说："拿《第四病室》这部小说来说，情节不但反映的是'当时'（抗日战争时期）医院的一些弊端，而且他提出了'什么医生是病人理想中的医生'的问题。一个精通业务的医生就一定是病人理想中的医生吗？这是小说中的主题，它的核心问题。近几年来，在西方认为'头疼医头，脚疼医脚'这种医疗方法不是恢复健康唯一的方法的人也多起来了。他们认为医生也应该像《第四病室》里面的杨大夫那样关心病人的心理问题。很多病人表示，人是人，不是机器。医生也应该关心这一点。"他认为《第四病室》是"超时代"的作品，张抗抗的《夏》和张洁的《爱，是不能忘记的》也是"超时代"的作品。"超时代的意思在这里也是说书关心到每个人，不管他是中国人还是德国人。"

　　一个德国学者，在一大厚本中国短篇小说集的翻译和出版的忙碌过程中从青年走到了中年，将近 10 年的黄金年华没有白白流逝，他坚持自己的观点和信念，不顾残酷的市场机制，以自己的方式热爱着自己心目中的中国文学，在德国传播着中国文学，最后自费出版了自己的译文，仅仅这种不懈的努力，就值得我们感佩。

# 燕子衔泥买书记

又是一年芳草绿，世界读书日如期而至。但对爱书和淘书上瘾的人们来说，似乎什么样的阅读推广、讲座活动都不如网上书店的打折促销更有吸引力，网店上早早就发了预告，几天内满减活动多多，我见到的最大满减力度是满199减100或满99减50，还免邮寄费，另有限时优惠的部分书目，一算有的书真降到白菜价了。虽说"买的不如卖的精"是常理，但毕竟这样的优惠力度一年中也没有几回，不妨在"购物车"里东凑西凑，凑个超过"满"的数字，自动显示已经减去100元，一通狂欢把一堆不定什么时候才会读的书先收入囊中。午夜下单，一早就有快递员上门送货来了，一看还是从天津武清仓库提的货，这么快就送到我手上了，像是求着给我送礼，感觉卖书的似乎是世界上工作最有效率的人了，这大半夜里得有多少人收单、打包、出库、运书，一百多公里连夜到北京？世界太美好了，这次第，突然让我感觉是不是上当受骗了。

就想起这几十年从无到有，从小到大的积攒书的历程。

20 世纪六七十年代迷恋小人书，就到街头书摊上花 1 分钱看一本，在车水马龙的大街上如入无人之境，一上午能看好几分钱的，可谓废寝忘食，回家晚了挨骂挨打也是常事，但就是觉得刚才自己进入别人家和别人的世界里走了一趟，开了眼，很过瘾，值了。再后来就把大人给的零花钱和帮家里卖废品的小钱攒起来进小书店里买自己喜欢的小人书了，每次奔向书店都像过节一样热切欢乐，多少年下来竟然攒了一小木头箱子，用来跟别人交换着看或交朋友请人家白看，我有这么多财富，自然底气很足，自然显得我家里"文化投资"力度大，心里嘚瑟不已。那是我的财富！

可上高中后，家里说我用不着这些小人书了，就送给了乡下亲戚家的孩子们，我虽然舍不得，但一想到是送文化下乡，就忍痛送了。可等我去他们村里时想抚摸我那些宝贝，却一个晴天霹雳打来，他们一本小人书换一个油饼，全换没了！那时贫穷的乡下，油饼是他们过年才吃得上的美食，因为有我的小人书，他们就能经常过年了。那一箱小人书如果保留到现在该是多宝贵的藏品啊。记得当时痛哭了好半天，如丧考妣。

上了大学后家里每月给我 25 元生活费，就感到手头比较宽裕，竟敢进书店买些专业书，特别是各地外文书店后门进去的"内部书店"里的影印外国和港台书刊，价格便宜，很实惠，像《朗曼现代英语词典》这样的书几块钱就能买到，当时王府井北边小胡同里那个内部书店总是人山人海川流不息，如同抢购紧俏商品一般。因为这样的翻印书是不能公开卖的，不过如果那时就有正式出版的外国书，我们低工资水平下的收入也根本买不起。所以那个年代只能用影印的办法以"内部交流"的名义"出版"外国的书，以低价出售。1992年中国加入《伯尔尼公约》以后，这种内部书店就消失了。我经历了那个非常时期，非常感慨，原来我们是靠这种"盗版书"来学习外语和外国文学的。那些来之不易的词典和印刷简陋的英美小说我还保存着呢，那是我刻苦求学的光荣历史，我能从字母开始学习英语，用三年多时间的努力考上英语专业的研究生，绝对离不开那些简单印刷的外文书。

真正开始大量买书是读研究生时，20世纪80年代助学金与大专毕业生的工资一样多，45元，让我感到自己成了阔少。吃穿和假期回家的车票钱之外，省下的钱竟敢买闲书，包括舒婷、顾城、叶赛宁的诗集等。0.35元一本的杨绛《春泥集》一直留到现在，还时不时会读上一读。每买一本都在扉页写上名字和日期、购买地点，真像燕子衔泥筑窝一样，那是最没功利心，最为用心而幸福的买书时代，攒下了我第一批真正的"藏书"，而且是买一本读一本，用笔画出很多重点。估计我的助学金有一半都花在福建师大校园书店和福州东街口外文书店里的内部书店了。师大那个小书店像个乡村书铺，但新书并不少，散步时就会进去溜达一下，见到心仪的书就会买，然后回到长安山上的宿舍，或坐在长安山的龙舌兰树丛里，面朝远处滔滔的闽江读书，真是心旷神怡。而去福州市中心买书时会顺便在街头鱼丸店品尝美味的福州鱼丸或米粉、"锅边糊"等地方小吃，也是无比快哉的事。那三年的研究生生活因为有这些闲书陪伴而过得十分愉快，有时读闲书的快乐胜过了读学位的专业书，经常恍惚中忘记自己在师大的角色，就想那么优哉游哉地在闽江里游泳，在校园里散步、买书、读书，毫无目的地"学习"就好。那样的日子一去不复返了！

工作后依旧保持着买闲书的习惯，偶尔还会进东安市场和琉璃厂的旧书摊淘便宜的旧书，有的经典外国名著 1 元钱能买一套。开始体会到买旧书的快乐是在澳大利亚和美国、英国，特别是在诺丁汉和伦敦的二手书店。回国后，不知什么时候出现了书店打折卡，有时是赶上全场满多少会打折，但似乎让利还是有限，书店里的书还是按照定价销售的。进入新世纪后不知从哪一天起图书封底的定价成了参考数字了，只是用来与实际售价做对照，让你感到自己"省"了不少钱，然后似乎一夜之间又进入了网络售书时代，坐在家里上网去货比三家甚至无数家，这样的购书体验如同过山车一般，有时一本北京出的书竟然是从云南一个小地方的书店网购而来，千里迢迢快递走好几天送达，花费反倒比在北京的网店购买还少。不懂这背后的商业机制，只顾在网上输入书名，选择

"价格从低到高"键一点，哗啦出现好几页让你选择，你就横竖对比一番，选最低价格下单即可，一切进行得悄无声息，没有对手，也没有朋友，没人搭理你，你自顾驰骋网络，目光如炬，下手稳健。多数时候连快递员都见不到，只有手机短信告诉你书已经到了快递柜，自己去扫码开箱取书，中间的万水千山，无数只手的操作都看不见，钱也看不见，仅仅是一个数字转了出去而已。

短短的 40 多年，书就可以这样买了。

# 故乡书写的底色

绿皮火车时代匆匆而过，故乡与北京的距离从四个多小时吞云吐雾、煤尘扑面的车程缩短到半个多小时阳光灿烂的绿野风景中的穿行，仅仅是 30 年的时光流转。要去保定军校广场的书店做新书发布会，那是百年前叶挺、傅作义、张治中等名将青年时期摸爬滚打的校园，真是百感交集。当年暴土扬长、杀声震天的演兵场现在成了军校纪念馆，西边的直隶高等师范校园演变成了百倍于它的河北大学校园，百年风云，物换星移。但西边巍峨的太行山依旧，城里古老的直隶总督署、鸣霜楼、大慈阁和大教堂依然成一字排列耸立，太阳还是从东边的白洋淀上升起，还有遍地响彻的浓重方言乡音。这就是故乡。

我的讲座要谈的就是这些年离开故乡后我的写作底色。这等于是擦掉有意无意打上的厚重粉底，打回原形。而在这样的原坐标点上被打回原形，是再幸福不过的事了。

　　故乡文化根基的深植与现实的无奈，几乎令每个游子在刚踏上要离开它的绿皮火车上就开始怀乡。多年后回去，人们惊异于我能讲一口老式的保定话，很多用语他们都听不懂了。我说那是我从小跟老人们交流时讲的百年前的口音，我在30多年前就将一个完整的故乡场景连同乡音一起真空包装带走了，所以多年后回来将包装打开，一切依旧。我曾在一首小诗中写道："即使梦中都改了乡音／那沉重的结构／仍是每个念头的骨骼"。20世纪90年代，而立之年的我写长篇小说《孽缘千里》时本来是要尽情地渲染虚构一段20世纪70年代的青少年生活，写了几章后却莫名其妙地写不下去了，不知为什么本来一脑子的活生生的故事情节就是不按照线性的逻辑展开，就是难以按照传统的套路戏剧化。于是就搁置了很长时间，转而去写更有现实感的《混在北京》。几年后找出旧稿重新构架，那些颇有历史感的故事情节竟然退居到叙事的深层次中，代之而起的是小说中人物与一座千年古城的情感纠结，小说出现了复调，甚至那座城市的历史随时都"喧宾夺主"，我根本无法控制这种叙事的线条了，于是就顺其自然，也不想作品的"接受"，只尽情进行一场孤独的多声部狂欢，让书里每个人物都以乔伊斯《尤利西斯》式的姿态漫步都柏林那样徜徉在故乡古城。还好我懂得那毕竟是小说，还是要把自己的乡愁寄托在几个人物身上去表达，因此是间接又间接的表达，出于对小说规矩的尊重，我甚至用"北河"

的虚构地名代替了我的故乡保定，以使之成为真正的虚构作品。但我还是忠实地使用了现实保定城里的街道名和古建筑名称。

香港回归前这本小说的样书到手，我是带着新书去香港参加回归的电视报道工作的。我住在跑马地，在港岛的山上山下、大街小巷忙完一天的采访回来剪辑完需要的镜头，做完场记，夜阑人静时我会重温自己的小说，会自然地想如果这里是保定，西大街大概在什么位置？我是在拿心灵中的保定地图叠印在香港地图上，而且我到了任何地方都会不自觉地这样"叠印"，成了习惯，几乎是下意识的行为。似乎也不说明什么，仅仅就是要那么叠印一下才算释然。现在想来，20多年前如此的文字狂欢应该是一种超前的怀乡之举，当然是孤独的，甚至不敢像前辈作家们那样明目张胆地把"保定"二字写进小说里（如《红旗谱》和《野火春风斗古城》），他们的小说有崇高的革命名义，而我纯粹是个体的怀乡，羞于示人。

那以后去劳伦斯的母校诺丁汉大学当访问学者，踏访了劳伦斯的几处故居与他读书的小学、中学和大学，考察他小说中如影随形的故乡，看到那些百年老屋，站在《虹》的背景地考索村外运河畔眺望埃利沃斯河谷，那是我最早开始对劳伦斯故乡进行想象时的一幅景色。1982年，我正在浩荡的闽江畔高耸的长安山上翻译这本小说的前几章，翻译到埃利沃斯河谷的景色，我顿时觉得脚下的闽江黯然失色，因为这条如此壮阔的大江没有进入世界名著里。想到这些，我突然莫名其妙地感受到了劳伦斯故乡的强大气场，第一次注意到劳伦斯在信里对友人如数家珍地列举了故乡让他如此魂牵梦萦的几个地方，竟然把故乡小镇外那片山林泽国称为"我心灵的故乡"，那正是劳伦斯多部作品里反复出现的风景，于是我顿悟：劳伦斯走出哺育他 26 年的故乡，走向伦敦、走向欧洲，浪迹天涯，寻觅人类文明的解码之道，在康沃尔、阿尔卑斯山脉、地中海岸边、佛罗伦萨、新墨西哥州和墨西哥汲取古代文明的灵感，但他在游走过程中一直怀揣着故乡小镇的乡音乡景，在他和世界之间一直是故乡的人物和故事。他看待世界的目光上有着故乡的风景，他回望故乡时已经有了更广阔的视角。这两种目光最终聚焦在一部纯英国背景的小说《查泰莱夫人的情人》上，从而其以故乡为背景的一系列小说创作辉煌收官。离开与回归，都在每时每刻中萦回。在故土时或许精神是游离的，在异乡时心或许全然寄放在故乡。甚至他小说的人物都在他的游走过程中从一部作品成长到另一部作品，但始终根植于故乡的背景中。

有了这样的顿悟，于是我在诺丁汉立地开始写一本叙述劳伦斯与故乡的长篇散文，几乎不假思索地将这本书命名为《心灵的故乡》。

我开始意识到，我那些论述劳伦斯的创作与故乡之间关系的段落或许在一定程度上是来自我自己对故乡的体验，这种体验在阅读劳伦斯作品的过程中得到了印证。那样的体验也很可能在我写《孽缘千里》之前几年间对劳伦斯作品逐字逐句的翻译过程中就开始萌发，只不过因为我专注于字词语句的转换而忽略了那些感情的酝酿和萌生。他的作品里有那么多故乡小镇和镇外自然环境的再现，我不可能在翻译时无动于衷，那些感想完全是在为出版社赶翻译进度时被忽略和扼杀了。但是，凡是情动于中的瞬间都不会不在心灵上留痕，那情感的痕迹会在适当的时候受到外界的触动而产生律动，再次拨动心弦。

我想我对自己写作的认识和对劳伦斯作品与故乡的关系的感知几乎难分彼此了。我更痛彻心扉地意识到，以前那些年我埋头于劳伦斯作品的翻译中，只注重宏大的主题研究，如劳伦斯与西方哲学思潮、与现代主义文学、与神秘物质主义、与对资本主义文明的批判、对劳动异化的揭示、与弗洛伊德主义的异同和争执等主题，但这些最终还是停留在了"科学"的理性层面，并没有与自身生命的叩问发生互动，虽然情感的潜流一直在心底涌动，但都没有上升到急迫释放的程度。直到我来到诺丁汉，那些劳伦斯深爱着的"老英格兰"景色历历在目，反复地冲击我的感性思维，我才发现劳伦斯这个心灵的故乡对我失去的故乡老城景色形成了一种补偿，我一处一处走过，如同找到了自己的故乡。我意识到我一直生活在对童年的回望中，我们的游走，经常是为了昭示自己最初的动机，永远为揭示懵懂的童年和青少年时的一切而殚精竭虑，为了揭示自己的成长，在童年经验的背景上戏剧化那些经验，最终让自己的乡怨乡愁得到释放。

获得这种延宕多年的顿悟与启迪，还是要归结到 1977 年的高考。因为一次阴差阳错的录取，让我进了保定的河北大学学了本来不能学的英语，进而在外文系的阶梯教室里与劳伦斯作品偶遇，打下了基础，之后又以劳伦斯为研究对象完成了我的硕士论文。这一系列的偶然启迪了我的心智，书开慧眼，智生洪福，让我寻到了隐匿内心多年莫名的情愫，那就是乡情。我能翻译劳伦斯，能徜徉在他的故乡，而且更加难得的意外收获是，通过研究劳伦斯与故乡的关系，最终廓清了我和我的写作以及故乡的关系，多年之后我终于将"我的保定"这样直截了当的四个字做了我散文集书名的一部分（《我的保定，你的诺丁汉》），以专集的、个人史的形式呈现我在保定 21 年的成长印记，将自己打回原形，将底色挥洒到极致，这样的书写是多么奢侈的过程，我一次性收获了两个故乡，懂得了两个人的乡恋与乡愁，而这一切的起点竟然是在故乡大学的英文课堂上，似乎冥冥中有看不见的手把我推向英语，其目的并非念英语当个教师或翻译，而在于一个更加形而上的境界，最终我心领神会，抓住了这样的机遇，找到了迷失多年的自我的底色，这都是命运给予我的恩赐，怎样感激都不过分。这样可贵的底色我是走不出的，也不想走出，它会历久弥新，成为我的光环。

只可惜还没有一首唱得响的故乡之歌，所以在军校广场的每一刻心中萦回的都是《回到拉萨》的旋律，还有 40 年前学英语时学会的《我的肯塔基故乡》，其中有句：The sun shines bright on my old Kentucky home...（灿烂阳光照耀我的肯塔基故乡……）故乡的初冬阳光下草坪还是绿油油的，而童年的故乡几乎没有草坪。

# 一本永久珍藏的杂志

故乡保定有了一座文创书店——直隶尚书房，像一座灯塔闪烁。这座现代化的新书店让我想起 1982 年 7 月，我从福州的福建师范大学回家过暑假，自然要走去西大街钟表眼镜店对面的小书店，十几平方米吧，新书旧书都有。我在墙角里发现了四毛一本的过期《世界文学》，翻开，看到几乎整期都是劳伦斯的内容！有他的中短篇小说，更有一篇重磅的理论文章《戴·赫·劳伦斯的社会批判三部曲》，是社科院研究员赵少伟所写！在那个谈劳伦斯色变的年代，《世界文学》敢为全国先，如此隆重推介劳伦斯，真是令我喜出望外——如同看到了灯塔。那时我正要报硕士论文选题，准备做劳伦斯，可发现国内还没有一篇当代专论，搜到的只有 30 年代林语堂和郁达夫等人的评论，再就是英美国家学者的。仅凭这些，我怕选题通不过。而《世界文学》如此肯定劳伦斯，我真的是找到了一面旗帜，都想挥舞起来跟导师组去做陈述！简直是艳遇一般。暑假后回学校顺利提交选题报告并通过，估计这个因素很重要：劳伦斯不是传统教科书里说的"颓废作家"，是英国现代经典，大家对此有了基本共识，这才放心地允许我以劳伦斯为硕士论文研究方向。1982年全国的外国文学硕士还是凤毛麟角，导师组极度重视每一篇论文，以确保我们都能拿到硕士学位，不能出"废品"，因为那是谁都无法承担的责任，三年培养一个研究生却拿不到学位，仅三年的助学金就是一大笔开支（每月46元，是一个大专毕业生的工资，能养活一个小家）。

从此我就公然研究起劳伦斯，顺利得了硕士学位，甚至——工作后也没有放弃翻译和研究，一直到今天。那本旧杂志我一直珍藏着。那个旧书店早没了，可它救过我。故乡也从一个30万人的城市变成了京津冀一体化的区域大城市，有了很多体面高雅的书店，更有了直隶尚书房这样一座保定的798文创地标建筑，希望它们能"救"更多的读书人。我也从发表一篇论文发展到出版大量译作和创作作品，一晃38年！回到故乡，把我的书送给新书店，而且这书店就与我的母校保定三中同用一堵墙，这是多么穿越的人生！当年我经常从这里翻墙抄近路上学呢。

一位研究劳伦斯的学者向我打听那期杂志上别的文章作者，问其中写过两篇劳伦斯逸事的李竽是谁呢？他也算国内最早的劳伦斯推介人啊。我问《世界文学》现主编高兴，他猜是老主编李文俊。我又找到当初的编辑部责编庄嘉宁，他证实了，李竽就是李文俊！有了结果我赶紧告诉那位研究者，还发了微博。晚上庄老师又求证一番，结果却变了：第一，李竽是赵少伟先生，赵老做事力求完美，插图、补白、文中劳伦斯的速写画都是您一并交给编辑部的。因此李竽不会是李文俊；第二，庄老师说我听错了，他当时不是责编，责编应该是李文俊或郑启吟老师，或者是他们二人。而庄老师负责刊物的编排。庄老师还说，赵少伟先生当初的稿件书法漂亮，一丝不苟，错字都要用同样的稿纸写下改正后的字剪下来贴上去。最终编辑部决定永久收藏。这意味着我回头可以去那里拍原稿照片啦！可惜我的赵老师已于90年代"英年"早逝！后来上海的出版社出版他编选的《劳伦斯性爱小说》时，还是赵夫人沈宁老师嘱我代为作序，从那篇序言开始，我不断修订增加内容形成了我对劳伦斯中短篇小说的一万多字的专论，常常用在我自己翻译的劳伦斯小说集里为前言。这就是赵老留给我的遗产，我一直在完善这篇序言，随着我翻译篇目的增加，序言也越来越长。

这些助推我心智成长的人和事，就是这么奇妙地在38年后因为直隶尚书房的出现交会在了一起，把故乡与我的学术成长有机地联系起来，不禁感慨万分！回来真好！回忆真好！

# "回到诺丁汉"

　　这几年有过几次"回到起点，再出发"的演讲，想来也是感慨。这些包括回到故乡保定的讲座，回到本科母校河北大学的讲座，回到研究生母校福建师范大学的演讲。近花甲之年才有机会"回"，真的是应了古诗所言"少小离家老大回"了。其实"回"的动作一直是有的，作为游子和毕业生，时常回到故乡和母校，旧地重游是必不可少的怀旧。而以学者和作家的身份"回"是一种本质上的回，把自己30多年的学术经历和写作经历通过讲座的方式分享给故乡和母校，最符合"回"的本质。但这样的机会是可遇而不可求的，它不取决于我个人的意愿，我也不会去要求"回"，虽然我也不期待某种正式的"请"，想象中的邀请就是一种水到渠成的一声"回来做个讲座吧"的招呼。总有老同学和朋友问我为什么没有"回去做讲座"，我都是报之以淡漠的微笑或一句"顺其自然吧，我可能还不够优秀，也可能人家没有需求"。时光流水就那么悄然流逝，终于在临退休前听到了招呼，以我应该回去的方式"老大回"了。为此感到十分欣慰。

但还有一个地方是该回而没有回的，那就是我曾作为访问学者逗留一年的英国诺丁汉大学。按照访问学者的定义，大可不必把所访问的学校当成母校，仅仅是你情我愿，逗留一年，参加那里的学术活动，多数是旁听一些自己感兴趣的课程，进修一番，很多人其实是访而不学，连"学者"二字都称不上的。所以无论是接收我们访问的大学还是我们自己，双方都没有什么责任和义务。但我在诺丁汉大学英语学院的访学则过于专业了，那是劳伦斯的母校，还是在劳伦斯的故乡，我可以说那一年是深度介入了劳伦斯研究中心的学术活动，中心主任沃森教授每周安排固定时间答疑，其实是起到了导师的作用。我也很努力，边学边写作，一年内写了两本书，一本是专业的劳伦斯研究著作《心灵的故乡》，一本是当年的英国社会观察纪实录《情系英伦》。回国后赶上国内出版沃森的巨著《劳伦斯：局外人的一生》，我为这本书的中文版推荐了最合适的译者并欣然为其作序，为导师的巨制传播做了应有的贡献。这样的"访问"成果应该说是访问人员中少有的。从我个人感受的角度，诺丁汉大学和诺丁汉这个城市对我来说十分重要，那样深度的体验给我的感受应该说不是母校胜似母校。因此我个人是一厢情愿地期待有机会以学者的身份回到诺丁汉与那里的学者和学生再次进行学术的交流。

这样不切实际的愿望竟然在 2019 年出乎意料地实现了，是在诺丁汉大学的中国校区即宁波诺丁汉大学实现的。

十几年前宁波诺丁汉大学的成立令我感到很是亲切，没有想到的是很快他们的校刊《诺言诺影》的编辑就发现了我在《译林》杂志上发表的随笔《诺丁汉大学城》并辗转联系上我要求转载到他们的校刊上。他们的微信公众号也与我有过互动。他们称我为校友，我还专门说明我不够校友资格，充其量是个"表校友"。去宁波出差时我还专门抽空在一个傍晚去参观过那座仿照英国本校校园设计建设的新校园，感到十分欣喜，回来还写过文章发表在我的随笔集《我们一起读过的劳伦斯》里。中国这个校园很能满足我的怀旧心情和我的认同感，让我觉得近在咫尺，只要去宁波附近随时都可以进去走走，从此我感觉在中国又多了一个母校，可以随时去回忆青春和成长的历程，上过三个大学的人毕竟是不多的，而每一个大学都对我有着特殊的意义：河北大学让我成了光荣无比的恢复高考后第一批大学生的一员，福建师大奠定了我的劳伦斯研究的深厚基础，诺丁汉大学在我关键的不惑之年完成了一次学术上的定型。这样拥有三个母校的感觉是美好的，更是奢侈的。

而促成我去宁波诺丁汉大学做讲座的是该校的一位图书馆员林老师，他因为喜欢劳伦斯的作品而在微博上与我取得了联系，有过互动，是他向负责讲座的部门介绍了我。而这所新大学里虽然有一座堂皇的劳伦斯报告厅，但在我去之前还没有人讲授过劳伦斯作品。于是我就成了在这所大学公开举行劳伦斯讲座的第一人。讲座是在劳伦斯报告厅对面的阶梯教室进行的，我真的希望劳伦斯的在天之灵听到了那天的讲座，我感到那一个多小时劳伦斯就在旁边看着我，我们在那一刻共处于一个叫作"诺丁汉"的空间里，又恍惚是在诺丁汉大学本校的特伦特大楼里，我在那座老楼里与众多劳伦斯学者学习交流，经常晚上很晚才离开，那样的英伦天空下的美好夜晚与此时宁波诺丁汉大学的夜晚一样柔美，而这是在远离英国万里之外的中国！我是在我的祖国的一所中英合资大学里第一个讲授劳伦斯文学的人，我希望随着时光的推移和办学条件的不断成熟，这所大学也应该把劳伦斯当成自己的杰出校友向师生们做详尽的介绍，劳伦斯的文学遗产也应该在这所大学里得到继承和传播。而事实上，校园里的劳伦斯报告厅似乎已经开启了这样的进程，只是还在等待时机吧？让我们期待一个美好的未来。